二見文庫

いつわりの夜をあなたと

カイリー・スコット／門呉茉莉＝訳

Lies
by
Kylie Scott

Japanese translation rights arranged with
DYSTEL, GODERICH & BOURRET LLC
through Japan UNI Agency, Inc., Tokyo

プレイリスト

フェイク・ラヴ（BTS）
愛は哀しくて（ボニー・タイラー）
テア・ミー・トゥ・ピーシーズ（メグ・マイヤーズ）
シークレッツ（メアリー・ランバート）
愛のほほえみ（ドリー・パートン）
バッド・ガイ（ビリー・アイリッシュ）
バラクーダ（ハート）
コズ・アイ・ラヴ・ユー（リゾ）
心のカケラ（ジャニス・ジョプリン）
リトル・オブ・ユア・ラヴ（ハイム）

いつわりの夜をあなたと

登　場　人　物　紹　介

ベティ	花屋の店員
トム・ラング	保険の査定員。実は工作員
ヘンリー	トムの旧友。武器商人
ヘリーン・シンクレア	トムのボスのひとり
アーチャー	トムのボスの息子
ベア／フォックス／クロウ	トムの仲間たち
スコーピオン／バジャー	トムのチームのメンバー
ジェン	ベティの親友
チャールズ・アディーサ	トムのボスのひとり

1

「彼を傷つけることになるわ」

「そんなことない」私は答える。「そこがそもそもの問題なの。私が出ていけばトムが傷つくなんて思っていたら、出ていったりしないわよ」

親友のジェンは、まだ信じられないという顔をしている。

引っ越し準備の段ボール箱で、部屋の半分以上が埋まってしまった。ひどい散らかりよう。たった一年なのに、よくここまでためこんだものだ。救いは一緒に暮らした時間がそれほど長くなかったから、どれが誰の持ち物なのかまだわかることだった。

一年というのが、男女が関係を続けていけるかどうかわかる節目らしい。

「問題はね、お互い愛してないってことなのよ。結婚どころか、婚約だってしているべきじゃないわ」ため息が出る。「ガムテープ、どこかで見た?」

「こっちにはないわよ。でも、あんなにいい人なのに」

「それはそのとおりね」私は立ちあがると、もう一つのベッドルームに続く階段に向かった。ここはエクササイズルーム兼オフィス代わりとしてトムが使っている。普段はほとんど入ったことがない。探し物はあっけなく見つかった。なんだかんだ言っても、保険の査定員はきちんとしている。トムのデスクの一番下の引き出しに、文房具がきれいに並んでいた。そこから幅広のガムテープを二つほど失敬する。

「こんなふうに出ていくなんて……」階下に戻った私に、ジェンが言った。

「話し合いがしたいって、何度トムに言ったかわからないわ。でもいつもはぐらかされてきたのよ。今は無理だって。それでまたこのとおり、留守。この一週間、ずっとメールを送ってるのに、ほとんど返事がないの」

「でも仕事なら、そういうこともしかたがないんじゃないの？　まあ、一緒にいてすごく楽しい相手じゃないだろうけど。だからって——」

「わかってるわよ」テープを貼る私の手に力が入る。この〝緊急逃げ出し作戦〟に関して言えば、たしかに私のほうが分が悪い。少しだけ。だけど全面的にってわけじゃない。まあ、六対四というところだろうか。ひょっとして七対三かもしれない。どっちがどのくらい悪いのかは難しい問題だ。「そういうことも全部考えたわ。でもトムはいつだって仕事が忙しいとか出張だとか言って、家にいないのよ。私っていったいなんなの？」

ジェンがため息をついた。

「自分がとんでもない間違いを犯していると気づいたら、何もせずに事態が改善するのを待っているわけにいかないでしょ。気持ちを偽ったまま関係を続けていくなんて、トムにとってもフェアじゃないでしょ」

「それはそうかもしれないけど」

「今回だって、少しでも時間を作って二人のことを優先する気なんて、トムにはこれっぽっちもなかったんだから。面倒な状況にならないうちに終わらせるという私の決断は、結局正しいってことじゃない？　はい、文句はこれで終わり」

ジェンは何も言わない。

「とにかく、あなたは私の味方でしょ。あんまり問いつめないでほしいんだけど」

「結婚して子供が欲しいって、あんなに言ってたじゃない」

「ええ」私は脚を折り曲げ、その上に座る。「子供の頃、バービーとケンのドリーム

ハウスで遊んだせいよ。だけどね、間違った人とつきあうことは、一人でいるより
もっと寂しいのよ」
ジェンと私は大学時代にルームメイトになって以来のつきあいだ。これまで、互い
の恋愛の一部始終をいやというほど見てきた仲だ。私はどちらかというと言い寄って
くる男は多くても、関係が長続きしないタイプだ。つまりセックスはしてもいいけれ
ど、恋人に昇格させることはできないらしい。この生意気な口が災いしてか。それと
も、いわゆるみんなが思う美しさの基準から離れたところにいるからか。要するに
ちょっと太めなわけだ。それとも、不幸の星のもとに生まれたから？　なんにしろ、
こんないい女、ほかにはいないのに。もちろんだめなところもあるけれど、全体的に
は最高にイケているはず。それに、いいところもたくさんある。この数カ月、何度も
そう考え、自分を励ましてきた。
「世間にはだめ男がいっぱいいるけど」ジェンが言う。「あなたにいい人が見つかっ
て、心から喜んでいたのよ」
「いい人で私に無関心な人よりは、だめ男でも私に夢中な人のほうが好きだわ。正直、
私のことをおざなりに扱う男といるよりは、独身のまま猫でも飼って年を取っていく

ほうがまだましよ」

ジェンは私を長いあいだ見つめていたが、やがてゆっくりうなずいた。「うまくいかなくて本当に残念」

「そうね」

「さてと、そろそろ車に荷物を積みこまなくちゃ。貸しができたわね」

私はほほえむ。「そうね」

ジェンは立ちあがって伸びをすると、〝キッチン〟と書かれた箱を持ちあげた。「後悔してほしくないの。それだけ」

「わかってる。ありがとう」

ベッドルームが二つのこのコンドミニアムに一人になってみると、やけに静かだ。別れの手紙はソファの前のテーブルに置いた。表には〝トムへ〟と書いてある。封筒が小さくふくらんでいるところには、婚約指輪が入っている。シンプルだけれど、すてきな指輪。小さなダイヤモンドが一つついた、ゴールドのリングだ。指輪を外すとなんだか変な感覚だ。無防備になった感じ。必要とする愛情表現は一人一人さまざまだから、時間をかけて相手が何を求めているか理解しなければならないと聞いたことがある。トムと私はその域まで達することができなかったのだろう。私には男と女の関係がわからないだけなのかもしれないが。

たくさん買ったブライダル雑誌も、全部ゴミ箱に捨てた。職場のフラワーショップに持っていけば、何かの役に立つ可能性はある。でもこうしたほうが、けじめがついていい。きっぱりと決別。私の両親は二つも離れた州に住んでいるし、私には友達と呼べる人も少ししかいない。内気だから、人と出会うのも大変だった。だから恋人とか夫とか、そういう人がいれば独りぼっちではなくなると考えていた。私のことを大事にして、最優先にしてくれる人。ときどきでいいから。そもそもトムには時間というものがなかった。だからこんなことになったのだと思う。

私はポニーテールの結び目をキュッとあげた。焦げ茶色の長い髪が揺れる。ヨガの先生から褒められそうなほどの器用さを珍しく発揮して、段ボール箱を三つ重ねて抱え、外に出た。まだ午後の日差しが暑い。ジェンのホンダ・シビックは道端に停めてある。トランクを開けっぱなしにして、ジェンが車内に積んだものを移動させている。私の愛車のスバルは荷物を運びこめるように、私道に停めておいた。頭上では鳥がさえずり、足元からは虫の鳴き声も聞こえている。ありきたりのカリフォルニアの秋の日だった。

そのときだ。私のすぐ後ろでコンドミニアムが爆発した。

気がつくと私は前庭の芝生の上で、つぶれた段ボール箱を下敷きにして倒れていた。箱がクッションとなって、地面に叩(たた)きつけられずにすんだらしい。耳がキーンとして、煙が大きくあがっている。コンドミニアムが燃えている。爆発で崩れなかった部分が、ということだけれど。こんなことが起こるなんて……。

「ベティ！」

ジェンの声がするほうへ顔を向けようとした。でも片方の目が開かない。触れてみると、血で手が真っ赤に染まった。それに頭も痛む。まるで誰かに持ちあげられて、激しく揺さぶられたかのようだ。

「大変、ベティ」隣に来たジェンが膝から崩れ落ちた。どういうわけか彼女のことがよく見えない。見慣れた顔がぼやけている。「大丈夫？」

「ええ」そう言うなり、私の目の前が暗くなった。

次に気がついたときは、車に乗って移動中のようだった。見たところ救急車だ。でも何かがおかしい。知らない女が私の目にライトをあててのぞきこんでいる。その瞬間、ライトを肩越しに後ろに放り投げた。女は救急隊員の制服ではなく、黒いぴったりしたパンツにタンクトップというういで立ちだ。

「ラッキーな子ね。軽い脳震盪と、おでこの切り傷だけよ」女はイギリス訛りの英語で言った。次に消毒用シートのパッケージを破って中身を取りだすと、かなり乱暴に私の顔の血を拭きはじめた。「いつもの彼のタイプとはたしかに違うわね」

「どんなのを想像してたんだ?」運転手が尋ねる。

「さあ。もうちょっと引きしまっていて、あか抜けてる人とか?」

私は思わずうなり声をあげた。

「この子、意識を取り戻したみたい」女が言う。

「そういうのは困るんだよな」

「対処するわ」女がシートを捨て、注射器に手を伸ばす。

「ちょ、ちょっと待って」口の中はカラカラで、体も痛い。「どうなってるの?」

なんの説明もなく、腕に針を刺され、薬を注入された。何もかもがあっという間だ。逃げるために女を払いのけようとしたけれど、まったくかなわない。こんな状態では無理だ。再び目の前が暗くなってきた。ふと横を見ると、救急隊員の制服が丸めて脱ぎ捨ててある。

「誰なの、あなた?」ぼんやりする意識の中でささやく。唇からも顔からも、体全体からも感覚がなくなる。

「仲間」女が言う。「みたいなものよ」

運転手が笑い声をあげた。

ゆっくり意識が戻ってきた。夜の海の中に沈んでいるみたいだ。でも今回は横になっていない。薄明かりのあるだだっ広い部屋で椅子に座らされている。誰かが私の靴を盗んだらしく、裸足(はだし)の足の裏に床が冷たい。すべてが吐き気を催すほど恐ろしく、気持ちが悪い。手は体の後ろにまわされ、痛いほどきつく縛られている。まぶしいライトで顔を照らされた。それと同時に暗闇も消えた。目がくらむ。さらに刺すような激痛がもともとズキズキ痛んでいた頭を突き抜ける。かと思ったら、今度はバケツで冷たい水を頭からかけられた。

「起きろ!」男の怒鳴り声。「しゃべってもらおうか、ミス・エリザベス・ドーシー」

身がすくんで震える。「こ、ここはどこ？」

「俺が訊くことだけに答えりゃいいんだ。それがここの決まりだ」

「それって本当に必要？」イギリス訛りの女の声。部屋のずっと後ろのほうにいるみたいだ。「彼に怒られるんじゃない？」

「黙ってろ！」男がまた怒鳴った。

ライトがまぶしくて、ほとんど何も見えない。足の下のコンクリートは冷たく、空気はほこりっぽくてよどんでいる。ここはいったいどこなのだろう。「状況がのみこめないわ。あなたたちは誰？」

重い足音が近づいてきたかと思うと、バシッ！　男の手があたると同時に、頬に衝撃が走った。ふざけないで！　今まで一度だって殴られたことなんかないのに。激しくショックを受けた。頬がジンジンして、口の中は血の味がする。どこか嚙んだらしい。そういえば、さっきから体のあちこちが痛む。

「あたしなら、それはしないな」女が言う。

男は無視して、ライトの向こうに戻っていった。

「〝ウルフ〟っていう言葉の意味、知ってるか？」

「ウルフ？」私は訊き返す。

「質問に答えろ」

「知らないと……思うけど」体が震えるのは恐怖のためだけではない。氷のように冷たい水がびしょ濡れの服の下で体を伝って落ちていく。「動物の〝狼〟？」

「ほかには？」

「毛皮？　牙？　『ゲーム・オブ・スローンズ』に出てくるスターク家の紋章？　わからないわよ」

女が笑い声をあげる。

「婚約者の話を聞かせろ」男が食いさがる。「あの男について知ってることを全部話せ」

頭がますます混乱してきた。わけがわからない。「どうして？　トムは悪いことなんてしてないわ。ただの保険の査定員よ。火災やら洪水やら、そういうことがあったら保険を請求する手伝いをするのが仕事よ。今は現場に行ってるの。フロリダで起きたハリケーン被害の査定よ。ニュースでも言っていたじゃない」

「本当にそうなのか？」

「どういう意味?」急に恐ろしい考えに襲われた。「まさかトムは……無事よね? 爆発に巻きこまれたなんてことはないわよね。大陸の反対側に行ってたはずだもの」

「ああ、巻きこまれちゃいない。さあ、やつのことをもっと話してもらおうか」

「ええと、出会ったのは繁華街のバーで、つきあいはじめてから一年ちょっと。仕事の虫よ。フットボールを見るのと、早朝ランニングが好き。好物はラザニア。ビールはバドライト。私は嫌いだけど」

「ほかには」

「何を言えばいいのよ!」私は叫んだ。生まれてこのかた、これほど恐ろしい思いをしたことはない。

「トムがどんなやつか話してみろ」

「普通の人よ。身長も平均的。健康的だけど、筋骨隆々でもない。目も髪も茶色。三十一歳」

「チクタク、チクタク」女が言う。「はい、時間切れ」

「誰かがへまをしたからな」男が低い声で返す。

「眠り薬を盛りすぎちゃったかな。悪い」

男がうなり声をあげる。「うるせえ、くそ女」

私は頭がガンガン痛むのを感じていた。「ええと……トムはベッドの右側で寝るわ」

「家にどんな武器がある？」

「銃とか、そういうもの？　一つもないわよ。私が大嫌いだから。彼もそうよ」

またしても、女が笑い声をあげる。「頭悪いわね、彼女」

「うるせえ」男がまた言った。

「トムは立派な人よ。人あたりもいいし、礼儀正しいし。ソーシャルメディアも使わない。そして肉親はいないの」私の言うことは何一つとして知られてまずい情報でもなければ興味をかきたてる内容でもない。それでも話すこと自体に罪悪感を覚えた。

だが、ほかにどうしようもない。「これでいいでしょ？　わけがわからない。いったい彼が何をしたの？　何にかかわってるの？」

「何かにかかわってるって誰が言った？」

「あなたが私をここに閉じこめて、尋問しているということは、何かが進行しつつあるってことでしょ」

「おい、俺がこんなにも優しくしてやってるってことがわかってないようだな」男が不気味に言い放った。「すぐに後悔するはめになるぞ。どれだけ怖い思いをすることになるか、わかってないだろ」

「あなたの望みはなんなの？　コンドミニアムを爆破したのもあなたなの？」鼓動が激しくなる。空気が薄くなった気がした。「私を殺すつもり？」

「また質問か。ちっ。どうもわかってねえみたいだな。水責めって知ってるか、ええ？　楽しそうだろ？」

私はむせび泣き、息が詰まりそうになった。

「言っとくけどな、あれはきついぞ。溺れる一歩手前までいくんだ。窒息しそうになって、水が肺に入る。そうすると死ぬほど痛い。鼻は今にも破裂しそうになる。最後にな、ベティ、あんたは気を失っちまう。だけど俺があんまり優しくないやり方で目を覚まさせてやる。そしてまた同じことを繰り返すんだ」残虐な悪党が笑い声をあげる。「俺だってやりたいわけじゃない。だがあんたがちゃんと正直に言ってくれないから、しかたねえじゃないか。心から残念だ。フットボールだのラザニアだの、くだらねえ。そんな薄っぺらい話が聞きたいんじゃない。一緒に住んでる男のことを知らないとは言わせない。結婚するんだろ。あいつの秘密だって知っているはずだ、そうだろ?」

私は首を振る。「トムに秘密はないわ」

「誰にでも秘密の一つや二つ、あるもんだ」

「トムにはないのよ。私が知っているのは、ボスが嫌いなこと、コーヒーをブラックで飲むこと」私はしゃべりつづけた。言葉があとからあとから出てくる。「彼はどちらかというと一人でいるのが好きなの。だ、大学の友達が二人いて、仕事は……ああもうわからない、神様」

「トムのことを友達に話したか?」

「ええ、友達のジェンに……ちょっと、ジェンはどこ? ジェンも拉致したの?」

「友達なら帰ったわよ」女が言った。「彼女は何も知らない」

「ジェンは大丈夫?」もう一度訊いた。「傷つけたりしてないでしょうね?」

「お節介な友達は無事だ。救急車に乗らないように説得するのが大変だった」男が言う。「あの女も連れてくればよかったな。あんたが思いだすのに手伝いが必要みたいだから」

「本気で言ってるの?」女が尋ねる。

「頭を使え」男が冷たく言い放った。「やつらはコンドミニアムを見つけたんだから、この女のこともばれちまってる。やつらがこの女の存在を知ってるなら、いずれはひどい目に遭わせるだろうよ。こいつを床に座らせろ」

「いいえ、やめとく。あたしは見てるだけだから」女が言う。「やったのはあんた一人だよ」

ライトが消えた。目の前に白い残像がチラチラしている。何度もまばたきをしたが、なかなか目が慣れない。そうこうするうちに、別の音が聞こえてきた。蛇口から水が流れる音。さらに重い靴音。聞こえないくらい小さな音をたてて、冷房のスイッチが入った。

だんだんと目の焦点が合ってくる。どうも空っぽの地下室にいるようだ。鉄格子のはまった小さな窓が上のほうに見える。むきだしの煉瓦(れんが)の壁に、コンクリートの床。流し台の隣に、こちらに背を向けて一人の男が立っている。背が高い、スキンヘッドの男。全身黒ずくめだ。一方、女は壁に寄りかかって、自分の爪を見つめている。黒のショートヘアの、背の低い女。肌は金褐色だ。

これは現実ではない。現実のはずがない。体じゅうが痛い。そしてこれからもっと痛くなるらしい。

そのとき誰かが階段を駆けおりてきた。姿が少しずつ視界に入ってくる。まず、黒いブーツ。ブルージーンズ。灰色のTシャツの裾はジーンズにたくしこまれていない。最後に男の顔……。

トムだ。

体じゅうから力が抜けた。トムがここに来た。無事だった。ああ、神様ありがとう。でも待って。よく見ると、様子が変。頭がぼんやりしてよくわからない。何が違うのだろう。まるでトムの自己像幻視(ドッペルゲンガー)みたいだ。だってトムに似ているけれど、顔に浮かんでいる表情はまるで別人……。

まずい。あいつらが彼のことも痛めつけたらどうしよう。

「トム」私はあえぐように言った。「来ちゃだめ」

トムが私をちらりと見る。「何をしている?」

あの大悪党が振り向く。明らかに不快そうな表情が口元に浮かんでいる。蛇口から水を出してバケツか何かにためているようだ。手にはぼろぼろのタオルを持っている。

「ウルフ」

「〝蜘蛛（スパイダー）〟」トムが言った。

「彼女を迎えに行ったついでに、どれほどの脅威になりうるか調べろって命令されたの」女はまだ壁に寄りかかっている。

「許可されたうえでやったんだぜ！」スパイダーと呼ばれた男が怒鳴る。

「それが彼女を縛りあげて拷問するって意味だとでも？」トムが尋ねる。「ふざけるな」

女がため息をつく。「言っとくけど、あたしはそのやり方はまずいんじゃないかって忠告したんだよ」

「たしかにまずい」

「おい、待て」男が降参だとばかりに手をあげる。「そんなつもりじゃなかった。頬を軽く叩いただけなんだ。なあ、信じてくれ――」

トムがすばやく動いた。まさに一瞬の仕事だ。片手でスパイダーの喉をつかみ、気管をつぶした。男は体を折り曲げて苦しんでいる。

トムは腰から慎重に銃を取りだした。スムーズに優雅な弧を描き、銃の床尾が男のこめかみに命中する。男は床に倒れこんだ。

「これこそ何年もやってやりたかったことよ」女が言う。「女を痛めつけすぎなんだよ。まったく気に入らない。ほんっとにクズ野郎」

私は限界を超えた。今までこういう脅しや、恐怖、暴力とは縁のない生活を送ってきたのだ。映画ならともかく、実生活でこんなのは絶対に無理。胃液がこみあげてきて、思わず横を向いて嘔吐した。吐きだしたものが脚にもかかった。普通だったら気持ち悪く感じるところだが、恐怖のあまり、それもない。そんなことより、今は正気を保つのが精いっぱいだ。そうしていないと今にもくずおれてしまいそうだった。

「〝狐〟、こいつをここから連れだしてくれ」トムが静かな声で命令した。

「嘘でしょ。動けない人を運ぶの、大嫌いなんだけど」その女、フォックスは携帯電話を取りだし、何かを打ちこんでいる。命令を無視して、誰かにメールを送っているようだ。とりあえず、ソーシャルメディアのチェックをしているのかもしれない。わからないけれど。何もかも筋が通らない。

トムが大股でこちらに向かってきた。表情は硬く、目つきも冷たい。彼を怖いと思ったことはなかったが、今は恐ろしい人に思える。トムはどこからかナイフを取りだすと、腰を落として私の手を縛っていたロープを切った。そして私の顎を持ちあげ、怪我(けが)の具合を確かめている。

私は彼を押しのけると、口元を手の甲でぬぐう。まわりの世界が突然ひっくり返ってしまった。トムは最強の戦士で、私はといえば爆弾で殺されそうになったり、水責めされそうになったり。何がどうなっているのだろう?

「トム……」私は息をついた。

彼の茶色の髪はしゃれた感じに乱れている。いつもの退屈な整った髪型ではない。そして、なんだか目つきがきりっとしている。断固としているというか。いや、自信に満ちているのだ。そこが私の元婚約者とは違う。背筋をピンと伸ばし、堂々としている。世界を征服しそうな、誰と戦っても勝ちそうな雰囲気だ。

なんてこと。これはいったい誰?

私の知っているトムではない。トムのわけがない。

「あなたの目、青いのね」

「君といるときは、カラーコンタクトをつけていた」

「いやいや、あなたは悪い双子の兄弟か何かでしょ」それならつじつまが合う。まあ、なんとか。「そうなんでしょ」

「ばかを言うな」彼が短く答えた。「俺だよ、ベティ。君の婚約者」

「トムはこんなじゃない。トムはあなたとまったく違う。彼だったら絶対にこんな……」

その男はちょっと黙りこみ、やがてため息をついた。「体の傷跡のことは知ってるだろう。見たことあるよな」

「トムの傷跡なら知ってるわ。でも、それは……」

何も言わずにその人はTシャツを脱いだ。トムも健康的な体をしていたけれど、ジーンズのウエストバンドにむきだしの銃が押しこまれているせいか、薄明かりに浮かぶその裸の上半身はもっと強く危険に見えた。でも、たしかにそこには見慣れた傷跡があった。一つ残らず。肩に一つ。右腕にナイフの傷跡。そしてお腹には、まるで星座のような四つの傷跡。

私は頭を振る。「トムだったら、絶対に人前ではシャツを脱がないわ。人の目を過剰なほど気にしていたから。セックスだって明かりをつけたましたことがないくらいよ」

「車の事故の傷跡を気にしているから、だろう?」

「そうよ。スポーツをしていたときの傷と、小さいときの手術の跡も」

「傷を見られたくなかったわけじゃない」彼がため息をつく。「銃やナイフや爆弾でできた傷だと気づかれるリスクを冒したくなかったからだ」

何それ。「トム?」

「やあ、ベイビー」彼は悲しそうな、そしていくらかの後悔がこもった笑みを浮かべた。やっとトムらしく見えてきた。

「どういうことか、教えてくれる?」

トムは黙りこんだ。じっと私を見ている。顔や体の傷を一つ一つ確認するかのように。でも私の手を見たとき、トムの動きが止まった。「ベティ、指輪はどうしたんだ?」

「私……外したの。あなたと別れるつもりで」

そのとき初めて、この怖いバージョンのトムが驚いた様子を見せた。少しショックを受けたようですらある。「別れる? なんだってそんなことを……」

トムが肩越しにフォックスを見る。彼女は消防士よろしくスパイダーを片方の肩に担いで引きずっている。見かけよりもかなり力がありそうだ。

トムが顔を近づけて、低く鋭い声でささやく。「そのことは誰にも言うな。わかったか？」

「えっ？　どうして？」

「誰にも言うな。君の命がかかってる」

スパイダーをどこかに置いてきたフォックスが近づいてくる。「全部片付いたわ」

「よし」トムが答えた。

「当然だけど、これは全部あんたが悪いんだからね」フォックスが言う。「カムフラージュのために、郊外の典型的なマイホームと家族が欲しいと言ったのはあんたよ。あくびが出そうなほど退屈な家族をね」

トムが私を抱きあげて立たせようとする。私は嵐に襲われたかのようにふらふらした。トムが私の腰に腕をまわして自分のほうに引き寄せる。簡単に暴力を使う、この見知らぬ人には触れたくない。でも倒れずにここから脱出するすべは限られている。

「内部の裏切り者については今のところ調査中」フォックスが言う。「近いうちにわかると思う」

トムは黙ってうなずいた。

「スパイダーが目を覚ましたら、なんて言おうか？」フォックスが尋ねる。

「俺の婚約者に二度と触れるな。次は今日みたいに優しくしないからな、とでも」

フォックスが鼻を鳴らした。「まあ、なんでもいいけど。ベティ、じゃあね。悪く思わないで、いい？」

トムは私をせかして、できるだけ早くその場から立ち去った。


「訊きたいことがあるんだろう」

よくもそんなに軽々しく言えるものだ。私たちは階段をあがった。ここは農家のようだ。私たちは数多くあるベッドルームの一つに入った。街から遠く離れた大自然の中のどこかなのだろう。まわりに家は見えない。フォックスと気絶したスパイダー、そして巨大な部屋に並べられた無数のコンピュータで作業をしている一人の男を除いたら、ここには誰もいないようだ。最低限の家具しか置かれていない。写真もなければ、思い出の品のようなものもない。誰かの家というわけでもないらしい。

非現実的すぎて信じられない。頬でもつねってみたいところだが、痛みならもう充分感じていた。それで思いだした。「爆発で、ほかに怪我人は出たの？」

「いや」

「誰かを殺そうとしたの？」

「わかっている限りでは、爆弾の誤作動らしい。予定より早く爆発したんだ」

「じゃあ、誰かが実際に私たちの家に爆弾を仕掛けたのね。どうして……私、あなたのオフィスにガムテープを探しに行ったわ。普段は入らないけれど」

トムは気色ばんだ。「そのせいで爆発したのかもしれないな」

「あなたの組織の秘密がもれていて、誰かがあなたを殺そうとしたってこと？」声が震える。「それとも私たち二人を？」

「さっき話していたことを聞いていたんだな」

「あなたが思うほど私は愚か者じゃないのよ」私は笑おうとした。あるいは泣こうとしたのか。もうこの際どっちでもいい。「少なくとも、自分では愚か者じゃないと思ってる」

「ベイビー――」

「子供扱いしないで」

トムは深く息をつくと、片手で髪をかきあげた。この数カ月間、ずっと忙しくしていたから、髪もいつもよりも長くなっている。本来ならとっくに理髪店に行っている頃だ。「君を愚か者だなんて思ったことはないよ、ベティ」

「そうね。ただどうしようもない女だと思ってただけよね」

トムは何も言わない。やっぱりそう思っていたのだ。聞きたくなかった。

「それで？」私は尋ねる。

「誰が情報をもらしているか特定しないことには、ターゲットが俺だけだったのかどうか断定できない。まあたぶん、そうだろうが」

「まあ、私を殺すことであなたを傷つけようとしていたんじゃなければね。そんなことではあなたは傷つかないだろうけど。そうでしょ？」

彼の口元に弱々しい笑みが浮かぶ。「さっき君に危害を加えたやつをぶちのめしたんだから、少しは君のことを気にかけていると考えてもらえないかな」

「少しは、ね。感心だこと」緊張や疲れや痛みが少しでも楽になるように、私はキングサイズのベッドの端に腰かけた。タイレノールか、もっと強い鎮痛剤がもらえるならなんでもする。例えば薬用のウオッカとか。「これからどうなるの？」

「バジャーのコンピュータによる調査の結果を待っているところだ。ここにいればしばらくは安全だ」

「〝アナグマ（バジャー）〟ね」私は鼻を鳴らす。「〝カワウソ（オター）〟もいるの？」

「いや、俺の知る限りではいない」

「あなたとお友達はばかげた動物園にいるみたい」

そのあと二人はしばらく押し黙った。空気が重苦しい。ひどく不快な気分だ。この男と一緒に生きていこうとしていたなんて。何も知らないこの人と。

「フォックスという女の人が、私との生活はカムフラージュのためだったと言っていたわね。つまりあなたはスパイとか政府の工作員とかそういうこと？」

「まあ、そんなものだ」

「ひどい。売国奴なの？」

「違う、ベティ。俺が働いているのは……国際的な組織で、できるだけものごとを平穏に保つための組織だ。これ以上は言えない」

「それでその組織のために人を殺したりもするの？」

なんのためらいもなくトムが答えた。「必要ならね。本当に危険なやつらが世の中にはいるから。でも、普段はただ情報を集めているだけだ。任務によってやるべきことは異なる」

「その任務のために、本当の姿を偽って誰かのふりをしてるってわけね。そうでしょ？　人をだましたり？」

「そうだ」

「なるほど。あなたは嘘がうまいものね」私はトムを見つめる。「それで、あなたはこの任務を人類のためにしているの？　それともお金のため？」

「両方って言っちゃだめかな？」彼がなめらかな口調で言う。新しいトムはつかみどころがない。

「私が生き延びるためには、あなたと別れたことを秘密にしろと言ったわよね。それはどういう意味？」

「君はもう知りすぎている。君を生かしておくには、彼ら、つまり力を持つ者たちに、君は俺に忠誠を誓っていて、俺は君を信頼していると思いこませる必要がある。少しでも疑いが生じれば、この任務においてリスクが高すぎると判断して君を生かしてはおかないかもしれない」

「私の知っていることなんて、あなたたちが自分たちに動物の名前をつけていること、

〝彼ら〟と言われる謎の組織の命令で動いていることだけよ」

「それだけで充分なんだよ」

「そんなばかな。それを知っただけで私を殺そうとするの?」私はこぶしで彼を殴りたかった。怒りに任せて泣き叫びながら。元気を取り戻したらそうしてやる。「トム・ラングはあなたの本名なの?」

「トムは俺の名前だ」

「でも、ラングという姓は嘘なのね」

「ああ」トムは息をついた。「なぜ俺と別れたかったんだ?」

「あなたを捨てようとしていた理由なんて、今さら関係ないでしょ。一緒にいるしかなくなってしまったんだから」

「君は幸せなんだと思っていた」おかしなことに、トムはまるで傷ついたような声を出している。そんなのは絶対におかしい。「最近忙しくしていて悪かったけど――」

「これは見せかけの関係なんでしょ」私は歯を食いしばる。「私をうまく操って信じさせようとした嘘の関係」

私たちはしばらくお互いを見つめていた。どちらも幸せではない。

「私がプレッシャーに弱いのを考慮して、本当のことを全部話してくれなかったのは許してあげてもいいわ。でも、そもそもつきあいはじめたこと、それは絶対に許せない」

「拷問されると、誰でも白状してしまうものだ。遅かれ早かれ」トムは二番目の問題には触れなかった。そんな気はさらさらないようだ。

「もういい」

「疲れただろう。寝たほうがいい」トムが広い部屋の反対側のドアに顔を向けて言う。「シャワーを浴びたければバスルームはその奥だ。あとでまた様子を見に来るよ」

「わかったわ」

「すぐ外にいるから。安心してくれ、ベティ」

私はなんと返していいかわからなかった。この新しいトムと一緒にいても全然安心できない。

それだけ言うと、トムは行ってしまった。

ここがどこなのか、街からどれだけ離れているのかは見当もつかない。お金もないし、靴もない。安全にここから逃げだせる可能性はほとんどなさそうだ。とりあえず、ここにとどまって情報を集める以外、ほかにどうしようもない。婚約者だと思っていた人は、私のことを無事に生かしておきたいみたいだ。まあ、それは評価できる。

私はバスルームに入った。鏡の中の女は血の気が失せた青白い顔をしている。殴られて痣だらけだ。シャワーの栓をひねり、手で水温を確かめる。手首にも赤い痣ができていた。この恐怖に満ちた一日を象徴するかのように。服は煙と吐瀉物で悪臭を放っている。とはいえ、ここには石鹸、シャンプー、タオル、そしてふわふわのバスローブがあった。しかたがない。なんとかして自分を立て直さないと。

涙が頬を伝って落ちる。すすで真っ黒になって疲れきった顔に一筋の跡ができた。堰を切ったように涙があふれてきた。涙で視界がゆがんでくる。泣き声が水音でかき消されるように、シャワーに打たれた。大丈夫、きっとなんとかしてみせる。私は負けない。でも今は、こみあげるこの思いを吐きだす必要がある。これまでの怒り、ストレス、恐怖。それから不安も。

私は罠にはまってしまった。結局はそういうことだ。

2

　ドアをノックする音がして、私は目を覚ます。夜中かと思ったが、カーテンの隙間から差しこむ光が無機質な白壁に影を作っている。夜明けのようだ。爆発に巻きこまれ、拷問され、尋問されたのだから、少しぐらいの寝坊は許されるはずなのに、そうはいかないらしい。

　ゆっくりベッドから起きあがり、額の傷をふさいでいるテープや打撲傷に気をつけながら、顔にかかった髪を後ろに払う。そのあいだにトムは、もう拳銃を手にドアの前までたどり着いている。トムは私と一緒に寝ていたのだ。まったく気づかなかった。何時間か前、悪夢で目を覚ましたときにはいなかったはずだ。おかしなことに、トムの武器を扱う様子はいかにも手慣れている。まるで拳銃が体の延長であるかのようだ。

　トムは廊下にいるのが誰なのか確かめると、拳銃を持つ手を緩め、私のほうを見て大丈夫だとうなずいた。

一晩経ったが、何も解決していない。この男はまだ、トムの顔をした知らない人に見える。今まで以上に未知の人物。いつかこの険しい青い目をのぞきこむのに慣れる日が来るのだろうか。

「ウルフ」そう言いながら一人の男が部屋に入ってきた。褐色の肌に黒髪の、背が高くて痩せた男だ。二十代後半くらいだろうか。細身のスーツに首元を開けた白いシャツを着て、両手に大量のショッピングバッグをさげている。この人、かわいらしい顔をしている。「彼女が愛する婚約者か」

私は思わずバスローブの襟で胸元を隠す。何ごとだろう。

「〝カラス〟だ」トムが拳銃をジーンズのウエストバンドに押しこみながら言った。トムは裸足で、上半身は何も身につけていない。またしても傷跡があらわになっている。

トムはベッドをともにするときには必ず部屋を暗くするし、シャワーのときもバスルームのドアに鍵をかけていた。私は単純に、トムには決まりごとがたくさんあるのだろうと思っていた。誰にでもちょっとした弱点はあるものだ。でも私との距離を保っていた理由や、私が彼の偽装の道具だったことを知った今、その傷跡を目のあたりにするのは妙な気分だった。一つ確実なことがある。それはつきあいはじめたときからずっと私に嘘をつき、作り話を重ねてきたトムを、私はまだ殴ってやりたいと思っていることだ。

トムはベッドの脇に立っている。「この男は友達だ」そう言いつつも、クロウと私のあいだをさえぎるように立った。

クロウが笑顔になる。「組織に友達はいないって、前に言っていたよな?」

それを肯定するように、トムの唇の端が少しだけあがる。

「こんにちは」私は言った。

クロウがショッピングバッグをベッドの端に置く。ほとんどに〝ニーマン・マーカス〟と書かれている。「ベティ、これは全部君のものだよ。服とか、そのほかいろいろ。トムにサイズを訊いて買ったから、体に合うはずだ。会えて本当にうれしいよ。ずっと会いたかったんだけど、誰かさんに厳しく止められていたからね」

「彼女のためだ。それに、少々見繕ってきてくれと言ったはずだが」トムは何かが気に食わないらしい。「店を空にしてこいなんて言ってないだろう」

「買い物代行者には手数料が必要だが、おまえなら払えるだろう。新しい指輪は水色のショッピングバッグの中だ。それは僕のほうで選ばせてもらったよ」

トムがうなり声をあげる。「勝手にしろ」

「そう言うと思った」クロウがかがみこんで、山のようなショッピングバッグをかき分けた。その言葉どおり、ティファニーの水色のショッピングバッグから指輪の箱が出てきた。「ちゃんと敬意を示せよ」

トムは何も言わずに箱を手に持つと、ベッドにいる私の隣に腰かけた。彼の目にどんな表情が浮かんでいるのか、この位置からはうかがうことができない。トムが私の手をそっと取ると、薬指に宝石のついた指輪を滑りこませた。なんて大きなダイヤモンドだろう。指輪のサイズもぴったりだ。

「このことは誰にも言わないんじゃ――」私は言いかけた。

「クロウは信頼できる。もし誰かに訊かれたら、昨日の朝、家事をしているあいだ、指輪を外していたということにしておけ。だから爆発のときに指輪をつけていなかったのだと」

「僕だったらきちんとプロポーズするがね。片膝をついて、正式に。プラチナリングに五カラットのスクエアカットのダイヤモンドだよ」クロウが明かす。「どうだい、ベティ？」

「最高だわ」

「気に入ったらしいね」クロウが笑いながら言う。「僕は趣味がいいからな」

トムがずいぶんと怒ったような声を出した。「俺の金で彼女の好意を買おうとしているな。俺は安月給ってことになってるんだ。こんな高いもの買うわけにいかないじゃないか」

「唯一、その指輪でだますはずだったその人に、おまえが安月給じゃないと、もうばれているじゃないか。宝石を楽しませてやれよ」

「美しいわ、クロウ。ありがとう」

クロウが短く笑った。「どういたしまして、ベティ」

「それから服もありがとう。自分の持ち物を全部吹き飛ばされちゃったこと、忘れてたわ」どれほどのものを失ったかという現実を考えると、恐ろしいのと同時に胸が痛くなる。金額的にはたいしたことはないかもしれないけれど、思い入れのあるものがたくさんあった。例えばお気に入りのTシャツ。背表紙がすりきれてページがぼろぼろになるまで読んだ大切な本。古いレコードプレーヤー。祖父から受け継いだレコードの数々。私の人生を形作ってきたさまざまなものたち。単なる物だというのはわかっている。命があるだけで幸せなのだと。

「写真はバックアップを取ってあるんだろう?」トムが尋ねた。

私はうなずく。

「少なくともそれはよかった」

「ええ」私はそう言ったが、あまりピンときていなかった。

クロウが咳払(せきばら)いをする。「〝サソリ(スコーピオン)〟のことは聞いてるな?」

トムがうなずいた。「彼女は優秀な工作員だった」

「おまえたち二人は仲がよかったよな。ろくでなし野郎を必ず見つけだしてやる。今すぐに」

「バジャーが、俺たちに関係したあらゆるファイルのアクセス記録を洗っているところだ。彼女と俺の仕事に恨みを持っているやつがいるかもしれない」

「どんなやつにせよ、バジャーが見つける」クロウが言った。

つまり、スコーピオンは〝彼女〟で、トムとは親密だった。興味深い。トムが浮気をしていたかどうかなんて、私は気になるのだろうか？　なるに決まっている。考えただけで胸が痛くなった。

近くにあるショッピングバッグをいくつか引き寄せ、何重にもなった包装をはがし、中身を確かめた。基本的なメイク用品、スキンケアとヘアケア用品、そしてタンポン。いろいろな服、例えばジーンズとTシャツ、厚手のジャケット、頑丈そうだがファッショナブルなブーツ。とてもすてきだ。

さらにはしゃれたランジェリーもある。こんなのでなくてもよかったのに。実用的で、楽で、セクシーじゃない、おばあちゃんがはくようなパンツでいい。特にこんな悲惨な状況にあるのだから。いずれにせよトムは、私があられもない姿をしていたって簡単にはなびかない。これも私たちのロマンスが偽物だった決定的な証拠だ。私は本当に愚かだ。

「それじゃあ、あなたたちみんなが元軍人とか？」私は何か知れば少しでも愚か者ではなくなるかもしれないと思って尋ねてみた。少なくとも、今のこの特殊な状況に関することは知らなくてはならない。

「僕たちはあらゆるところから採用されている。でも、それについては話せない」クロウが壁に寄りかかり、腕組みをした。「みんなが本当の生活と任務とを分けている。君がここにいること自体、初めての事態なんだよ」

「どれだけ〝本当〟だったのかはわからないわ。今までトムが嘘をついてきたことを考えるとね」私は言った。「でもこれはあなたの人生でしょ？　今後どうするの？　組織はあなたがおとなしく引退して、今までしてきたことや見てきたことを誰にも言わないとでも思っているの？」

「まあそんな感じかな。ただ引退に関しては通常、問題にはならないけれどね」クロウがゆっくりとした口調で説明する。「僕たちの多くはそんなに長く生きられない。政府は、その存在を完全に否定できる使い捨て可能な人間に困難な任務をさせるのが大好きだから」

トムの目が厳しくなる。「もう充分だ。彼女が震えあがっているじゃないか」

「怖くないわよ」私は嘘をついた。

「すまない」ドアに向かって歩きながらクロウが言う。「恋人たちを二人だけにしてあげるよ」

「いろいろとありがとう、クロウ」

「いつでも力になるよ、ベティ」クロウはウインクをすると、音をたてずにドアの向こうへと消えた。

部屋が静かになった。また二人きりだ。声を出すまでにしばらく時間をかける。断片的な情報を全部頭の中でつなぎあわせてみた。

「もう家に帰れないかもしれないという状況は何回あったの?」履く機会がなさそうなビーチサンダルの小さなサテンのリボンをいじりながら訊いた。「本当のことを言って、トム」

「あまりに多いから、家のドアを開けるときにはいつでも感謝していた。アイダホで火災の被害の査定をしているとき、天井が落ちてきたと言ったときのことを覚えているかい?」

「あなたが二日で仕事に戻ると言うから、私が文句をつけたことは覚えてるわ。縫った傷がまだ治っていなかったもの」

「相手はもっと悲惨だった」トムが肩をすくめる。「俺はほかのやつらよりこの仕事に向いている。あまり心配するな」

「言うだけなら簡単よ」

「バジャーの様子を見に行かないと」トムはクロウを追いかけるように立ちあがりながら、床からシャツを拾った。「何か食べるものとコーヒーを持ってくる」

「オーケー」

トムは動きを止め、私をじっと見ている。

「何？」

「うまくこなしているようだな」

私は笑ってしまった。「あら、そう？　頭の中には終わりのない恐怖の叫び声と、嘘つきのあなたを殺してやりたいという強烈な欲求が交代で顔を出してるけど」

「だとしても、そうは見えない……たいしたものだ」トムが私の顔を見つめる。彼の表情からは感情が読めない。とはいってもトムはこれまでも、いわゆる突き放したような態度を取っていた。それもまた二人のロマンスが偽物だった証拠だ。「ベティ、こうなってしまった今、俺を信用しろと言われても難しいとは思う。でもここから生きて抜けだすためには、俺に頼るのが一番だ」

「だけど私がこうなったのも、あなたのせいだということを忘れないで」

トムは無言だ。

「あなたの言うとおりよ。あなたを信用するのは難しい」

トムがうなずいた。「すぐに戻る」

スパイダーに話したとおり、私がトムに会ったのは繁華街のバーだった。あれは最悪な土曜日だった。しかもその原因は全部私だった。ある日、私は一人の花嫁の相談を受けた。もしこれが自分の結婚式だったら、フラワーアレンジメントをどんなふうにするかと彼女がほほえんで訊いてきたことが始まりだ。ちょっと親切にしてあげるだけのはずだった。でもいつものようによく考えもしないで人を喜ばせようとした私は、ぺらぺらとアイデアを披露してしまった。ピオニー。スズラン。自分の結婚式のために温めていた思いをすべて。花嫁は私の考えに飛びついた。私はその土曜日、一日かけて、夢に描いていた私のウエディングフラワーアレンジメントを、他人の結婚式のためにこしらえたのだった。そして出来上がりは想像以上に素晴らしかった。この仕事が得意な自分が恨めしかった。

私と違って普通の人だったら、誰かと夢を共有したとしてもそれほど気にならなかったかもしれない。単にブーケとか、花婿がボタン穴に飾る花（ブートニア）とか、テーブルの花とか、それだけのものだ。でも私にとっては重大な問題だった。本当に重大な。

私は当時二十五歳だったが、それまで本当の恋人と呼べる人がいたことはなかった。人生には夢も希望もないと感じていた。ウオッカのソーダ割りをどんなに飲んでも気分が晴れないのはわかっていたものの、それでも試してやろうと思っていた。そんなときにトムが私を見つけたのだ。彼はいともやすやすと私の人生に巧みに入りこむことができたはずだ。なぜなら私はその日、ついにあきらめることに決めたのだから。よさそうな人が本気ではなくても愛してくれるなら、自分はそれ以上を望めない、自分にはそんな価値はないと心底思っていた。

メロドラマじみた気分で酔っ払うことは絶対に避けるべきだった。もちろん結局は私も正気を取り戻して、クローゼットの中に私の服と他人の服が並んでいてもつきあっているとは言えないことに気づいたわけだ。それが四、五週間前。のみこみが遅い人というのは私のことだ。

スキニーのブルージーンズと膝丈のブーツ、黒のTシャツを身につける。髪は低い位置でポニーテールにした。頭痛や怪我に響かないよう、少し緩めに結んだ。フォックスほどタフではないが、少しは有能に見えるようになった。そう思いたかった。

傷に貼った絆創膏はどうしようもないけれど、一番ひどい痣はコンシーラーで隠すことができた。目尻をはねあげて黒のアイラインを引き、マスカラを塗ると、自分の人生が制御不能になっている今、少しは平常心を取り戻すことができた。メイクに関して言うと、ナチュラルなのは私に向いていない。六〇年代の雰囲気が好きだ。例えばソフィア・ローレン。あのバストとヒップ。彼女はパスタとワインが最高だと信じていた。そしてものごとの本質を理解していた。細いウエストよりもずっと大事なことがある。自分を愛して人生を楽しむこともその一つだ。

それ以外のものはダッフルバッグに押しこんだ。ダッフルバッグももちろんデザイナーズブランドのものだ。バーゲンでたったの三千ドルという値札がついている。クロウもトムのお金を使うのは楽しかっただろう。いずれにせよ、ちゃんと服を着て、少しくらい必要なものが揃ったのはいいことだ。このとんでもない状況にあっても、少しくらいは自分にもコントロールできることがあるのかもしれないと思えてくる。

そろそろコーヒーが来てもいい頃なのに、どうしたのだろう。しかたがない、ちょっと探しに行こう。トムは私に隠れていてほしいと思っているのだろうが、まわりで何が起こっているかわからないのはごめんだ。昨日の尋問から半日も経ったから、探検に出かける勇気もわいてきた。

廊下には人の気配がない。すり減ったテラコッタタイルの廊下が左右に延びている。耳を澄ますと、くぐもった会話が左側から聞こえてきた。そちらに向かうことにする。好奇心に駆られて、隣の部屋の開いているドアに頭を突っこんでみた。そこには、むきだしのマットレスとベッドサイドテーブルがあるだけだ。そして次の部屋。そこにも写真など、人が住んでいる気配がするものは何もない。

廊下の向こうから、声が聞こえてくる。私はスパイの集団に忍び寄っているのだ。気づかれないように進もう。

何かが変だ。二番目の部屋にあるクローゼットの扉の前。ベージュ色のカーペットになんだか怪しいしみがある。誰かがしみをつけたらしい。カーテンが閉じてあるから、部屋は薄暗く、そのしみも黒く見える。もしかしたら、焦げ茶色かもしれない。でも近づくにつれ、色には確信が持てなくなってきた。部屋には金属のようなにおいが充満している。銅みたいな強烈なにおい。胃がむかむかしてきた。いやな予感がする。

クローゼットの扉はきちんと閉まっていない。隙間からブーツの先端が見えている。

トムを呼ばなければ。あとずさりして、とっとと逃げだそう。だけどもしあの中で血を流している人がまだ生きていて、私が助けなかったせいで死んでしまったら？

ああ、神様。

震える手でノブをつかみ、クローゼットの扉を開けた。

中には黒ずんで血まみれになった恐ろしい死体があった。男の胸にナイフが突き刺さっている。さまざまな体液の腐臭に、私はこみあげてくる胃液をのみこむ。再び嘔吐するのは得策ではない。殺された人を見るのは生まれて初めてだ。目の前の恐ろしい事実をどうすべきか頭が処理しているあいだ、目をそらすことができなかった。誰かに伝えるべきだ。そう、それがいい。

「トム？」私は弱々しい声を出した。これではだめだ。一歩後ろにさがる。さらにもう一歩。パニックを起こさないようにしなければ。パニックを起こしてもいいことはない。「トム！」

足音がする。それも二人分以上の足音がこちらに向かってくる。力強い手が私の肩をつかんで、そっと動かした。

トムはクローゼットの内部を見ると、息を吐いた。「スパイダーだ」

私の後ろで誰かが悪態をつく。

「あの、生きているかどうか確かめたら?」私は訊く。

「こんなに出血したら生きてはいられない」トムが振り向き、集まってきた人たちを確認する。私が眠っているあいだに、たくさんの人がこの家に来ていたらしい。フォックスとバジャーはまだそこにいた。それから北欧神話の雷神のような金髪の大男や、クールな赤毛の女もいた。

「あたしじゃないよ」フォックスが言った。「昨日、端っこのベッドルームに置いてきたときは生きてたし、無事だった。意識はなかったけど。あとになって様子を見に行ったときにはもういなかった。ウルフに隠れてこっそり立ち去ったんだろうと思ってたのに」

「ウルフとスパイダー、もめたの?」赤毛の女が尋ねた。

「警告しただけだ」トムが口を引き結ぶ。「まずいな」

「ああ」金髪の大男が言う。

バジャーの目は赤かった。それにずっと体の脇を指で叩いている。どのくらいの時間、検索エンジンとエナジードリンク漬けになっているのだろうか。彼はほかの人たちよりも若く、細くて神経質そうだ。「みんな思ってるんだろう。はっきり言う。やったのはこの中の誰かだ」

「可能性はあるな」トムが言う。「高い確率で。何者かが俺たちの防御線を突破したなら、一人しか襲わないというのは考えられない。ほかにも殺される者がいたはずだ。少なくとも俺だったらそうする。これじゃまるで、誰かが一人ずつ選びだして殺すのを楽しんでいるかのようだ。それにこの家のセキュリティシステムでも、不審者の侵入は検知されていない」

雷神のような男が私のほうを向いて、手を差しだした。「やあ、君が婚約者だな。俺は〝熊（ベア）〟だ」

「ベティよ」

彼の握手は優しかったが、目つきは真剣だった。

「私は〝鷹（ホーク）〟よ」赤毛の女があまり興味なさそうに、私に向かって手をひらひらさせた。緑のミニワンピースを着ている。腿につけたベルトには大きなナイフが挿してあった。「二人殺されて、生き残った私たち六人全員が容疑者ね。ベティも入れたら七人だわ」

トムが前に立ちはだかり、私を隠すようにした。彼の庇護本能は本物らしい。少なくとも見かけ上は。

「これは本当にまずいな。君たちみんなを疑うわけじゃないが、しばらく場所を移す。また連絡する」バジャーは頭を振るとフォックスとクロウのあいだを急いで抜け、部屋の外へ向かった。

「出ていく前に、もう一度本部にメールを送ってみてくれ」トムが命令した。「この問題が片付くまで向こうが連絡を絶つ気なら、それを俺たち全員が把握しておく必要がある」

ホークが眉をひそめる。「本部のやつらときたら」

「俺たちがどういう立場にいるか知らせてくるほどの誠実さもないのか」ベアが言う。

その言葉に同意しない者はいなかった。

「完全に否認するつもりだな。上からはなんの助けも来ないと思ったほうがいい」トムが肩越しに私にちらりと目をやる。はっきりと不安を感じているようには見えないが、安心しているわけでもないらしい。「任務を忘れるな。犯人が誰であれ、俺たち全員が殺されないうちにそいつを止めなければならない」

フォックスがあきれた顔をする。「いつもながら人を奮い立たせる熱い演説だこと、ウルフ」

トムはそれには答えず、私の手をつかむと、先ほどまで使っていた部屋に戻った。ベッドの上にある、荷物を詰めたダッフルバッグを指さす。「これで全部か?」

「ええ」

トムはダッフルバッグを肩にかけると、大股で廊下を歩きだした。連れていかれた先は建物と続きになったガレージだった。車が二台停まっている。流線型のランボルギーニと、頑丈そうなSUVだ。もちろんトムはSUVに私を押しこんだ。私はセクシーなスポーツカー向けではないらしい。残念。死ぬ前に一度、あんな車に乗ってみたかったのに。

もしかしたらその日はそう遠くないかもしれないのだから。

「シートベルトくらい自分で締められるわよ」私は彼の手を払いのける。「まったく何よ、トム」

トムは後部シートにダッフルバッグを置くと、隠された物入れからジャケットと拳銃、いくつかの弾倉を取りだしてドアを閉めた。すばやく無駄のない動き。優雅とも言える。拳銃はジーンズのウエストバンドへ、弾倉はポケットへ収めた。ガレージのドアが開きはじめる。トムは携帯電話をいじりながら運転席に滑るように乗りこむと、エンジンをかけた。かつてのトムと違い、このトムは明らかに同時に二つか三つ、またはそれ以上の動作をこなすことができる。頼まれたら、ナイフでジャグリングだってできるに違いない。

「私たちは死ぬの？」何か会話をしなければと思って言った。

トムはバックミラーを凝視し、バックで車を出した。「君は死なない」

「でもあなたは死ぬかもしれない？」

「心配かい？」

「正直、わからない」私は笑った。

トムは返事をしない。

「ジェンに電話をかけて、大丈夫だからって言わなきゃ」

「ベティ、誰かと連絡を取るのは危険だ。今はだめだ。ジェンとも。家族とも。誰とも」

「職場の人たちみんなが、私がどこにいるかと心配しているわ」私は眉をひそめる。

母は眉をひそめると笑うよりずっとしわが増えると言うけれど、人生を捨てさせられて早死にする可能性があることに比べたら、しわの一つや二つ、なんてことはない。

「私が生きているとメールを送るぐらいはいいでしょ」

「危険すぎる」

「だけど、ひどく心配しているはずよ」喉が締めつけられ、涙が出そうになった。

「まったくもう、正気とは思えないわ」

「今は何もできない」トムが断固とした口調で応じる。「とにかく落ち着いてくれ」

トムがそう言うのは簡単だ。私の頭の中はぐるぐるまわっている。恐怖のせいで、私はおしゃべりになっていた。それとも頭のどこかで、この状況を把握するためにもっと情報が欲しいと思っていたのかもしれない。「それで、あなたが動物園の責任者？　みんな、あなたの指示をあてにして命令に従ってるみたいだったわ」

「俺が現在のところ最も経験を積んだ工作員だからね」

「スコーピオンって誰？　彼女があなたの本当の……なんでもない。知りたくないわ」

車は家から離れ、スピードをあげて砂利道を進んでいく。土ぼこりがもうもうとあがり、太陽が照りつけている。自分がどこにいるのかまったくわからない。何が起ころうとしているのかもまったくわからない。血のにおいが体に残っている気がする。スパイダーの死体のイメージが頭から離れない。

「ゆっくり呼吸をしろ、ベティ。今、パニック発作を起こされたら困る」

憎たらしいことに、そのとおりだ。呼吸が乱れ、胸が上下している。全身にうっすらと汗がにじむ。トムがエアコンの温度をさげた。冷たい空気が一気にあたり、少し気分がよくなった。ゆっくり深呼吸をしたのも効果があった。

「殺された人を見たのは初めてだったから」私は静かに言った。

「そうだろうな」

「あなたが殺したの？」

トムが私のほうに顔を向けた。口を固く引き結んでいたが、やがて言った。「違う」

「わかったわ」私はうなずく。愚かだと思われるかもしれないものの、彼を信じることにする。「私が殺されなかったのはどうして？　隣の隣の部屋で眠っていたのよ。スパイダーと私のあいだには誰もいなかった。殺そうと思えば簡単だったのに」

「今のところ君を殺す理由はなかったんだろう。犯人が誰にせよ、君が俺の足手まといになってくれると考えたんだ。俺が君を守ることに集中していれば、俺を倒しやすくなる」

「それ、本当？　私は足手まといなの？」

トムは否定しない。「君を安全な場所に移す。そこなら安心だ。そうすれば、俺自身もこの問題に本腰を入れられる」

「私をどこかに捨てに行くつもり？」

「俺から離れたかったんじゃないのか？」

「本気で私を捨てたいわけね」私は向きを変えた。彼の表情をちゃんととらえるためだ。「トム、あなたはほとんど家にいなかった。あなたの存在にむかついているなら、私は家にとどまっていればよかったわけでしょ。でも、そうじゃない。私たちの関係そのものが完全に破綻していたのよ」

「どんなふうに？」トムが今度は怒ったような声を出す。今まで見た中で一番率直な感情表現かもしれない。「仕事のせいで家を空けなければならなかったからか？　生活のためだっていうのに？」

「家にいるときですら私と一緒にいなかったからよ。頭の中にも、心の中にも。あなたはいつも別のところにいたわ」

「そんなのはばかげてるわ」

「言っておくけど、こんな話をしていること自体がばかげている」

未舗装の道が終わった。少し文明に近いところに来たらしい。家の数も増えてきた。人の姿や車もちらほら見える。ここには生活、普通の生活がある。世界がひっくり返ることもなく、目の前に死が迫ることもなく、普通の朝を迎えている人々の姿が。

「一緒にいなかったってどういう意味だ？」トムが追及してくる。完全にいらいらしはじめた。「仕事関係のいやなやつの悪口だって、ジェンが誰と寝ているかという話だって、いつでも聞いていたじゃないか。君が同じ話ばかり繰り返してもちゃんと聞いたし、応援しただろう」

「あなたは自分が思うほど、興味を持っているふりをするのが上手じゃないのよ」

「テレビでどの番組を見るかも、テイクアウトの料理を何にするかも、いつも君の好きにさせた」

「男と女の関係って、あなたにとってはそれだけのものなの？」私は尋ねた。パニック発作のことなどすっかり忘れてしまっていた。トムの考えを知りたい。少し傷つく

 こともたしかだが。

「全部が嘘だったわけじゃない」

「それ、正直に言ってるの？」私は眉をあげた。「どの部分が本当だったか教えて」

「愛していると言ったのは嘘じゃない」

私は笑い声をあげる。笑わないほうがよかったのかもしれないが、抑えられない。

「それは皮肉だわ。だって私、そのことだけは信じていなかったんだもの」

「なぜ信じなかった？」トムは顔をしかめた。「俺たちは愛しあっていたじゃないか。セックスだってしていたし」

そう聞いて、私は失笑をもらした。我慢できなかった。

「なんだ？」

「私たちのセックスライフはそんなに素晴らしくなかったわ」

トムが反応するのに少し時間がかかった。「同居するカップルは、一年に平均五一回セックスする。仕事でいなかった時間を除けば、俺たちは平均を保っている」

「平均を保っている？　へえ。私は常に平均を保つことを切望しているものね。そう、それが私の生涯の目標だもの。心からの」

「辛辣な物言いだな。珍しい」

「あら、そう？　これのどこが辛辣？　たいていは、うんざりするようなセックスだったのよ。私はランジェリーを新調したり、ベッドでうまくやるコツについてのつまらない記事を読んだりして、少しでも楽しくなるように工夫したっていうのに」

ハンドルを握るトムの指に力が入る。「女性のほとんどはパートナーとの性交渉において、毎回クライマックスに達するわけじゃない。悪いが、平均的で……普通のカップルだという幻想を保たなければならなかったからだ」

私は目が点になった。

「周知の事実だ。研究では――」

「ということは、つまり……」私は口を挟んだ。脳みそが煮えたぎってくる。「あなたが言ってるのは、平均的な男女の関係を調べてセックスの頻度を調整して、ほんのたまにしか私がクライマックスに達しないようにしてたってこと？　あなたの目標達成のために？」

「俺自身の目標じゃない。君の目標だ。君が望む関係を提供しようとしていただけだよ。安全な普通の」

「銃をよこしなさい」私は手を出す。「今すぐあなたを撃ってやる」

「ベティ――」

「よこしなさいよ」

「君には撃たせない。冷静になれよ」

「冷静になれるわけがないでしょ」経験したことのない激しい怒りを感じた。「つきあったこと自体が偽物だっただけじゃなくて、わざと最悪なセックスをしていただなんて！　この悪魔」

トムが私を横目でちらりと見る。「できるだけ現実的であろうとしていただけだ。本物らしく、君の期待どおりに」

「何それ？　だったら今度私の隣で寝たら、絞め殺されるのを覚悟しておくことね」

私は前を向いて座り直すと、前方をにらみつけた。「こんなことは夢にも……どんな地獄を見るか覚えておきなさいよ」

「君が望んでいたことを実現してやっただけだ。君が言ったんだぞ。そういうのを望んでいるって」

「なんの話？」頭が爆発するかと思った。「いつよ。私がいったいいつあなたに最悪のセックスがしたいって言ったのよ？」

「俺にじゃない。ジェンにだ。俺たちがつきあいはじめる前。白馬の王子様に思いを寄せるのはもう飽きたって言っていたじゃないか。安全で、人がよくて、一緒にいて楽な人がいいって」

「電話を盗聴したの？　私の会話を聞いてたの？」

「君に安全上のリスクがあるかどうか知っておく必要があった」

言葉が出ない。私はただトムをにらみつけた。

「いい恋人になろうとしたんだよ。よき婚約者に」

「いいえ、違う。簡単に私をおとなしくさせておこうとしたのよ。大きな違いだわ、トム。とてつもなく」泣くものか。弱さを見せるのはごめんだ。真実がわかればすべてうまくいくと思っていなかったのがせめてもの救いだ。そこまで愚かでなかった自分を褒めてやりたい。「よかった」

「何が？」

「私にはもっといい人がいるはずだと期待値を高くしておいてよかったって言ってるの」

トムはまた何も言わなかった。かえって好都合というものだ。

「長いあいだ、自分のせいだと思ってきたのよ。私はあなたの恋人としては美人じゃないし、頭もよくないし、とにかく釣りあわないって」

「ベティ……」トムが何か言おうと口を開けて、また閉じた。「違うよ」

心が痛い。私は頭を振った。「いいから運転に集中して」

私たちは北に向かって何時間も走った。トムのことは機械だと考えよう。私の恋愛をめちゃくちゃにするために、未来から送りこまれた殺人ロボットだと。私が一カ月に二回以上クライマックスを感じたら、未来の世界が破滅する運命なのだろう。だからこのロボットに人類の運命を託して過去に戻し、私が感じないようにする使命を与えたに違いない。ばかばかしいにもほどがある。

トムは道路、バックミラー、私、そして運転席側に近づいてくる車のあいだで、絶えず視線を動かしつづけている。誰にもつけられていないかどうか確認しているのだろう。それからもしかして、私が彼から逃げようと走っている車から飛び降りてしまうのではないかと少々心配しているのかもしれない。私だってできるものならそうしたい。それほど頭にきていたから。でも個人的にはいい考えに思えなかった。昨日の爆発で吹き飛ばされてから、もう充分痛い思いをしている。これ以上の怪我はごめんだ。そんなわけで、心に積もった怒りを抱えながらもトムを無視して寝ることにした。

私たちはずっと走りつづけ、午後になってようやく北カリフォルニアのどこかで車を停めた。ガソリンを入れなければならなくなったからだ。そこは幹線道路を外れた、人けのない小さなガソリンスタンドだった。ジャンクフードが食べたい。もうずっと何も口にしていない。トイレ休憩は一時間ほど前に取った。しかしそれもトムが常軌を逸した用心深さを発揮し、誰かに見られるかもしれないという徹底した被害妄想を抱いていたから、私は木の陰で用を足さなければならなかった。トムは絶え間なく警戒しているだけではない。携帯電話のＳＩＭカードも入れ替え、古いカードは靴のかかとで踏みつぶして破壊した。車の安全のため、トムの携帯電話には追跡をチェックするプログラムが入っているらしい。それに彼が服の下にあらゆる兵器を装備していることもわかっている。

「ああ、よかった。お腹がぺこぺこなのよ」私は車のドアを開けようとハンドルに手をかけた。だがトムに腕をつかまれた。「何？」

「車の中にいてくれ。なんでも欲しいものを買ってくるから」

「どうして？　あなたと私以外、誰もいないじゃない。あとはレジ担当の女の人だけ。彼女は私たちにこれっぽっちも興味がないって断言するわ」

「こんなおんぼろの店でも監視カメラはあるからな。システムにハッキングされたら俺たちの居場所がわかってしまう」

車の外に出て脚を伸ばしたかったけれど、トムの言うことも理解できる。ちぇっ、残念。私は背もたれに乱暴に寄りかかった。「いいわ。じゃあ、全部一つずつ買ってきて」

「了解」

トムは後部シートから野球帽を取り、それをかぶって外に出た。視線を落とし、誰にも、どのカメラにも顔がはっきり見えないようにしている。彼は人目を忍んで歩いているが、それでもなぜか自然に見える。必要なことをしているだけの、なんの変哲もない男だ。トムはかごをいっぱいにするとレジに向かい、暇そうな中年女性を相手に支払いをすませた。そのときですら、のんきそうな動きをして、できるだけ平凡に見えるように振る舞っている。なかなかの演技だ。背中を丸めて前かがみになっているので背が低く見え、単なる通りすがりの無害な男にしか見えない。

私のことをこれほど長いあいだだませたのも納得だ。この男は羊の皮をかぶった、正真正銘の狼(ウルフ)だ。

「生まれついての役者ね」トムがジャンクフードでいっぱいになった袋をさげて車に戻ってくるや、私は言った。

「そうか?」

「動きといい、態度といい、全部。本当にずるいわ」

トムはグミの袋に手を伸ばしながら、車のエンジンをかけた。

「どこで習ったの?」

彼は私をちらりと見た。「それは言えないことになっている」

「そうね。でももし私からしばらくは離れられないというあなたの話が正しいのだとしたら、少しは正直に――」

「君が死ぬほうを選ぶんじゃなければの話だが」

「最後まで聞いて。もし生きてこの事態を乗りきれたら、私たちがべったり一緒にいなくても、あなたのボスを安心させる方法を見つけられると思うわ。あなたは抜け目がなくてずる賢いから。それも仕事で学んだ能力よね？ だから組織に私たちへの干渉をやめさせて、別々の人生を生きればいいのよ。ほかの人と出会ったりして。心と体のニーズはほかで満たすの」

「浮気するつもりか？」

私は肩をすくめる。「それも浮気になるの？」

トムが冷たい視線を向ける。

「それとも」私は続けた。「あなたのことをもっと話す？」

「俺が話すことで何か変わるのか？」

「まったく、これっぽっちも」私の笑い声にはユーモアのかけらもなかった。「でも今この場では、友達くらいには仲よくできるかもしれないわよ」

「もう一度訊く。話したらどんな見返りがあるんだ？」

「まさか私たちの関係をなんらかの形で復活させたいなんて言うつもりじゃないわよね」私は仰天した。「本気なの？」

トムが小さく肩をすくめる。

「真面目に考えてる？ そんなふうだから、私があなたと別れたい理由を理解できないのよ。本当に素晴らしいコミュニケーション能力ね！　あきれるわ」

「ベティ、頼むよ――」

「いい？　このごたごたに私を巻きこんだのはあなたなのよ」私は本格的に頭にきていた。「要するにあなたが自分のことを話すのが許しを請うための、多少なりとも信頼関係を築くための第一歩なのよ……もしあなたにその気があればだけど」

トムは無言だ。おそらく私にうんざりしていて、その手で私を殺すかもしれない。結局のところ、私はこの男のことをほとんど知らないのだから。

「私が素直に自分の言うことを聞いたらどんなにいいかと思ってるでしょ？」私は尋ねた。

「縛られて猿ぐつわを噛まされて車のトランクに入れられるよりも、快適に座っていたほうがいいと思わないか？」

この男はいったいなんなの。ありえない。だがそのとき、異変に気がついた。「大変！　あの男、強盗に入ろうとしてる」

「そうか？」トムは目を向けようともしない。「大丈夫だ。この車は防弾仕様だから」

「でも、レジの人はそうじゃないでしょ。ちょっと、なんとかしてよ！」

トムが驚いてこちらを見た。「ベティ、俺たちは見つからないようにしているんだ。ああいう犯罪はしょっちゅう起きていることなんだよ。彼女は金を渡すだろうから、男は彼女を撃ったりしない」

「絶対そうだとは言いきれないじゃない」

「俺にわかっているのは、もし俺が出ていってあの男を動揺させたら、怪我人が出てしまうかもしれないってことだ」

ガソリンスタンドの中で、女性が現金とたばこをカウンター越しに差しだしている。彼女は震えながら泣いていた。強盗はそれをスウェットパンツとパーカーのポケットにねじこんでいる。

「ああ、怖いわ」

「ほら、発砲しないまま出ていくだろう」

「あの女の人、かわいそうに。失業するかもしれない。医療保険に入っているのかしら。こんな事件のあとでは心的外傷後ストレス障害（PTSD）を発症しちゃうかもしれないわ」

運転席から、かつてなく深いため息が聞こえた。「シートベルトを締めろ」トムが命令する。「今すぐ」

私は言われたとおりにした。

トムが小声で悪態をついた。私の目をじっと見つめる。そのとき、ＳＵＶが急に前に飛びだした。すぐにブレーキがかかり、タイヤがきしむ音とともに車は停止した。強盗をはねたわけではなかった。少なくとも私にはそう思えなかった。でも男は地面に尻もちをついて何か叫んでいる。たしかに何かが起こったはずだ。

次に運転席側のドアが大きく開き、何かにあたった。ドンという鈍い音。たぶん強盗の頭だろう。トムは車の外に出ると、悪党の手から拳銃を奪って車に戻った。

「死んだの？」

「いや」トムが言う。「足を轢いて気絶させただけだ。骨が一、二本折れて、脳震盪を起こしているだろうな。レジの女性は警察に電話をかけている。金は戻るし、この男も大丈夫だ。こいつも勉強になっただろう」

驚いた。

もう一度タイヤをきしませて、私たちは出発した。トムはガソリンスタンドからできるだけ遠ざかりたいのだろう。

「骨が一、二本と脳震盪？」考えるだけで気分が悪くなる。「それで全部？」

「そうだ」

「痛そう」私は言った。「でも、あなたが本物の精神病質者(サイコパス)じゃなくてよかったわ。ありがとう」

「どういたしまして。だけど、誰でも救えるわけじゃないからな」

「わかってる」

正直、感激していた。トムもある意味、いいことをした。自分の能力を悪ではなく善のために使ったのだ。今まで彼のことを基本的には優しくて倫理的に正しい人だと思っていたけれど、ひょっとするとその考えはそれほど間違っていなかったのかもしれない。ただ、一連の嘘と最悪のセックスの問題はまだ残っている。トムが自分の身を隠すために偽物の関係を築くことで、私の人生をめちゃくちゃにしてもいいと考えていたという問題だ。それにそう、私はまだ彼の心根を憎悪しているし、撃ち殺してやりたいとも生々しく思っている。

「前にも言ったが、俺は里親に育てられた」トムがグミを口に放りこんで噛みながら話しはじめた。「いつも悪さばかりして過ごしていた。トラブルに巻きこまれるのも常だった。ついに里親は愛想をつかして、俺を次の里親に預けた。俺のことを本気で心配する人は誰もいなかった」

私はずっとそういう生い立ちのせいで、トムの情緒の発達が妨げられたのではないかと思ってきた。子供時代に愛を知らずに育つと、のちの人生に大きく影響すると言われている。それに彼が一人だったのは悲しい。私には、多少の欠点はあるものの、いつも愛情にあふれ、お互いを大切にしている家族がいる。私はトムにも同じものを与えてあげようと努力したが、彼はどんな心の交流にもひどく抵抗を示した。今ならその理由がわかる。トムの子供時代がつらいものだったのはたしかとはいえ、おそらく人と交わらずに生きる訓練も受けたのだろう。想像でしかないけれど、絆を築いたり、人に対して心からの気持ちを抱いたりすると、任務の終了後に姿を消すのはつらいに違いない。人を殺すことも難しくなるはずだ。

「入隊年齢に達したらすぐに陸軍に入って、そこでやっと自分が得意なことを見つけた。トラブルを起こすこともなく、一生懸命働いた」トムが続ける。「訓練を積んでレンジャー部隊に入ったあと、この仕事に誘われた。対テロ特殊部隊のデルタフォースに入るのかと思っていたが、そうじゃなかった」

「じゃあ、もう軍には所属してないの？」

「そのとおり。どちらかというと民間の仕事に近い。政府に直接は管理されていないからな。金も民間から出ている」

「何をさせられているの?」

「とんでもなくきつい訓練だ。それまでしてきた訓練がまるでジョークに思えるような」

私はうなずき、聞いたことをもう一度頭の中で整理しようとする。

「でも、あなたたちは正義の味方なんでしょ? 世の中をよくしようとしているのよね?」

「そうだ。そう努めている」

「例えばどんなふうに?」

今度こそトムは本格的に眉をひそめた。「あらゆることだ。テロ防止。人質事件の交渉。集団虐殺の阻止。核兵器の追跡。武器取引の妨害。とにかく邪悪な組織の黒幕を始末するのが仕事だ」

トムは正しい戦いをしているようだ。それでもまだ、私は彼の心を読みたいと願っていた。以前は読み取れていると思っていたが、今はまったく見当がつかない。現状では、トムが主導権を握っている。私がこの旅に同行していようが、結局は殺される可能性も充分に考えられる。私には近い将来この状況から抜けだすための策はない。ここまで誰かに依存しているなんて最悪だ。もっと言うと、この状況すべてが最悪だ。

「真実なのね……今、話してくれたことは」

「そう、真実だ。いつもそうできるわけではないが、なるべく真実を口にするようにはしている」

今、私にできるのは、もう少し様子を見ることだけらしい。「わかったわ」

3

「つまり、スパイがするような訓練を受けてきたということ?」

「スパイがするようなというのは具体的にどういうことだ?」トムが訊く。

「人をだましたり、操ったりできるようになって、ボーイスカウトの認定バッジをもらったんでしょ、当然」

「当然そうだ」トムが同意する。「ただし俺たちはそれを、偽装工作の設定や維持、監視の実施という言い方をするが。そのほうが聞こえがいいだろう。上品に感じられる」

「そうかしら。ほかには何ができるの?」私はトムのほうに身を乗りだした。これで彼の表情がよく見える。なぜか今のトムは以前より生き生きとしている。なんとなく、全体的に。もしかして私は、かつてのような弱々しいそっくりさんではなく、やっと本物のトムに向きあっているのかもしれない。

「まあ……潜入や身元詐称とか……ありとあらゆる一般的な策略行為だ。必須なのは通常戦闘能力と対敵諜報活動能力だ」

「道具類は持っているの？　持ち歩きできる非常用袋とか」

トムが目の端で私を一瞥する。

「意味はわかるわよね、トム。ゾンビが闊歩する世界の終末に備えて、みんなが準備しているあの袋よ。まあ、あなたの場合は、スパイ活動で捕まってしまったときに備えてだけど」

「普通の人がゾンビだらけの世界の終末に本当に備えてるのか？　それが問題だ……」

「リアリティ番組ではそう言っていたわよ」

トムが低い声でうなる。「君の質問に答えると、作戦用のバッグなら持っている。ほかにも緊急事態に対応するために常に持ち歩いてるものもある」

「例えば？」

トムがわずかに苦悶の表情を浮かべる。彼の世界の情報には価値があるのに、私は今、なんの見返りもなしにそれを差しだせと迫っているのだ。トムが少しかわいそうにも思える。「カミソリの刃、手錠の鍵、ヘアピンなんかは、たいていいつも携帯している」

「なぜヘアピンを？　髪にも緊急事態があるの？」

「もちろんそういった場合に使うこともできる。ただ俺の場合、結束バンドから逃れるために使うことが多い」

「ふうん。あなたが小型のバッグを大事にしていたのは知っているけど、それ以外のものは一度も見たことがないわ」

「そういったものは全部、服の中に隠してあるからな。シャツやズボンの裾、靴の中敷きの下、ベルトの中。俺たちの活動は理由があって極秘任務と呼ばれているんだ」

私は頭を振る。「驚きだわ。あなたの世界は理解できない」

「君の目にそう映るのは理解できるよ。だが俺はこの世界のこと以外は知らない」なるほど。「しばらくその世界で過ごせば、どんなことにでも慣れるものじゃない？」

「そうかもしれない」

先ほど私たちは車を停め、ＳＵＶのナンバープレートを車内に保管してあった別のプレートにつけ替えた。ガソリンスタンドでの出来事を知った何者かによる追跡を少しでも難航させるためだ。長時間、車のシートに座っていたので、ヒップが痛くなってきた。でも少なくとも私はまだ無事に生きている。

人里離れた見知らぬどこかで、私たちは幹線道路をおりた。そして今は森を抜ける山道をのぼっている。どこに向かっているのだろう。「私を殺して、死体をここに捨てるつもり？　この美しい大自然のど真ん中に」

「その予定はない」

「よかった。ところであなたには、私が知っておいたほうがいい、ほかの婚約者とか家族とかがいるの？」自分の顔がゆがむのを感じる。想像するだけで気分が悪い。ただでさえ事態は複雑なのに。「ねえ、いるの？」

「もちろんいない」

私は目を細めてトムを見た。

「本当だ」トムが言う。まるでその質問に少々気分を害したかのようだ。たぶん私にこんなことを尋ねられるのに慣れていないからだろう。彼は深く息を吸ってからゆっくりと吐きだした。「俺は結局、君にすら信用してもらえなかった。どうやってほかの人たちを信用させることができるというんだ？　本物だろうと偽物だろうと、人と関係を築くのは俺の得意分野じゃない」

「でも、恋人はいたのよね？　私とつきあう前に」

今回、トムは私のことを長いあいだ見つめていた。あまりに長い時間だったので、道路を外れて木にぶつかるのではないかと心配になったほどだ。でも大丈夫だった。トムは恋人としては役立たずだが、車の扱いは正確だ。

「いや」ようやく彼が答えた。「いなかった」

「男の恋人は？」

「そっちもいない」

私は驚いて目を見開く。あまりの驚きに、つりあがった眉が髪の生え際まで届きそうだ。

「基本的に国内だろうと国外だろうと、撃たれたり、刺されたり、吹き飛ばされたりしないようにするのに精いっぱいだった。それが最優先だった」トムが言う。「高校時代は恋愛に興味がなかったし、入隊してからはそのために割く時間がなかった。そのあとは仕事が忙しくて移動ばかりしていたから」

「でも、帰るべき故郷のような決まった相手がいない状態に疲れてしまったのね」

トムはうなずいた。「そういうことだ」

「そこは現代人たちの共通点だと思うわ。驚きじゃない？　すべてがつながっているこの時代に生きているというのに、誰もがとても孤独だわ」ソーシャルメディアでは幸せになれない。私もそこまではわかっている。「だけど誰かと真面目につきあいたかったんじゃないの？　ただの見せかけの関係じゃなくて」

「最初のデートで職業は盗み、詐欺、殺人だと言ったら印象が悪いんじゃないかな」

「そうね。でも私たちは結婚しようとしてたのよ。それって最初のデートよりは少し進んだ関係でしょ、トム」

ため息が聞こえた。「君を守ろうとしていたんだ」

窓の外はセコイアの林だった。「大切な人とのあいだに誠実さがないんだったら、そこにはいったい何があるっていうの？　嘘以外、何もないわ」

「君を守るための嘘だった」

「それで？　守れなかったわよね？」

トムは肩をまわし、首を鳴らした。

「これまで一度も恋人がいなかったなんて、これっぽっちも信じられない。少なくとも予行演習はしたことがあったんでしょ? 誰かとデートするとか」私はなおも食いさがった。「任務の一環でじゃないわよ。あなたが一緒にいたいと思った人と」

「最初に飲みに行くようなことか? それならある」

驚いた。この男は本当にロマンチストらしい。私は指で腿を軽く叩きながら深く考えてみた。「だけど誘惑の仕方とか、そういうことも習ったんでしょ? あなたが極悪非道な陰謀を実行する過程で、欲しいものを人に差しださせるためにはどうすればいいかを」

「ああ」

「じゃあ、どうして私たちはこんなふうになってしまったの?」

トムがかすかに眉根を寄せる。「ずっと考えているんだが、まだわからない」

「もしかして私はあなたの手に負えないのかもしれない。それともあなたが私のことを誤解して、間違ったキャラクターを演じていたのかも」

「そうかもしれないな」トムは同意した。

「太った女にはよくあるのよね」私は頭をシートに押しつけ、先ほどから目の前に広がる素晴らしい自然の景観を眺めた。「人は、私たちがクズでもなんでも喜ぶと思ってるのよ」

　トムは私に目を向けたが、何も言わなかった。

　永遠に続くと思われた曲がりくねった坂をのぼりきると、私たちは古びた丸太造りの小屋の前にたどり着いた。ここはまだ北カリフォルニアのどこかだ。地面はぬかるみ、ところどころに水たまりもある。あたりはフラワーショップの仕事で使う苔のような青臭いにおいがした。最近、大量に雨が降ったのだろう。多くの木々が美しく紅葉している。それとは対照的に、小屋の半分以上が蜘蛛の巣や泥、生い茂る蔓草で覆われていた。庭に面した窓ガラスが一枚割れており、ベランダには壊れたロッキングチェアが置かれていた。ホラー映画の一場面のようだ。悪霊が地下室に隠れていたり、連続殺人犯がベッドルームに潜んでいたりする、その手の建物だ。やわらかな午後の日差しの中でも、この廃屋はどんよりとして見える。

「誰もこの中に私たちがいるとは思わないでしょうね」

「行こう」トムは私のダッフルバッグを後部シートから取りだし、肩に担いだ。

「レッスンその一、見かけにだまされるな」

トムは小屋の前を通り過ぎ、その隣にある崩れかけた木製の物置にまっすぐ向かった。物置は妙な角度で小屋に寄りかかっていて、見た限りではドアは糸で吊してあるようだ。でもトムはさっき、目に見えるものを信用するなと言った。ギーという不吉な音をたててドアを開けると、トムは真っ暗な物置に入っていった。

だが、私は躊躇した。「そこに入るの？　もし殺されるなら外がいいわ。死ぬ間際には青い空や蝶のような美しいものを見たいから」

トムが私の手をつかんだ。私は手を引かれ、彼のあとから中に入る。ドアがすばやく動き、カチッと音をたてて元どおりに閉まる。私たちはただ待った。

「何を待っているの？」私はなんとなく小声で尋ねた。

「今にわかる」

三十秒以上待ってしびれを切らした私はもう一度尋ねた。「本当にこれで合ってるの？」

「そうだ」トムがいらいらした声を出す。「ヘンリー、時間の無駄だ。入れてくれ」

すると物置の後方の壁がいきなり開き、地下へ続く鉄製の階段が姿を現した。小さな白いライトがコンクリートの壁に埋めこまれている。

ここは正真正銘の地下シェルターだ。なんてことだろう。

地下では、ここの所有者である何があっても生き残れそうな人物(サバイバリスト)が作業台に身を乗りだして腰かけていた。コンピュータや多種多様な武器、爆発物がまわりを取り囲んでいる。この手の人物はディスカバリーチャンネルの中にしか存在しないと思っていた。けれども彼は目の前にいて、老眼鏡をちょこんと鼻にのせ、年は五十歳前後で、白髪頭をしている。「来るとは聞いていない」

「非常事態だ」トムが言う。「彼女は婚約者のベティだ」

ヘンリーが口をあんぐりと開けた。「結婚するのか？　おまえが？」

「いいえ」私が否定するのと同時にトムが言った。「ああ」

ヘンリーはトムと私を交互に見て、当惑した顔になった。

「俺たちはいくつかの問題を抱えているんだ」トムが歩み寄りを見せた。私の意見では。「彼女をしばらく預かってもらえないか？」

「おまえの友人がプラハで殺されたことと関係があるのか？」ヘンリーが腕組みをしながら尋ねた。

トムは目をしばたたいた。「耳が早いな。そうだ、その件に関係がある」

「思ったとおりだ。いいだろう、トム。何か必要なものはあるか？」

「一式全部だ」

ヘンリーが驚いたように口笛を鳴らした。「高くつくぞ」

「わかっている。それからハッカーが一人必要だ。あんたの知り合いで、一番腕のいい人物」

「現場で？」

「いや」

「調整するのに少し時間がかかる」

「あまり時間がないんだ」トムがため息をつく。「いつ用意できる？」

「真夜中まで時間をくれ。遅くとも一時までには用意する」

「わかった。それから、上に停めた車も処分してもらいたい」

「了解」ヘンリーはゆっくりと椅子から立ちあがり、私に目を向けた。「ベティだって？　この男は筋金入りの怪物だ。君に値するようなやつじゃない。わかってるのか？」

「わかってるわ」私は答えた。

「いい子だ。こいつの勢いをそいで、震えあがらせてやれ」ヘンリーがにやりとする。「奥の部屋を使ってくれ。それから冷蔵庫に入っているポットローストも勝手に食べていい。昨日、俺が作ったものだ」

私はこの人を本気で好きになりそうだったが、トムはあまりうれしくなさそうな気配を醸しだしている。

シェルター内はすべてが鉄とコンクリートでできていた。ナイフや銃、ドカンと爆発するその他もろもろのものが収納された棚が数限りなく壁に並んでいて、この場に家庭的な雰囲気を加えている。もし家庭というものが世界の終末的な場所を意味するならだけれど。ああ、ぞっとする。

「大丈夫か?」トムが心配そうな声を出す。

「え、ええ」私は汗ばんだ手のひらをジーンズで拭く。不安を覚えることが悪い癖になりはじめている。しかもそう簡単には直りそうもない。「あのテーブルの上にあるのはロケット弾発射装置(ランチャー)?」

トムは振り向き、くだんの大量破壊兵器を確認している。「ああ、小型だがね。おい、どうした？　パニック発作を起こしそうなのか？」

「いいえ、大丈夫」にっこりしようとしたが、弱々しい笑みしか浮かべられなかった。

「ただちょっと……いろいろ理解しようとしているだけ」

「君はうまくやっているよ。さあ、行こうか」

またトムが私の手をつかみ、先に立って廊下を進んでいった。私たちはこのところ、たしかに手をつないでばかりいる。

最初に細長い部屋があった。奥の壁に人の輪郭が印刷された二枚の紙が垂れさがっている。ヘンリーは地下の射撃練習場も持っているらしい。何それ。次に倉庫。膨大な数の装備や武器がきちんと分類されて保管されている。そして小さなキッチンとダイニングルーム。隣にはリビングルーム。そこには古いテレビとすりきれたリクライニングチェア、緑の格子柄のソファがあった。閉まっているドアが二つ。それからとても簡素なバスルーム。ようやく軍隊式にきっちりベッドメイクがなされたダブルベッドがある小さなベッドルームにたどり着いた。バットマンの隠れ家のようだ。でもそれよりもっと武器にあふれていて、洞窟の美しさが足りない。

ここのところ、勝手が違う事態が多すぎて笑えない。

「くつろいでくれ」トムが私のダッフルバッグをベッドの端におろす。「俺はすることがあるから」

私はうなずいた。

「ベティ」

私は彼を見あげる。「何？」

「大丈夫だ」トムが限りなく真剣なまなざしで言う。「約束する」

「あの人、誰なの？　よく知ってる人？」

沈黙が落ちた。いっさいの情報を伏せて何ももらさないことが体にしみついていて、トムはためらっているのだ。彼が葛藤しているあいだ、私はただ待った。ついに彼は唾をのみこみ、舌で唇を湿らせた。「ヘンリーとはレンジャー部隊に入ったときに出会った。アフガニスタンで作戦が失敗し、彼が責任を取らされた。理不尽な政治のせいだ。退役したものの暇を持て余したヘンリーは、政府そのものに腹を立てていたのもあってこの商売を始めることにした」

「じゃあ、今の彼は反体制の軍事用品のウォルマートみたいなもの？」

トムが笑みのようなものを浮かべた。それに近かった。「基本的にはね。厳選した顧客だけを相手にしている。俺はヘンリーに貸しがある。ここにいれば君は安全だ。基本的に侵入不可能だから」

「わかったわ」

「俺は仕事に戻らないと」

「そうよね。行って。私は大丈夫」

またしても沈黙が落ちた。トムがふと私のほうに手を伸ばしかけた。視線は私の唇をとらえている。私は彼が何を考えているかに気がついた。どちらかが仕事に行く前にいつもしていたことだ。出張に出かける前、トムは私の手を取ってキスをしたものだった。大げさなものではないし、それほどロマンチックでもない。指を握り、すばやく軽いキスをするだけだ。私たち二人の恋人としての儀式、トムが私の恋人のふりをする儀式だった。

でも今、彼はじっと立ちつくしている。唇を少し開け、かすかに顔をゆがめながら。こんなに不安そうなトムを見るのはこれが初めてかもしれない。

「私は大丈夫」繰り返し、一歩後ろにさがった。キスをされたくなかった。習慣だからという理由ではしてほしくない。なんの意味もないキスなら。そもそもトムにキスをしてほしいと思うべきではない。彼に近くにいてほしいとも。ああ、なんて面倒なの。

トムは私を見てゆっくりとうなずいた。

「さよならも言わないで、いなくなったりしないわよね？」トムの答えが聞きたかった。

「しないよ」

「わかったわ」

それ以上何も言わず、トムは行ってしまった。

地下シェルターは驚くほど退屈だった。いや、それがあたり前だと言うべきか。それは見方によるのだろう。私はシャワーを浴びて新しいジーンズとTシャツに着替えた。ポットローストを温めて食べ、どんなDVDがあるのかじっくりと見てみた。クリント・イーストウッドとジョン・ウェインが多数。銃とカンフーを融合した香港のアクション映画と、ジャッキー・チェンやブルース・リーが少々。トムがどこに行ったのかはわからないが、ヘンリーは帰ってきて作業台に身を乗りだしている。私たちが来たときの様子と同じだ。

「何をしているの？」私はヘンリーに向かって歩きながら尋ねる。

「銃弾を作っている」

「何か手伝うことはある？」

「結構だ。ありがとう」

「あの、あなたとトムは昔からの知り合いなのよね？」

「ああ、そうだ」

私は作業台に寄りかかると、くつろいで見ているだけといったふうをできる限り装った。私はさりげなさにかけては天才的だ。「トムの任務やこれまでの経歴を全部承知しているんでしょ？」

ヘンリーは笑みを浮かべ、道具類や計測機器を脇に寄せた。「何か訊きたいことがあるんだな？」

「ええ」

「答えてあげることはできない」

失敗した。「それなら、あなたのことを私に話すっていうのはどう？」

「悪いな。それも秘密だ」ヘンリーは真剣だった。このうえなく。「だがまあ、少しでも気が楽になるかどうかわからないが、トムを神経質にさせる女性を見たのは初めてだと言っておこう」

「私が？　トムを神経質にさせている？」笑ってしまった。「冗談よね。彼は全然そんなそぶりを見せないわ」

「もちろん見せない。見せないようにする訓練を受けてきたからな。常に無表情（ポーカーフェイス）が求められる。表情を敵に読まれて次の動きを悟られるわけにはいかない」ヘンリーがこちらに身を寄せてきた。まるで国の機密情報を売りつけるかのようだ。「それなのにトムは君がいるとき、もう一、二回失敗している。なかなかの見ものだった」

「そうなの」

「しゃべってもいいことについて話そうじゃないか？」ヘンリーが提案した。「ベティ、教えてくれ。もし誰かに襲われたら君はどうする？」

「叫ぶわ」

「いいね。それから？」

私は考えた。「わからない。たぶんそいつらを殴るか蹴るかするわね。もしくは可能なら逃げるとか」

「うーむ」ヘンリーが腕組みをする。「唐辛子スプレーは持ち歩いているか？」

「前は持っていたけど、コンドミニアムの爆発でバッグも何もかもなくしてしまったの」

「ナイフは？」

「彼女にナイフを持たせるな」トムが私の後ろから現れた。サングラスを頭の上にのせている。彼が音もなく近寄ってくるのは気に食わない。しかも頻繁にそうしている。これもトムの真の職業を物語っている。彼は物音をたてないことに関しては本当に巧妙だ。「SUVをガレージに移動させた。あんたはどこでシェルビー・コブラを手に入れたんだ？」

「関係ないだろう」ヘンリーが言う。「それにあの車は売り物じゃない」

「そいつは残念だ」

この場にいる私の怒りについても考慮してほしい。「ちょっと、私はフラワーショップで働いてるのよ。美しい花と鋭利な刃物を一日じゅう取り扱ってるの。ナイフぐらい扱えるわよ」

　トムはまばたきさえしなかった。「議論の余地はない。ナイフはだめだ」

「わかった。それなら私が自分で自分の身を守れるように銃の使い方を教えて」

「銃は大嫌いだろう」

「言葉では言いつくせないくらい嫌いよ。でも私たちは今、狙われている」

　トムが顎を引きしめる。「だめだ」

「ばかげてるわ」私はわざとすねた声音を使った。「ただ私をどこかに隠せばいいと思っているのね」

「誰でも大切なものはそうするんじゃないかね」ヘンリーが立ちあがり、首の凝りをほぐした。年齢のわりにはたくましい体だ。肩もがっしりしているし、胸板も厚い。しかし大切なものうんぬんに関しては的外れだ。トムにとって、私はせいぜい世話の焼ける邪魔者といったところだろう。けれどもそのことをヘンリーは知らない。

「この地下シェルターは素晴らしいわ」私は顔に笑みを張りつけて話しはじめる。「でも現時点で絶対に安全な場所なんて本当にあるの？　備えをしておいたほうがよくない？」

「彼女の言うことはもっともだ」ヘンリーが応じる。「撃ち方を教えてやれよ、トム。

時間もあるし、ここには設備もある。使えばいい」

「ベティをこんなくそったれな世界にかかわらせたくない」

「もう遅い……すでにかかわってしまっただろう。平凡で行儀のいい女性のままでいてほしかったなら、最初から近寄らなければよかったじゃないか」

「わかっているよ」

「じゃあ、なんとかしろ。この間抜けめ」

私は鼻で笑った。「そのとおりよ」

しかしトムは笑わなかった。「黙れ、おっさん」

「俺が正しいとわかっているから、むかつくんだろう」ヘンリーが閉口した様子で返す。

「私にも言わせてくれる？」私は口を挟んだ。

「もちろんかまわない」ヘンリーが促す。私の味方がいるというのはいいことだ。トムを黙らせて言い聞かせることができる人なら、さらに好都合だ。

「あなたたちは二人とも私の安全を約束できないわ。絶対というのは無理。何が起こるかわからないんだもの」私は覚悟を決めた顔でトムをまっすぐ見据える。「この一日半で私が学んだことがあるとしたら、すべてコントロールするのは誰にもできないってことよ。私に向かってくるものをあなたが止められない可能性だってある。戦う手段を持たせて」

トムの目つきは鋭さを失ったものの、まだ不満そうだ。

「やれやれ」ヘンリーが小声で言う。「トムは輝く甲冑（かっちゅう）に身を包んだ君のヒーローになりたかったのに、その夢を打ち砕いてしまったな」

トムも私も眉をひそめた。

「とはいえ万一トムがやられたら、俺たち全員が大変なことになるが」ヘンリーが私に優しくほほえんだ。トムにとっての父親的存在がこの瞬間に私にとっても同じ存在となった。

「敵は君のこともこの場所のことも知らない」トムが言う。「俺がどうしてここに君を連れてきたと思う？」

「ヘンリーは動物園とは関係がないの？」私は質問してみた。

「まったくない」

「動物園だって？」ヘンリーが笑った。「いいね、面白い子だ。絶対に彼女と結婚しろよ。でもその前に人の殺し方を教えてやれ」

ヘンリーの言うとおり、トムはポーカーフェイスだ。表情を変えることはほとんどない。今のように、かすかに眉間にしわを寄せるとか、目元をほんの少しこわばらせるくらいがせいぜいだ。私が気に入っているのは、片方の口角を微妙にあげるところ。当惑したり、怒りを表したり、ほほえんだりするときに見せるひそやかな仕草だ。私は彼のことを感情のないロボットみたいと感じていたが、それもしかたがない。トムはあらゆることを隠し、一方、私は彼の感情の正しい読み取り方がわかっていなかった。これまでは。

嘘つきだと露見しないうちは、その人をよく観察してみようとは思わないものだ。トムの言うとおりだ。目に見えるものを信用してはならない。見た目にだまされることのほうがずっと多い。

映画に出てくるスパイやそのたぐいの人たちは、がさつでいかついか、物腰が丁寧で颯爽(さっそう)としているかのどちらかだ。でもトムはその他大勢に紛れるタイプだ。背の高さが目立たないよう、巧みに背中を丸めている。中肉中背でこの仕事にはうってつけだろう。もちろんトムは魅力的だ。だけどつきあう気になったのは、彼が初対面で私に興味を示してくれたからかもしれない。私を欲しがる人がいるという事実がうれしかった。誰でもなんらかの承認を求めているものだ。

でも二度とこんな間違いは犯さない。私は強い女で、大声で宣言する。かつては男だの恋愛だのが人生に必要だと思っていたけれど、もういらない。自分の足でしっかり立って、自らを守る方法を学ぶのだ。暴力に訴えるという考えにはまた吐き気を催しそうではあるものの、それもやむをえない。

「大丈夫か？」トムが尋ねる。

私は顎を高くあげた。「大丈夫」

彼はまだ私を見ている。

「本当よ」

「君がそう言うなら」トムの瞳はすべてを理解したようだ。彼はいわゆるハンサムとは違う。でもごつごつした横顔には、どこか心惹かれるものがある。顎のシャープなラインと薄い唇、澄んだ青い目、そして秀でた額。鼻は一、二回骨折したと言っていた。子供の頃、スケートボードをしていたときの出来事だと。でも、それも嘘だろう。間違いない。「おいで」トムが顎を傾けた。意味深長に。

「どこへ？」

「銃を使えるようになりたいと言ったじゃないか」トムは壁に並んだ銃の一つを選びだした。「これは九ミリのシングルカラム」

「シングルカラムって？」

「弾倉に二列じゃなく、一列に弾が入っているものだ。銃把（グリップ）が小さくて軽い。ただ弾の数は少ない。いいか？」

「わかったわ」

「小型だから女性に好まれる」

「まあ、ピンク色もあるの？」

「真面目にやる気はあるのか、ベティ。やめてもいいんだぞ？」トムが探るような視線を送ってくる。「俺はかまわない。君が間違えて自分の足や俺を撃ったりするよりはずっといい」

「もし私があなたを撃つことがあるとしたら、それは事故じゃないわ」

　トムは私が何か言うのを待っている。

「ごめんなさい」しおらしい態度で応じた。「真面目にやるわ。お願いだから続けて」

彼は拳銃を撫(な)でるように手を動かした。「使わないときは銃口を顔と反対に、つまり地面のほうに向けておく。撃つ準備ができていなかったら、そもそも取りだすな。武器をちらつかすと、たいてい緊張が高まってしまう。まずは話し合いで状況の打開を試みるほうがいい場合もある。わかったな？」

「わかったわ」

トムは廊下のほうを向いてうなずいた。「射撃練習場に行こう」

私たちは細長い練習場に足を踏み入れた。風変わりな灰色の分厚いクッション材で壁が覆われている。天井には同じ色の発泡スチロールが貼ってある。部屋の隅にある小型デスクの上には、耳あてが二つ用意されていた。奥の壁には人の形を印刷した、よく見る紙の標的がかかっている。普通こういった場所は、ホームシアターやボウリング場として利用するものだが、ヘンリーは違うらしい。

トムは銃弾が揃っている弾倉を私に見せると、それをグリップだか台尻(グリップエンド)だかハンドルだか、そんな名前のところに叩きこんで戻した。そして拳銃の各部分を指し、説明してくれた。「照星(フロントサイト)、排莢口(イジェクションポート)、遊底(スライド)、照門(リアサイト)だ」

私はうなずく。

「それからこれが引き金だ」トムが私に銃を手渡しながら言った。「耳あてをつけろ」だんだん度胸が据わってきた。彼に言われたとおりにする。

「やってみろ。そうしたらどんな感じかわかるはずだ」トムはドアを閉め、自分も耳あてを装着した。水中にいるかのように音がくぐもる。音量は小さくなるが、完全に聞こえないわけではない。

「どうやって持つの？」私はたぶん怒鳴っていたに違いない。

トムは背後に立つと、抱きかかえるように私の体に腕をまわしてきた。銃の硬いグリップを握る私の指に指をかぶせる。「こうだ」私の耳のすぐ横で、低い声で話した。「しっかり持て。だが握りしめてはだめだ。少し力を抜いて」

「わかった。わかったから」

トムは腕をもとに戻したが、その場から離れる気配はない。温かい呼吸をうなじに感じる。背中に彼の体温が伝わってくる。これではとても集中できない。

「私が練習するあいだ、ずっとそこにいるつもり？」

「何か問題でも？　君から見えないのをいいことに、俺が悪さでもすると思っているのか？」

「そういうわけじゃないけど」

トムが含み笑いをもらした。悔しいけれど、耳に心地よい声だ。「足は肩幅の間隔、膝はほんの少し曲げて。そうだ。片手で銃を持って反対の手で支える。腕は前に伸ばすが、伸ばしきらない。よし、照準を合わせろ。いいぞ、呼吸を落ち着けて。引き金を引くときは力を入れすぎないで、優しく握るように」

「わかったわ」言われたとおりにする。「今、撃てばいい？」

「いつでも君のタイミングで」

一生懸命に落ち着こうとするが、緊張で全身が硬直する。とりあえず、最初の一発を撃ってみればいいのかもしれない。大きく深呼吸し、照準を合わせ、引き金を引いた。

手の中で銃がはねあがり、同時に大きな音がした。信じられないほどの大音量だ。

「弾はどこ？」

「天井だ」トムが言う。「反動を抑える必要がある。弾が発射されるときに手がブレるんだ。そのせいで標的から外れてしまう」

「わかった。どうすればいい？」

「意識すること、それから練習することだ。もう一度。ゆっくり引き金を引いて。リラックスするのを忘れるな。驚くほどうまくなるから」

呼吸を落ち着かせ、慎重に照準を合わせた。それでもトムがそばにいるのが気になる。大昔、偽りの恋人関係が始まったばかりの頃、彼が私の額にキスをしながら片手を私のウエストにまわし、カップルらしく互いに触れたりしたこともあった。だが今は、トムがすぐそばにいることが気になってしかたがない。「本当にずっとそこにいるつもり？」

「気にするな」トムが答える。「どうした。俺が近くにいると、落ち着いて撃てないのか？　そんなことで実践の場をどう切り抜けるつもりだ？」

私は黙って彼が動くのを待った。

トムは傷ついたようにため息をついて一歩後ろにさがった。「これでいいか？」

「もう最高」私は再度撃った。今回は紙の標的の端にあたる。「やったわ」

「よし……これで敵はほんのわずかに痛手を負った。もう一度やってみろ。今度こそ本当に敵を撃つんだ」

「あんまり褒めてくれないのね」

「君が銃を手にするところなんか見たくなかったからな。こんなものを扱うだなんて、考えたくもない」トムが失望と後悔に満ちた声を出す。それを聞くと、彼のことをそれほど嫌いになれない気がした。けれども次の瞬間、トムは私の腕を乱暴につかんで正しい位置に戻し、また私のそばに来て、銃口が標的のほうを向くように調節した。

「体の中心を狙え。そこにあてたいんだ」

「わかった、わかったわよ。でもこれじゃあ身動きが取れないわ」

再度、トムは後ろにさがった。「悪かった。撃って」

今回は弾は紙の下のほう、下半身にあたった。「これならどう？」

「股間を撃ち抜いたな。かわいそうに。たぶん左のタマをやられた」

「私を甘く見るとこうなるのよ」

私は笑い、トムも笑った。その一瞬はすべてが順調に思えた。でもその直前まで、記憶にある限りずっと、間違いなく何一つとして順調ではなかった。私は笑うのをやめた。トムは私よりも少しだけ長く笑っていたが、やがて彼の顔からも笑みが消えた。

私たちはここで思い出作りをしているわけではない。奇妙な思い出ならいざ知らず、幸せな思い出なんて絶対に作れない。彼に引きずりこまれたこのばかげた事態のおかげで、私は武装しようとしているのだ。この重大な事実を覚えておかなければならない。

「もう一度」トムが促した。「上手だよ、ベティ。君を誇らしく思う」

なんですって。トムが私を誇らしく思うと言ったことなど一度としてなかった。少なくとも記憶にはない。とはいえ、口ではなんとでも言える。たいして意味のない、何気ない発言なのだろう。ほんわかとした温かい気持ちになる価値もない。

私は怒りに任せて残りの銃弾を続けざまに放った。どれも標的にあたらなかった。

「大きく外れたな。何があったんだ？」トムが尋ねた。やはり勘が鋭い。それに残念なことに、かつてのように冷ややかでもなければ、うわの空でもない。「何を考えていた？」

「私……なんでもないわ」息をつく。「もう一度やるわよ」

トムはしばらく私をじっと見ていたが、やがてうなずいて次の弾倉を渡してきた。

「オーケー、ゆっくり時間をかけてやれ。君ならできると信じている」

私はおざなりな笑みを浮かべることしかできなかった。練習。たっぷり練習しなければならない。銃を撃つのと、本物のトムを無視する練習を。

4

「どうして私だったの?」その夜遅く、ベッドに横になった私はトムに尋ねた。

「ロサンゼルスのやけになっていた独り身の女は、私のほかにもたくさんいたはずよ」

トムはバスルームから出てきたばかりで、体から湯気が立ちのぼっている。廊下側と客用のベッドルーム側の両方にドアのついたバスルームのおかげで、私たちは少しだけプライバシーを確保できた。とはいえ、今の私たちには特にプライバシーは必要ない。トムの腰にはタオルが巻かれてはいるが、体の大部分はさらされていた。凝視する気なんてなかったのに、絶対にじろじろ見てしまったと思う。暗闇の中で触れていたからトムの体については知っていると思っていた。だがバスルームの明かりを背に、ベッドサイドランプの光の中に浮かびあがっているそれは、ずいぶんと違って見える。体に刻まれた傷跡でさえも、盛りあがった筋肉や平たい腹に魅力を加えていた。すらりとしつつもたくましい体だ。トムは自分の体を堂々と見せびらかすようになったが、私はいつかそれに慣れるのだろうか。また正確に言えば、トムは見せびらかしているわけではない。病的に隠そうとするのをやめただけだ。

私はものごとの変化に対応するのが苦手だと、彼は知らないのだろうか？

「その質問に答える必要があるのかい？」トムが訊く。

「ええ」

トムは腕組みをしかけたものの、途中でやめた。私がトムを神経質にさせるとヘンリーは言ったが、それはもしかすると正しいのかもしれない。「俺のことを嫌いになるだろうな」

「まあ、ある意味、もう嫌っているけど」

「そうだった」トムは相槌(あいづち)を打った。「俺が君を見つけたのは、あの日よりも何週間か前だった。君はお気に入りのタコスの店にいた。ジェンと、なんとかっていう男と、同僚のアイコと一緒だったよ」

「イーサンよ。彼の名前はイーサン。どうしていつまでも覚えられないの」

「ちゃんと覚えている。だがあいつはいやな男だし、君は俺とあいつを仲よくさせようとしていた。そんなやつの名前なんか口に出したくもない」

「今さらそんな話は聞きたくないわ」私は眉をひそめる。「イーサンはいい人だって言っていたじゃない」

「ああ。それも嘘だ」

私は鼻で笑った。「そうよね、あたり前だわ。それで？」

「単純明快だ」トムがかすかに肩をすくめる。「君の笑顔を好きになった」

「それだけ？」

「そう。君の笑顔に惚(ほ)れた。それだけだ」

私は一瞬、間を置いた。理解しようとした。そして反論した。「そんなのはでたらめよ」

「どこがだ？」

「私の〝笑顔〟に惚れたですって？」私は両手をピースサインの形にして二回曲げ、引用符を表現した。こんなふうに皮肉るのはよくないけれど、タブーな仕草というわけではない。「本当に？」

「本当だ」

「説得力のないせりふね。だってあの街にごまんといる独身女の中から、嘘で欺く相手として私を選んだ理由が笑顔だったと言っているんだから」

「でも、それが事実なんだ」

私ににらまれても、トムはまばたきすらしない。つまり、わたしごときではこの男を怖がらせられないということだ。トムは私なんかよりもっと恐ろしい相手を威圧してきたのだろうから、驚くにはあたらない。

「いいわ。それでどうしたの？」

「それで少々調査してから、あの晩、バーで君に近づいた」トムは頭をかくと、両手を腰にあてた。私の注意を下腹部にでも向かわせたいのだろうか。その隙に不意打ちを食らわせようと。わからない。でも効果なしだ。私は彼をそんな目で見てなんかいないのだから。

「調査ねえ」私は繰り返した。「ちょっと待って。ということは、私を見張ってたの？」

「それについては肯定も否定もしないでおこう」

「なんてこと。本当なの？　ありえない、トム。ひどく不愉快だわ。人の私生活をこっそり嗅ぎまわっていたなんて。なんの権利があって――」

トムがわずかにたじろいだ。「俺はそうは言ってない……そこまでは」

「でも、それが真実でしょ？」

「ひどい言い方だな。女性に会った。彼女の笑顔が気に入った。だから彼女のことを知りたくなった。それのどこがいけない？」

「あなたが私のことを知ろうとしていたのを私は知らなかったという部分よ」なんて男だろう。法律や常識を守るといった概念をトムは宇宙の彼方（かなた）でなくしてしまったに違いない。「きっとグーグル検索以上のことをしたんでしょうね？」

「ほんの少し素行調査をしただけだよ」トムが釈明した。「君がイカれていたり、連邦捜査局（FBI）や何かに関与したりしてたら、あとで困ったことになる。そうならないようあらかじめ確認するために、ほかにどんな方法があるっていうんだ？」

「こんなのはおかしいわよ」

「いとこのセーラの夫に少々懸念すべき点があったけれどね。かつて、秘密捜査員をしていた」

「そうだったの？　全然知らなかった」

トムがうなずく。「だがやつは隣人と何年も浮気している。あの男はいっさい信用できない」

「彼が何をしているって言ったの？」自分の声が大きくなるのがわかった。「どうしよう。セーラがかわいそうだわ。教えてあげなきゃ」

「この情報を入手した経緯を、彼女にどう説明するつもりだ？」トムが至って冷静な声で尋ねた。

「いい質問ね。あなたはこの情報をどうやって入手したの？　えっ、まさか窓からのぞいたの？　私や私の関係者を望遠レンズ付きのカメラか何か、そういう不愉快なものを使って監視したの？」

トムは何も言わない。

「嘘でしょ、トム」

「すまない。俺が悪かった。でも君の裸や着替えるところは見ていない」眉間のかすかなしわが戻ってきた。「どんな言い方をすればわかってもらえるんだ？」

「知らない。あんまりだわ。ひどすぎる」

「申し訳なかった。本当に」トムは床を見つめている。「率直に言うと、君がすてきだから、ライバルがいるのかどうか知りたかった。俺たちは状況を把握して、起こりうるあらゆる問題に備えるよう訓練されている」

「私たちのつきあいすべてが、あなたにとっては一つの作戦だったみたいね。私の生活を徹底的に調査してそこに潜入する。そのあとは苦痛でない範囲で恋人の役を演じたということよね」

「それはまたベッドでのクライマックスの話か？」

私の目からレーザービームが出るなら、今すぐこの男を焼き殺してやる。絶対に。

トムはいったん口を開いたものの、また閉じた。「今は何を言っても君を怒らせるだけみたいだな」

「そのようね」頭上の天井にはひびが入っている。私の人生に大惨事が起こったことを示す巨大な断層線を思わせる。カリフォルニアのサン・アンドレアス断層を作りだした地球のパワーも、トム・ラングの破壊力にはかなわない。「本気で悪かったと思ってるの？　それともそう言うほうがいいと思うから言ってるだけ？」

トムは頬の内側を押すように舌を動かして、どう答えようか思案した。「いや、君が不機嫌だったり、怒っていたりするのがいやだからだ。特に怒りの矛先が俺に向いているときは」

「よくわかったわ」

「今の答えは正しかったか？」

「まったくだめというわけではなかったと思うわ。でも正直言って、あなたが社会性のある常識人として振る舞えていると見なされる基準は、恐ろしく低く設定されているわ」

私がこきおろしたにもかかわらず、トムは満足げにうなずいた。「俺の正体を知った君とつきあうのは、ある意味やりがいがあるな。面白い。まさか自分がこうなるとは思っていなかったが……」

「真の成長を遂げられるとはってこと？」

「そうだな」トムは私に温かい視線を向けたまま、平たい腹部に巻いたタオルの縁に沿って指を這わせている。まるでその下に隠された隆起に私の視線を誘おうとしているかのようだ。なんというぅぬぼれ。自慰行為をしているも同然だ。しかも意図的にやっている。その魅力的な顔とたくましい体で私を刺激するように。たぶんそれで私の許しが得られる、もしくは許しを得るのが少し簡単になるとでも思っているのだろう。どちらでもいい。トムは人を誘惑するまなざしという手管を習得しているらしい――認めたくはないが。まったく、彼はこういう訓練も受けてきたのだろうか。

「やめて」私は言った。「火曜日に生ごみとリサイクルごみを出して、土曜日の夜、もしあなたが家にいればベッドをともにするというのがお決まりだったわよね。今日は曜日が違うわよ、トム……」

「面白いことを言うな。俺たちは二人ともストレスを解消させるものが必要だと思ったが」

「無理よ」

「だめか？」

「だめに決まっているでしょ。私のストーカーをしていたって今、言ったばかりじゃない。やめてよ」

「何をやめてほしいんだ？」トムが片方の口角をあげる。「ベティ、俺が何をしようとしているって？」

「わかってるくせに」私の笑い声は弱々しく響いた。「いやらしい目つきをしたり、自分の体を撫でまわしたり、タオルの下のものをごそごそしたり。さっきから私を誘惑しようとして……とにかくやめて。不愉快よ」

「それで君の胸の先端がそんなに硬くなっているのか？」

「黙って服を着て」

「君がこの眺めを楽しんでいるなら、急ぐ必要なんてない」トムが低い官能的な声でささやく。「これまでの人生で学んだのは、落ち着かないときこそ静かな瞬間を大切にするということだ。できるときに堪能しておかないと」

「哲学は結構よ。私たちはセックスしない。そもそも、あなたのことなんか好きじゃないんだから」

「そうかな。少しは好きだろう。そして君はもっと俺のことを好きになる運命だ。俺の体の下で一糸まとわぬ姿の君が、声を張りあげて俺の名前を呼ぶときに」

嘘でしょう。私は口がきけなくなり、トムを見つめた。「私だけに言ってるんじゃないでしょ」

「もう一度聞きたいのか？」トムが言う。「君が望むなら、フランス語でもみだらな話をしてあげられる。それともアラビア語、スペイン語、ロシア語、中国語……お好みは？」

「もうたくさんよ。最低」私のショーツが濡れているのはトムのせいではない。ちょっとした事故みたいなものだ。もしくは私の秘められた部分が混乱してしまったのだ。それを誰が責められるだろう？　そのあいだに体の熱が首を伝ってのぼってきて顔が赤くなる。なんてこと。自分がその気になっているのか、恥ずかしいのか、それともその両方なのかわからない。かつての私だったら、セックスの相手としてのトムを、立派なものを持っているのに使い方を知らない人だと評しただろう。けれども今、私の目の前に立っているこの男は、自分についているものの使い方を絶対に詳しく知っている。「私は本気よ」

「俺だって本気だ。君にわかってもらいたい。俺には君の役に立つあらゆる能力が備わっていることを」

「トム――」

「それを今すぐ君に提供するよ。今までで最高の体験になる」

「だ、だめ」

トムが天を仰ぐ。「どうしたんだ？　なんだか少しいらいらしているみたいじゃないか。ちょっとは熱くなってきたのか？」

「私は友達にだったらなれるかもしれないと言ってるだけよ」

「俺はかまわない。まずはセックスする友達として始めればいい」

「そんなのは……だめ」私は深く息をついた。「どうしてこんなことをするの？」

トムが何千もの太陽を集めたような熱さで私を見つめる。もうおしまいだ。二十六年間かけて築いてきた心の壁、自衛本能、その他さまざまな砦（とりで）が粉々に砕け散ってしまった。女の形をした残骸が、ちくちくするひどくつまらないデザインのカーキ色の毛布の上にぐったり横たわっているだけだ。

トムの勝利だ。

「さっきも言っただろう」トムが言う。「君の笑顔が好きだ」

ベッドルームのドアが激しくノックされ、ヘンリーの怒鳴り声が聞こえた。「トム、ハッカーの女と電話がつながったぞ。出てこい」

「すぐ行く」トムがパンツに手を伸ばす。助かった。

足音が廊下の向こうへ遠ざかっていった。ヘンリーは作業台に戻ったはずだ。ヘンリーもトムと同様、睡眠時間を削っているのだろう。私自身は少し眠らないとだめだ。

ちょっとどころではなく疲労がたまっている。もうふらふらだ。それにさっきの出来事のせいで疲れ果ててしまった。くだらない理由で感情的になり、また涙が出てきそうになる。いつもの私らしくない。これっぽっちも。もちろん私も、たまには映画を見て大声で泣くこともある（『タイタニック』がいい例だ）。でも普段の私は、意志が強いとか冷静だとか言われるのが好きだ。さらに少々辛辣な発言が災いして、面倒に巻きこまれがちだ。だからといって、ここまでのトラブルは経験したことがない。私の心拍数はもはや正常値に戻らないかもしれない。パンクしそうな頭の中や、手の震え、過剰な発汗は言うに及ばずだ。

神経のことだけではない。今回のことのせいで、私の体全体が常に緊張状態にある。

「行かないと」トムがシャツを頭からかぶりながら言う。「話の続きはあとで必ずしよう。率直でオープンなコミュニケーションが大事なんだろう？ 少なくとも、男女関係の本にはそう書いてある」

「率直でオープンなコミュニケーションをしたいの？」私は噛みつくように言った。「私は全身全霊であなたを信頼していたのよ。その私をあなたは何度も失望させた。あなたを愛そうとした私を傷つけた」

トムが目をしばたたいた。

「もうごめんだわ。私をもてあそぶのはやめて。いい？」

少しのあいだ、トムは動きを止めた。身じろぎ一つせず、まるで銅像のようだ。やがて彼はゆっくりとうなずいた。「わかった。悪かった、ベティ」

「その言葉はさっきから何度も聞いたわ」私はできる限り自分を保とうとしながらすすり泣いた。「本当に意味をわかって言ってるの？」

「学ぼうとしているところだ」

トムが出ていくや、私はほっとしてベッドにぐったりと倒れこんだ。最初に正体不明の敵に殺されてしまえばよかった。木っ端みじんになって。存在しなかった関係が破局するなんて、本当に史上最悪だ。

翌日まだ暗い時間に、私はけたたましい警報に叩き起こされた。耳をつんざく鋭い音だ。室内で赤色灯がつき、その直後にベッドルームのドアが開いた。トムが飛びこんできて毛布をはがすと、私の腕をつかんだ。

「立て」彼が叫ぶと同時にサイレンも鳴りやんだ。「動くんだ、ベティ」

私は頭を振って眠気を覚まし、裸足のままベッドの外に出た。床が冷たい。「何があったの？」

トムは仕事の顔に戻っている。「何者かがこの山に侵入した。逃げなければならない」

「どういうこと？　私たち、誰かに見つかったの？」

「そうらしい」

くらくらする頭で、ダッフルバッグの前にしゃがみこんだ。急いでジーンズと新しいTシャツを出す。逃亡するときには何を着るものなのだろう？　トムは頑丈なハイキングブーツにジーンズ、フランネルシャツというといういで立ちで、すべてが実用的だ。「靴だけ履けばいい」トムはそう言うと、服をダッフルバッグに戻した。「着替えている時間はない」

「わかったわ」ベッドに腰をおろしてブーツを履く。着ているのは冬物のパジャマだ。目からレーザービームを放っているユニコーンが描かれている。これまでに私が所持した衣類の中でも一、二を争うかっこよさだ。クロウはセクシーではないパジャマも買ってくれていた。ありがたかった。ただ、もしこのパジャマを着たまま死んでしまったら、私はクロウを一生呪うだろう。

立ちあがり、ダッフルバッグのストラップを肩にかける。大切な持ち物だ。もうどこにも置き去りにしない――ほんのわずかなものしかないにしても。

トムはダッフルバッグを見て、唇をきつく引き結んだ。「それは置いていけ。中に発信機が仕掛けられているかどうか調べている時間はない」

「クロウは信頼できるって言っていたのに」

「ベティ、時間がないんだ」

悔しいけれど、言われたとおりダッフルバッグをおろした。トムは私の手をつかんで廊下へと出た。赤色灯のせいで、あたりは世界の終末のような様相を見せている。今回はヘンリーの作業場に向かうのではなく左に曲がり、地下構造のさらに奥へと進んでいく。

「どこに行くの？」トムに遅れないよう小走りになりながら、私は尋ねる。

「ここを出る」

それはどういう意味だろう。

「プランBだ」トムが言った。「しばらく俺と一緒にいてもらう」

暗闇からヘンリーが走ってきた。息を切らしている。「用意はできた。道を間違えるなよ。おまえたちが地雷で吹っ飛んだら困るからな」

「ありがとう」トムが言う。もう片方の手には、すでに銃が握られていた。

ヘンリーはうなずくと、私のほうを向いた。「またな、ベティ。頭を低くして行くんだ、いいか？」

「わかったわ」私の声は少しも震えていなかった。「ありがとう」

ヘンリーはそのまま私たちの脇をすり抜けて行ってしまった。トムが私の手を握り、暗い通路をさらに進んでいく。どこまでも続いているかのような通路だ。

「ヘンリーはこのあとどうするの？」私も息を切らしながらトムに尋ねた。

「ヘンリーは招かれざる客を容赦しない。この山にはありとあらゆる罠が仕掛けてある。液晶画面の前に座って、侵入者どもが燃えあがるのを見物でもするんだろう」トムが冷たい笑みを見せる。「もしくは体を動かしたい気分なら、狙撃銃を使って楽しむのかもしれない」

「ここが安全なら、移動しないで敵がいなくなるのを待てばいいんじゃない？」

「俺は何日間も地下シェルターで足止めを食らってるわけにはいかない」トムが言う。

「君については、俺たちがこんなにも早く見つかったことが気に入らないし、敵の規模もわからない。この件にどれほどの人員を投入するつもりなのかもわからない。敵がここまで突破してきたのは、単に千載一遇のチャンスだったのかもしれないが、それでも危険は冒したくない。詳細がわかるまでは、君は俺といたほうが安全だ」

「了解。わかったわ。ヘンリーは敵を殺すの？」

私の手を握るトムの手に力がこもる。「相手が何者であれ、俺たちの仲間でないことはたしかだ。仲間なら武装して防弾チョッキを身につけ、サブマシンガンを持ち、攻撃隊形でこそこそ山をのぼってきたりしない」

「どうして私たちの居場所がわかったの？」

「いい質問だな。そのことも調査中だ」

最終的に通路は小ぎれいな内装がなくなって、トンネルらしくなってきた。ところどころに設置されたライトが、両側から深紅色の光を放っている。天井に頭をぶつけないよう、私たちは腰をかがめて進んだ。トンネルの終点には鉄製のはしごがかかり、上方に向かって伸びていた。

頭上で地面が震えた。頭にほこりが落ちてくる。この小さな地震がなぜ起こったのかは考えたくもない。

「大丈夫だ」トムがジーンズの後ろのウエストバンドに銃を押しこみながら言う。もし銃が暴発してヒップを撃ってしまったら、彼は後悔するはめになるだろう。トムのことだから大丈夫だとは思うけれど。前ポケットの一つは銃弾でふくらんでいる。

「誰かがヘンリーが仕掛けた罠を踏んだんだ。だが、かなり離れた場所だ。じゃあ俺が先に行くから、君はすぐ後ろからついてこい、いいな?」

私はうなずいた。

「まもなく頂上に着く。二人で車の助手席側に向かって走る。乗ったらシートベルトを締めろ。残りは俺がやる」トムは私の顔のあちこちを確認するように見た。嚙みしめた唇や恐怖に震える目にも気がついたのだろう。「俺がついている。俺の後ろを離れずに、言ったとおりにすればいい。大丈夫だから」

もう一度うなずいた。声は出せそうもない。びくびくしているか? イエス。文章は作れるか? それは激しくノー。

「いいか」トムが言った。「行くぞ」

「待って。銃をちょうだい」

トムがかぶりを振る。「君が銃を手にしたのは人生でたった五分間。安全な位置から充分狙いを定めて、動かない標的を撃っただけだ」

「そのとおりよ。でも銃が欲しい。あなたも言っていたじゃない、上で何が待ち構えているかわからないんでしょ」

「少なくとも車に乗るまでは安全なはずだ。車に乗ったら、ただ姿勢を低くしていればいい」

「ここに来る前にいた隠れ家は安全だったはずよ」私は食いさがる。「ヘンリーのところも安全だったはずでしょ。敵が誰なのかはわからないけど、どこに行っても私たちのすぐ近くまで迫ってきている。今だって、そのはしごをのぼったところで待ち受けているんだわ」

トムは私をじろりと見ると、脇の下のホルスターに手をやった。黒くて小型なので、そこにあったとは知らなかった。トムが銃身のごく短い拳銃を私の手に握らせた。

「それを持っているときは、引き金に指をかけずに銃口を床に向けていろ。俺が撃てと言うまでは使うんじゃないぞ」

「了解」

「本気だからな。そうしないと、君が誤って俺たち二人を撃ってしまう可能性のほうが高い」

私はうなずき、トムと同様に銃をズボンの後ろに挟みこむ。ただ、もちろん私のズボンは彼のものと違い、戦闘には適していない。ユニコーンと虹と銃。それが今の私の人生だ。とはいえズボンのウエストゴムはなかなかしっかりしているらしく、重みのある銃がぐらぐらせずに収まっている。

トムはすばやくはしごをのぼっていった。私はトムのあとに続いたが、生まれつき運動神経が鈍いせいで、遅れを取ってしまった。私がはしごの一番上まで来たとき、トムはセキュリティシステムのタッチパネルに暗証番号を打ちこんでいた。頭上にある金属製の円い扉がカチッと音をたてて解錠された。トムが扉を押し開ける。上階は薄暗く、かび臭さと同時に土のようなにおいがした。もちろんトムは体操選手のごとき優雅さでひらりと上へ出る。一方、私は這いあがってつまずいた。こんなときにつまらないことは気にしていられない。

そこは狭くてぼろぼろの納屋だった。屋根の隙間から月明かりが差しこんでいる。山のような材木に、干し草の梱がいくつかと、あとは道具類。そして錆びついた古いダッジ・チャージャーがあった。私たちの乗ってきたSUVとコブラと呼ばれるパワフルなマッスルカーは別のガレージに停めてあるらしい。

またしても爆発音がして山が揺れた。でも今回はさらに遠くだ。ヘンリーは動きまわってはいないようだ。

「コブラじゃないのね？」私は小声で言う。

「コブラじゃない。悪いな。念のために言っておくが、SUVでもない」

外を見ると、小さな明かりが遠くでチラチラしている。乾燥した葉のカサカサという音もする。

即座にトムは私を車のほうへと押しだした。片方の手はもう銃を握っている。「行け」

二人とも車に向かって走った。トムが完璧なクールさと軽やかさでボンネットにヒップをのせて滑り、反対側におりる。助手席側のドアのほうが手前にあったのに、トムは私より先に車に乗りこんでいた。

「シートベルトを締めるんだ」トムが言った。

「わかってるわ」思った以上に大きな音をたててドアが閉まり、私はビクッとした。

「ごめんなさい」

「頭をさげろ。できる限り外から見えないようにしていてくれ。敵の的にならないようにできるだけ体を小さく丸めているんだぞ。あと、これを持っていてくれ」トムはもう一つの銃を足首のホルスターから取りだした。この人は歩く武器庫だ。「使うんじゃないぞ。俺が頼んだら渡してくれればいいから」

「わかったわよ」

トムは窓を全開にするとイグニッションキーに手を伸ばし、私に目を向けた。一瞬、彼が心配するあまり平静さを失っているかに見える。だがすぐに口元が引きしまり、目が鋭くなった。「もっと頭を低く。できるだけかがむんだ」

トムがエンジンをかけると、車がうなりをあげた。ひそかに脱出するふりはもう終わりだ。トムが力強くギアを入れる。車は砂ぼこりが立つ中、納屋から一気に飛びだした。

銃弾が車のサイドにあたってはじける。私は恐怖におののいた。しかしトムは起伏の激しい山道を片手で運転しながら撃ち返している。この状況で何かを狙うなんて本当にできるのだろうか。銃声は耳をつんざかんばかりだ。

頭を下に向けているので、何が起こっているかまったくわからない。でも車が高速で走っているのが感じられる。猛スピードだ。車体が揺れ、私も前後左右に揺さぶられた。シートベルトが体に食いこむ。前に深くかがんでいるせいで、シートベルトの上半分はほとんど役に立っていなかった。トムがちゃんと運転してくれると信じるしかない。

頭上で何かが割れる音がした。見あげると、フロントガラスに小さな穴が空いていて、周囲に蜘蛛の巣状のひびが入っている。もう少し上だったら、トムの頭にあたっていたかもしれない。銃弾で空いた穴を通して、冷たい風が不気味に吹きこんでくる。

「どうしよう」私は震える声を出した。「死んじゃう」

「俺たちは死なない」

信じていいのだろうか。

「心配するな。落ち着いて、呼吸に集中していろ」

「うまく息ができないわ」心臓が激しく打っている。「万が一の場合のために言うけど、全部が嘘だったことに対するあなたの謝罪を受け入れてあげる」

トムが一時的に動きを止める。ヒステリックな拳銃の音もやんでいた。「本当か？」

「なんてこと。私ったら何を……」声が不自然に甲高くなる。ショーツの中におもらししてしまいそうだ。「四十九パーセントくらいかな?」

「そいつはいい」抑揚のない声でトムが言う。「頼むから頭をさげていてくれよ」

「木にぶつかるわ」

「ぶつからない」

「ちゃんと前を見て運転してるの?」

「もちろん」トムが答えた。「これからちょっと集中する」

でこぼこ道で車がはねた。頭がダッシュボードに叩きつけられ、痛みが走る。またもやだめ押しのような痣ができたに違いない。私はグローブボックスに手を伸ばして体を支えた。死ぬことについてはできるだけ考えないようにした。死ぬ前にもう一度母の声が聞きたい。愛していると伝えたい。コンドミニアムが爆発し、まだ中に置いてあった私のものも破壊されたおかげで、パソコンの検索履歴とかバイブレーターの心配をしなくてもよくなったことだけは救いだ。

状況がどうなっているのかわからないのが不安で、私は頭をあげてみることにした。

トムがさらに二発撃つ。「銃を交換してくれ」

押しつけられた空の銃を握りしめ、目いっぱい弾を詰めこんである代わりの銃を渡す。ぎりぎり間に合ったようだ。私たちの目の前の道に黒い影が飛びだしてきた。目出し帽をかぶり、自動小銃のようなものを振りまわしている。何者かはわからないが、大きくて恐ろしい。

私たちがスイスチーズみたいに穴だらけにされる前に、トムがその男を車で轢いた。いや、はね飛ばしたと言うほうが正確かもしれない。その男はフロントガラスの上部にぶつかると、そのままルーフのほうへ飛んだ。チャージャーのルーフにドスンという音を残し、男は後ろの暗闇へと消えていった。

「なんてこと、トム」

「頭をさげろ、ベティ」

私は身をかがめた。でもこの山道にいる敵はあれが最後だったようだ。こちらに向かってくる銃声がそれ以上聞こえなくなった。よかった。私はトムのほうに顔を向けた。トムはちょうど銃を膝に置き、両手でハンドルを持ったところだった。ああ、神様ありがとう。道を外れて斜面を滑り落ちるのだけはごめんだ。

もう撃たれる心配がなくなったので、私は車の内部にしがみついて呼吸に集中した。

聞こえるのは耳の奥で血液が猛烈な速さで流れる音だけだ。私の元婚約者が何者かはわからないが、車で人をはね飛ばすのが趣味らしい。少し心配だ。かつてのトムはこちらがいらいらするほど安全運転で、平和を愛する人だった。ただし今回の暴力行為に関与した人物に関しては、轢かれて当然だったのだからしかたがない。

「もう少しそのままでいてくれ。じきに座れるから」トムは言い、シフトダウンして急カーブを曲がった。「あと少しで安全になる」

「わかったわ」

「ほとんどのやつらは山の反対側の斜面から忍び寄ってきていた。今の二人は運よく罠をまぬがれたんだろう」トムの声色は恐ろしいほど落ち着いている。危機を切り抜けたのはあたり前だと言わんばかりだ。「俺が狙われるのはいい。ある意味しかたがない。そうはいっても撃たれるのはごめんだ。あれは死ぬほど痛いからな」

「そうでしょうね」

「だが、君に向けて発砲されるのは我慢がならない。自分が個人攻撃されたみたいに感じられるんだ」

「あら……ありがとう」

「どういたしまして」トムが含み笑いをもらす。「要するに俺の謝罪を受け入れるには、死ぬような思いをしなければならなかったってことか。覚えておこう。心から許してもらえたわけじゃないとしても」

「そんなことないわ」私は反論した。「私だって努力しているのよ。わかった？　二人のあいだに怒りの感情が残っているのが気に入らなかっただけ。二人して炎に包まれて死んでしまうかもしれないときに」

　トムがため息をつく。「今、この場で百パーセント許してくれてもいいんだぞ。そうなったらありがたい」

「考えておくわ」

　彼は何も言わずにこちらを見ている。

「あなたがしたことは、くそったれなほどひどかったわ、トム。まずはあなたが事の深刻さをよくよく理解しているんだと信じることにするわ。それから私に対するくそみたいな行いを心から悔やんでいて、二度と嘘をつかないつもりでいることも信じてあげる。憐れな人ね」

「口の悪い司祭みたいだ」

この発言については返事をするにも値しない。

「ところで、かわいいパジャマだな」

「ありがとう。クロウがこういうのを買ってくれるとは思わなかったわ」

トムがかすかに口元をゆがめる。「君がユニコーンを好きなことはクロウに伝えておいた」

「ユニコーンの人形とか何も持っていなかったのに。どうして知ってたの?」

「ソーシャルメディアに写真を投稿したことがあっただろう? こんな緊張を強いられる状態だから、少しでも君に笑顔になってほしかった」

「そうだったの」

道とも言えない泥道を何キロも進んだ。フロントガラスに細かなひびが入ったままの車を、トムはなんとか運転しつづけた。夜明けが近くなり、山の向こうの空がスミレ色と灰色に染まってくる頃、トムは幹線道路近くの道の脇に停めてあるハッチバックを見つけると、その隣に駐車した。ハッチバックの窓には〝売ります〟と書かれた貼り紙がしてある。チャージャーのめちゃくちゃになったフロントガラスは道路と反対向きで、最悪の傷は行き交う車からは見えなくなった。

やれやれ。私の心拍と呼吸は、ここまで何時間も走ってきてようやく正常に戻った。これまで花を時間どおりに配達しなければならないときにパニックを起こすだけでも、私には充分つらかった。トムはアドレナリン依存症か何かに違いない。

「今からこれが俺たちの車だ」トムが言う。

「この車を盗むの？」

トムは動きを止めて私を見た。「ベティ、優先順位を考えてくれ。俺たちは危険な敵から逃げている。命を狙われているんだぞ。車を変える必要がある。ほかに選択肢はない。わかってくれ」

それでも私は躊躇した。躊躇せずにいられない。両親からはものごとのいい面も悪い面も見るようにと言われて育った。このハッチバックはたしかにポンコツだが、誰かの持ち物だ。その人はこの車を売ったお金が必要なはずだ。私は今まで積極的に法を犯したことはない（ときにはスピードを出しすぎたり、横断歩道でないところを渡ったりするけれど、それは含めない）。だからといって、死にたいわけではない。難しいことになった。

「いいと言ってくれ」トムがシャツをたくしあげた。胸のあたりにゴムのベルトが巻かれている。手の幅程度のそのベルトにはいくつものポケットがついている。バットマンの万能ベルトの秘匿版といったところだろうか。トムはポケットの一つから札束を出すと、弾痕だらけのダッジ・チャージャーのシートに投げ入れた。次にハッチバックに向かって歩きながら、別のポケットから小さな道具を取りだした。見たところ、ピッキング用具のようだ。「〝売ります〟の貼り紙を外してくれ。急いで。それをチャージャーの窓に貼りつけろ」

「ありがとう」

トムが愉快そうに鼻を鳴らす。

そして一瞬のうちに、まっすぐな針金でハッチバックのロックを解除した。それから配線をショートさせてエンジンをかけようとした。パチパチと音をたててエンジンがかかる。ダッジ・チャージャーの轟音(ごうおん)と比べると大違いだ。でも、まさか私たちがこの車に乗っているとは追っ手も思わないだろう。

私はダッジ・チャージャーのリアガラスに貼り紙をすると、新しい車に乗りこんだ。車内は狭かった。よくあるヨーロッパ製の小さな車のようだ。街乗りにはぴったりだが、それ以外には向いていない。カントリーウエスタンが小さなステレオから大音量で流れてくる。驚いたことに、トムがさらにボリュームをあげた。どうやらドリー・パートンのファンらしい。これには私も大賛成だ。

次はお決まりのSIMカードの破壊だが、トムはその前に車から降りて携帯電話をフロントタイヤでつぶした。もっと前にそうしたかったのに、銃を持った敵が迫っていたために時間が足りなかったのだろう。携帯電話そのものを破壊するくらいだから、追跡を真剣に憂慮しているはず。それも当然だが。

「さっきは払いすぎたな」トムが言う。「きっと、このポンコツ車の持ち主よりも先に、敵がチャージャーと現金を見つけてしまうだろう」

「少なくとも私たちは払おうとしたわ」

うなり声がした。

「誰かを欺かなかったということは大事よ」

「君がそう言うなら」

「心配になるほど思いやりがないのね」

幹線道路に乗って順調に進むまで、トムは私の言葉に応えなかった。「俺を心配してくれる人がいることに慣れていないからな。これまでの人生で自分のことは自分で勝手にやって、大きな目標のためにはどんな人間も犠牲にしてきた。ものごとが複雑になるのをいつも避けてきたんだ」

「だけど、あなたは私を助けに来てくれた」

「そうだな」

「複雑になるのは覚悟していたということ？」

トムの眉間にしわが寄る。「ここまで複雑になるとは思っていなかった」

「男と女のつきあいだもの、思いどおりにいかないわ。あなたの都合に合わせて、感情を小さな箱に閉じこめておくことはできない」私はできるだけ楽な姿勢を取ろうとした。でもヒップに対して小さすぎるこのシートではなかなか難しい。トムは天井に頭がつかえているし、肘を運転席側のドアにぶつけてばかりいる。苦境にあるのは私だけではない。「さあ、次は何が起こるの？」

「子供はどうするっていう話をしたいのか？」トムが少し驚いた声で言った。「子供を持つことには反対しないが」

「いいえ、トム」私はゆっくりと言った。「この〝殺されない大作戦〟では次に何をするのかって訊いたのよ」

「なんだ、そうか。今は小さな空港に向かっている。そこからチャーター機に乗ってニューヨークまで行く。この土地から逃げだす。君はニューヨークの俺の安全な家に身を隠す。そのあいだ、俺は答えを探しに行く」

「誰が答えを知ってるの?」

「動物園を運営している人物たちだ」トムは一瞬だけ視線を私に移し、再び前を向いた。「俺たち二人の未来について話しあってもいいんだぞ」

私は眉をひそめる。「二人に未来があるとはまだ確信できていないんだけど」

「子供は二人がいいと思う」

「ごめんなさいね、トム・ジュニア。パパは今日の学芸会には行けないの。今週は悪い政治家を殺しに行っていて留守なのよ」

「違う」トムが激しく首を振る。「政治家は通常、警備が手薄でかなり攻撃しやすいソフトターゲットだ。脅迫して、早期退陣させるだけですむ場合がほとんどで、血を流す必要はない。脅迫に効果がある限り、そのほうが面倒がずっと少ない」

「心からほっとしたわ」

「俺の仕事がそんなにいやだったのか」トムはまるで初めて知ったとでも言いたげだ。

「俺の働く時間帯や家を空けてばかりいることに、君があまりいい顔をしていないのはわかっていた。だからといって、嫌っていたとは知らなかったよ」

「時間帯が問題なんじゃないわ。それが原因で私は家を出たわけではないんだし。それにね、トム、あの頃の私はあなたのことを保険の査定員だと思ってたのよ。今ではあなたがおかしな自警団員で、殺し屋で、忍者で、スーパースパイだってわかってるけど、それでも正確に何をしているのかは知らないわ」

「単に工作員でいい。それなら名刺に書ききれるだろうし」

私はヘッドレストに頭を預けた。「正直言って、自分がどう感じているか自分でもよくわからない。そうだ、私に残りの弾倉を預らせてちょうだい。あなたの銃に入っている分が予想外に早くなったときに、すぐ交換できるように」

トムはシートの中で腰を浮かし、ズボンのポケットに手を入れると、言われたとおり弾倉を取りだした。「ありがとう」

「いいのよ」

「気づいているかい？」トムがほほえむ。「俺たち、一緒にいてうまくやっているじゃないか」

私は何も言わなかった。どう言えばいいのかわからない。この偽物の関係にこんなにも希望や熱意を見せるトムに面食らった。公平に言えば、たしかにこの数日間は本音で向きあってきた。ところどころ不慣れだったり地獄のようだったりしたが、見せかけのつきあいではなかった。

私は難なく空の弾倉を新しいものと入れ替えた。標的にあてるのは苦手だが、銃の扱いが全然だめというわけではない。それに私たちの関係にトムが抱いている情熱を目のあたりにしても、私は自身のことを誠実で愛にあふれたつきあいに値する女だとは信じていなかったので、とまどったりもしなかった。それに、誰かが私のために戦ってくれるなどという、大それた考えは持ちあわせていない。言っておくが〝戦う〟というのは、銃撃戦を繰り広げるといった意味ではない。いいときも悪いときも私のそばにいつもいてくれるという意味だ。親友のように。心の友と言ってもいい。だが私たちの関係の土台にあるのは嘘のかたまりだ。合理的で常識のある人なら、こんな特殊な状況に固執しようとは思わないだろう。少なくとも真剣には。

「ベイビー」トムが言った。「何か考えごとをしているのはわかるが、そんなふうに膝に銃を打ちつけるのはやめてくれないか」

「まあ、ごめんなさい」私は使いかけのポケットティッシュと賞味期限切れのプロテインバーだけが入っている、ほぼ空っぽのグローブボックスに銃をしまった。これで安全だ。

　トムはこの安全対策に対し、満足げにうなずいた。もう一つの銃はすでにトムの足首のホルスターに収められている。必要になったら、トムはそのどちらかに手を伸ばしさえすればいい。少し前から私たちは交通量の比較的多い幹線道路を走っており、トムはまたもすべてのミラーと道に目を配って忙しく監視している。追跡されていないかどうか確認するためだ。それなのに彼は私にまで目を向けていたらしい。

「考えごとをしているってどうしてわかったの？」私は好奇心を覚えた。

「君はいつも深く考えすぎなんだ。君の標準操作手順書（SOP）にもきっとそう書かれているはずだ」

「あなたは深く考えないの？」

「任務中に考えこんでいたら、生き延びられなかっただろうな」トムが言う。「俺は情報を集めて高速で処理するのに慣れている。計画を策定し、実行する」

「考えを変えることはないの？」

「もちろん状況が変われば変える。柔軟に対応しなければならない」

「それなら私たちの関係についてはどうして考えを変えないの？」

「変える理由がない」

「私があなたの秘密を知ったことで、恋人同士という便宜的な設定が完全に破綻しているのに？」

トムがこちらを見つめる。「ベティ、君が秘密を知ったことで何かが変わるとしたら、それは俺たちの関係がもっとよくなるということだ。長い目で見れば。この少々困難な期間を乗り越えたあとに」

「命からがら逃げてる状態を〝少々困難な期間〟なんていう言い方をするのはあなただけよ」

「こんなおんぼろ車のために俺に金を払わせるのは君だけだ」

私は笑った。どうやら恐怖心のあまり、ときどき笑いだしてしまうらしい。不思議だ。

私たちは幹線道路をおり、今までとは違う森の奥へと、片道一車線の道を進んだ。ここは平坦（へいたん）な土地だ。

「君が心配しているかもしれないから念のために言っておく。これまでと同じく君を殺したりしないし、そのすてきな体をこの大自然に埋めるつもりもない」トムが言った。

「そんなことは思っていなかったわ。あなたは私を殺したりしないってわかってる」

トムが輝かんばかりの笑顔を私に向けた。目まで笑っている。かつてはほとんどの場合、トムの笑顔に感情をかきたてられたことはなかった。彼が本心で何を考えているのか、何を感じているのかがよくわからなかったからだ。うわべだけで笑っているふうに見えた。もちろん今ならその理由がわかる。でも、それだけではない。たった今見た笑顔は、前よりもずっといい。お腹の中をくすぐられるような、膝の力が抜けるような、そんな感覚に襲われそうだ。まったくトムときたら。

「信用してくれているのか？」トムが尋ねた。

「ええと、たぶんね」

トムがさらに笑みを大きくする。ちょうど車は小さな空港に入ろうとしていた。大きな格納庫と、駐機場で待機している流線型の白いプライベートジェットが見える。命懸けで逃亡している最中のはずだが、もし私の見間違いでなければ、トムは意外にも私と一緒にいてリラックスしはじめているようだ。ありのままの自分でいる。そのことについてどう感じればいいのかわからない。トムが魅力的だったり、庇護本能を発揮したりするのを目にすると、怒りつづけているのが難しくなる。とはいえ、二人の偽りの関係をこのまま受け入れる必要はないだろう。ただ成り行きに任せればいい。

ベアが小型ジェットのタラップを降りてきた。大きな体の男は手をあげて私たちを歓迎している。金髪を後ろにきちんと束ね、ちゃんとした服を着ている。見たところ、パイロットの制服のようだ。

「ベアは信頼できるの？」私はトムに尋ねた。

「ああ」トムがうなずく。私たちの車はジェット機の近くで停止した。「ベアは新しいハッカーの調査で最初に潔白が証明された。そのハッカーは海外口座などの調査能力が非常に高い。それから今回の事件と時期が一致する、不審な暗号通信に関してもだ。誰についても百パーセント完璧に調べあげることはできないが、ベアとは長年のつきあいがある。寝返るようなやつじゃない」

「新しいハッカーは仕事が速いわね」

「そうだな。その代わり恐ろしく金がかかるがね」トムが言う。「だが払うだけの価値はある。これ以上ミスを犯すわけにはいかないからな。誰が関与しているにせよ、見つけださなければならない。さあ、君はここで降りろ。俺は車を見えないところに隠してくる」

「わかったわ」

ベアがドアを開け、手を差し伸べてくれた。なんて紳士的なのだろう。「旅行は楽しかったかい？」

「黙れ」トムが冷めた声で返事をした。「五分で出発だ」

「準備はできている」ベアは私の手を自分の肘にかけさせて、飛行機へと案内した。

「機内に新しい服がある。今着ている衣類はすべて処分しなければならないが、かまわないか？」

「発信機とかそういったものが仕掛けられている可能性があるから？」

「そのとおり」

「銃は持っていてもいい？」

ベアが眉をあげる。「トムが銃を渡したのか？」

私はうなずく。

「トムのものなら、もちろん持っていてかまわない」

「そうだ、着陸したら保安検査はあるの？」

ベアは黙ってほほえむと、私の前に立ってタラップをのぼりはじめた。この人たちの活動範囲には、空港の保安検査などというものはないのだろう。

機内はすべて革張りで、床には濃灰色のカーペットが敷きつめられていた。大きくて座り心地のよさそうなシートと、控えめな照明。億万長者やセレブが乗るような代物だ。トムたちはこれをどこから仕入れたのだろう。でも知らないほうがいいかもしれない。

「バスルームは後方にある」ベアが教えてくれた。「君の服が中にかけてある。できるだけ急いでくれ」

私はうなずく。

バスルーム設備は通常の飛行機と比べてさほど大きいわけではなかった。けれども洗面台は大理石で縁取られており、小さめとはいえちゃんとしたシャワーもあった。ドアの後ろには透明なビニール袋に入ったネイビーのパンツスーツと、白のクルーネックのニットシャツがかかっている。どれも私のサイズのものだ。ブランドはすべてエスカーダ。トムが工作員だと判明して以来、私が以前よりしゃれた服を着ているのは間違いない。ベアに言われたとおり、私は急いで支度した。スーツの後ろの袋には必要な下着も入っていた。靴だけがない。私は裸足のまま外に出た。

「これ、どこに置けばいい？」片手に脱いだパジャマ、もう片方の手にブーツを持ち、私は尋ねた。「同じ靴を履けばいいの？　だってこの靴は……」

私はその場に立ちつくした。

トムが通路に立って、黒のボクサーブリーフを引きあげようとしていた。肘を曲げ、下腹部をさらしている。その体は圧倒的だ。例えば背骨の両側にある隆起や、力強く平たい背中の筋肉が、ヒップの上のくぼみへと続いているところなど。私が別れを告げようとしたあの日までのトムに対する無関心と孤独感は、今や恐ろしいほど過度な意識に変わってしまった。その感覚はみるみる増大している。危険なことになった。

トムに気づかれないうちに目をそらすことはできなかった。この人はどうして服を着たままでいてくれないのだろう？　個人攻撃をされているみたいだ。

「ちょっと待ってくれ」トムが黒いスーツのズボンを取ろうとしながら言った。今度は動きを止めた。「どうして怒った顔をしているんだ？」

「怒ってなんかいないわ。至って普通よ」

トムは何も言わない。

「服を着てくれる? 急いでるんでしょ?」

「なるほど。俺の裸を見て、ここまでうろたえてくれるなんてうれしいよ」

「トムったら」私はうなるように言った。

トムが口角をあげる。憎たらしいにやけ顔だ。「そのへんに放っておいてくれ。俺が片付ける。君の靴やコートはこの椅子の上だ」

私はパジャマを床に放りだしたりしなかった。そんなのは子供じみているし、何よりそうしたら私がトムのむきだしのヒップにくらくらしたとかいう臆測を肯定することになる。間違いではないが、彼が知る必要はない。それにこのユニコーンのパジャマを本当に気に入っていた。だから私は脱いだパジャマを豪華な白い革のシートに丁寧に置き、私がもらった残りのプレゼントを確認することにした。トムの腿のたくましさとか、そこに沿ってついているもののことは考えないようにする。でも近いうちにちょっとプライベートな時間が必要かもしれない。じっとしていられないようなエネルギー(少しだけ性的な性質の)が私の中に蓄積してきていた。このままだと健康に悪い。ひょっとするとこれは、殺されそうな状態に対する恐怖と緊張によってもたらされたものかもしれない。トムとは関係がない可能性もある。関係があるはずがない。

そうに決まっている。

とはいえ、トムに二度と視線を向けるつもりはない。少なくともこの程度の自制はしたほうがいい。一方、ベアは操縦席につき、パイロットとして離陸の準備をしている。私の靴は灰色で革製の先が尖ったハイヒールブーティだ。足をくじいてしまいそうだが、とてもすてきだ。メイク用品が死ぬほど欲しかったものの、しかたがない。あとはウールのコート。大きなサングラス。クロエのハンドバッグ。完璧な装いだ。ハンドバッグには何も入っていないけれど、これ以上を望むのは贅沢だろう。

「今度の服をどこかに捨てさせようとしたら、あなたを痛めつけて殺してやるかも」私は言った。「この服、私に似合ってると思うわ」

「君は何を着てもすてきだよ。それにユニコーン柄のものもまた買ってあげるから。約束だ」

トムのお世辞は無視した。そのほうが安全だ。だがこっそり上目遣いで彼の非の打ちどころがない格好を見たときは、自分が安心したのかがっかりしたのかよくわからなかった。トムもデザイナーズブランドの服を着ている。美しいシルエットの黒のスーツに、無地のホワイトシャツ。ネクタイはつけていない。ピカピカの黒靴と、きれいに整えた髪。スーツを着た男はランジェリー姿の女のようなものだと言う人がいる。その理由がようやくわかった。

「どんなイベントに出かけるの？」私は尋ねた。

「頭が空っぽな金持ちカップルがショッピングと観劇のためにニューヨークを訪れても、誰も興味を示さないだろう」

「そう願うわ」

トムは脱いだ服をかき集めると、まだ開いている飛行機のドアから外へ捨てた。なんてもったいない。この空港を次に使う誰かが、何かの役に立ててくれるといいけれど。私の両親が見たらあきれるだろう。両親は物がだめになるまで捨てないし、捨てるときでもなんらかの方法で必ずリサイクルする。

一方、トムと私はアメリカじゅうに車と服を捨てて歩いている。工作員はそんなことを気に病んだりしないという心の声が聞こえた。婚約者と私自身のあいだには共通点がないというさらなる証拠だ。悪い報いを受けないために、私は二人を代表して慈善団体に寄付しなければならないだろう。そうしないと、今度のクリスマスに両親に顔向けできない。無意識に罪を犯しているのではないかという強迫観念が呪わしい。もちろんまずはそれまで生き延びることが先決だ。両親は私のことを死ぬほど心配しているだろう。連絡を取れないのがじれったい。まだ息をしていると伝えてあげたい。トムがボタンを押した。タラップが格納され、ドアがゆっくりと閉まる。「シートベルトを締めてもらえないか」

私たち二人はいつ銃弾に倒れるともわからないというのに、トムはこうしたささいな安全にこだわっている。面白い。私は言われたとおりにした。「これだけのものをこんなに早くどうやって用意したの？　服とか飛行機とか、全部」

「手品を使った」当然教えてはくれない。これはこの人の第二の天性だ。トムは私の隣に座り、くつろいだように目を閉じた。飛行機がエンジン音をあげながら、滑走路へ向けて動きはじめた。

「正直に答えてくれてもいいのよ」私は控えめに提案した。

トムがかすかに肩をすくめる。「連絡員。地上職員。雇った人物。好きなのを選べ」

「その人たちに私たちの行き先を知らせても大丈夫なの？」

「この局面から完全に外されていて、ほぼ情報を持っていない人たちのことは信用している」

「でも、あなたはヘンリーもこの局面から完全に外されていると思ってたんでしょ」

「ああ」トムの眉間にしわが寄った。「俺たちは追跡されていた。それが気に食わない」

それは私にとってもぞっとする話だ。とはいえ、今はそのことについて考えたくない。「私、ニューヨークは初めてなの」

「そうなのか？」トムが訊く。「だったらきっと気に入るぞ。俺がトラブルを解決しているあいだ、君は安全な場所に隠れていなければならないから、街に出て見てまわることはできないだろうが」

「じゃあ、窓からの眺めを気に入れっていうの？」

「そのとおり」トムは目を閉じたまま言った。「何時間でもテレビを見て、好きなだけデリバリーを取って、休暇を消化するんだ」

「それに関してだけど、私も銃のホルスターが欲しいわ。私の新しい見た目の邪魔にならないものがいいわね」

重苦しいため息が聞こえた。「婚約者が常時武装するという事実に対して自分の中で折り合いをつけるから、少なくとも飛行機に乗っている数時間だけ待ってくれないか？　この件で最終的に俺が譲歩するまでのあいだは、こちらに選択権があるというふりをしてくれ」

「いいわよ。ありがとう」

「できるだけリラックスするんだ。しばらくのあいだは安全だ」トムが言った。「空中で俺たちを爆破しようとする者はいない」

「あなたに言われるまで、その可能性があることに気がつかなかったわ」

「おっと、しまった」

「常に誰かに殺されるかもしれないという感覚にどうやって慣れたの？」

トムがかすかに眉をあげる。「そうだな……いつもは〝常に〟というわけじゃない。だが、そうだな、簡単なことではないな」

「本当ね」私は手の付け根で胸元をこすった。「いつだってあと少しで心臓発作を起こしてしまいそうな気がする」

「すべて俺のせいだ。こんなことに巻きこんでしまって本当にすまない」トムはきわめて深刻な顔をしている。「ベティ、君は大丈夫だ。俺が必ず君を守る」

私は笑おうとしたが、うまくいかなかった。私をこんな状況に陥れたトムを責める気持ちと、今なんとかしようと隣にいてくれることをうれしく思う気持ちの、ちょうど真ん中にいた。

トムが私の手を握り、指をからめてくる。何も訊かず、何も言わずに。私は指をからめたままでいた。そのことに強い興奮を覚えた——私がただ、されるがままになっている。慰めてほしかったからではない。絶対に違う。でも私に銃を持たせると言ってくれたのだから、こうさせてあげるのがせめてもの礼儀だと思う。これは今まで男の人に手を握らせるときに私が使ってきた中でも、最もお粗末で奇妙な言い訳だ。私は二人のあいだに距離を空けるよう、断固主張すべきだった。愛情のこもったこんな仕草は事態を余計に混乱させるだけだ。それから私の目の前ではちゃんと服を着ているようにということも主張しなければならない。

本題からそれてしまった。私たちは今、生き延びることに神経を集中すべきだ。二人の関係という永遠のミステリーの謎解きはあとまわしでいい。私は死にたくない。

トムにも死んでほしくない。殺し屋たちが私たちを追っている。でも私が思いを口にしようとしたときには、トムは私の手をやや強く握りながら、すでに規則正しい呼吸を始めていた。すっかり熟睡しているか、もうすぐ熟睡するところだろう。

睡眠の邪魔はできない。そんなのはだめだ。私はじっと彼の手を握っていなければならなかった。

5

「なんですって？」私は立ち止まった。駐機場を横切るため、ふんぞり返った見栄っ張りな態度で歩きだしかけた瞬間だった。

髪をもみくちゃにしている風は、雪だるまのお尻にあかぎれができてしまいそうなくらいに冷たかった。でも私の完璧な装いに乱れはない。

「無理するな」

「力を抜け」トムがそう言いながら、私を駐車場の方向へ誘導する。「車はこっちだ」

「頭が空っぽな金持ちカップルがニューヨークを訪問するんだって言ったわよね。私はデザイナーズブランドのスーツやその他もろもろに見合うように振る舞おうとしてるだけよ」それに拳銃にも。ジャケットの下にある重みがそれだ。私の脇を押すようにバストにぴったりと張りついている。人の命を奪う武器がすぐそこにある。少なくとも他人に深刻な危害を与え、大変な痛みを生じさせる力を持っているものが。私は銃のことは口に出さなかった。私が銃を持つのをトムはまだ面白く思っていないだろうから。

トムも私と同じくサングラスをかけ、顔を斜め下に向けている。顔認証ソフトに識別させないようにするには不充分だろう。だがトムによれば政府は脅威ではない。それでも私は監視カメラがこんなに私たちの生活の隅々まで浸透しているなんて思いも寄らなかった。もちろんカメラを避けようとしたことは一度もなかったけれど。

「注目されないようにするには、挙動不審にならないのが一番だ」トムは私の背中の低い位置に手をあて、必要があればすぐに私を動かせるよう身構えている。「一方で、誰もが気づくような重要人物のふりをするのもだめだ。金持ちだろうが貧乏人だろうが、同じように殺されるからな」

「わかったわ。ごめんなさい。つい調子に乗っちゃったわ」

「忘れるな。君は行方不明者リストに載っているんだぞ。気づかれてはならない。自然に振る舞え」

「十二センチヒールを履かせておいて、自然も何もあったもんじゃないでしょ」私は鼻先で笑った。

トムは口の片側だけをゆがめた。

ベアはジェット機の格納をしている。これまで私は、トムがいようといまいと、自分の人生がどんなものかよくわかっていると思っていた。でも今回の変化は急激すぎてついていけない。それに息が詰まる隠れ家や森の中の不気味な小屋を離れて、再び人のいる公共の場に行けば気分も晴れるだろうと思っていた。しかし結局また、壁のない危険地帯に来たようなものだ。いつも誰かの照準線上にとらえられているような妄想がまたふくらんできて、首の後ろがぞわぞわする。私はトムと一緒に普通の速さで歩いている。危険から逃れようと走っているわけではない。つまり今は大丈夫だということなのだろう。

トムがポケットからスマートキーを取りだす。黒の真新しいセダンのライトが一回点滅した。トムは私を助手席に案内し、車の前をまわって運転席に座った。

「ベアを待つの？」私はシートベルトを締めながら尋ねた。

「あいつはあとから合流する。そこのグローブボックスに携帯電話が入っているから、取りだしてくれないか？」静かなエンジン音とともに私たちは駐車場を出発し、建物が密集した工業地帯の道路へ出た。

「わかった」

「ロックはしていない。連絡先を打ちこんでほしい。頼む」

私は画面を親指でなぞった。

「第一の連絡先、いいか?」トムが尋ねる。

「どうぞ」

トムがすらすらと数字を口にする。「終わったら、その番号に〝報告〟とメールを送ってくれ。それだけだ。ほかにはいらない」

「送ったわ」

私たちは同じ作業を少なくとも九回は繰り返した。トムがそのたびに電話番号を暗唱する。私自身は自分の番号を覚えているだけでもちょっとした奇跡だ。だがそれはトムにとっては造作もないようだ。つかえることも、番号を間違えることも一度もなかった。トムが受けた訓練の厳しさや多様さについて、私はまたしても思い知らされた気がした。トムが危険な人だということはわかっている。でも私の味方でもあることもわかっている。彼のことは信頼できると思う。とはいえそれらはどれも、私がベッドをともにしてきたのはいったい誰だったのかという根本的な問題の答えにはなっていない。

「第二の連絡先が〝フォックスは潔白〟だと返してきたわ」私は報告した。「ハッカーが、裏切り行為と殺しに関する痕跡がオンライン上にあるかどうか調査してるわけね？」

トムの目つきが鋭くなる。「ああ」

「ちょっと、あなたが私に携帯電話を渡したのよ」

「わかってる」

「私があなたのことに首を突っこむのに慣れていないものね」

トムの口はまっすぐに結ばれたままだ。「これ以上危険なことに君を巻きこみたくないだけだ」

また携帯電話の画面が光る。「第一の連絡先が〝ゾーンブルック〟と送ってきたわ。これは何？　ホテルか何か？」

「ああ。高級ホテルで、警備も厳重だ」トムは眉根を寄せている。おそらくそれは私たちの次の隠れ家ではなく、まったく違う何かなのだろう。

「中に入る方法は?」私は尋ねる。「入らなきゃならないんでしょ?」

トムが返事をするまでに間があった。視線を道路から私に移し、再び道路を見つめる。「深く知らないほうが君のためだ。どうするかは自分で考える」

「つまりそこで誰に会うのかも私に言うつもりはないってことね?」

「そうだ」

私は携帯電話を膝の上に置くと、またしても考えにふけった。私に何も言わなければ私を守れるという段階はとうに過ぎた。この人は何もわかっていない。私が常に怯えてパニックを起こしつづけているとしたら? 危険に備えておくためには、何と戦っているのか私も知らなければならない。すでに爆破されそうになったり、尋問されたり、生まれて初めての銃撃戦に遭遇したりしている。もちろんトムがこの問題を早く解決するに越したことはない。そうすれば友達や家族に私の無事を知らせることができる。いつもの生活に戻り、まだ仕事があれば戻ることもできる。そしてこの恐ろしい異常事態を忘れられる。そのことがトムとの別れを意味するのかどうかはわからない。そうなったら自分がどう思うのかもわからない。とりあえず、難しい問題には一つずつ取り組んだほうがよさそうだ。

「この前雇ったハッカーを使って職場の仲間たちを全員チェックしているのね。彼らが一番怪しいし、これが内部の人の仕業である可能性は非常に高いから」私は頭の中の断片的な情報をつなぎあわせた。「新しいハッカーの調査で最初に疑いが晴れたのがベアだったって言ったわよね。フォックスが二番目で、今のところあのグループ内に犯人は見つかっていない。その方面の手がかりはまだない」

トムは黙秘を決めこんでいる。おそらく図星なのだろう。

「あなた、バジャーに言ってたわよね。ボスたちがメールになかなか返信してこないとかなんとか。面倒に巻きこまれたくないからなのか、そもそも彼らが黒幕なのか」

トムの顎まわりの筋肉がピクッと動く。

「あなたは彼らのうちの一人に接触するつもりね。そうでしょ？　ボスの一人？」

「なぜわかった？」トムが苦々しげに言う。「別のメールが入ってきたのか？」

「いいえ」私は顎をあげた。「自分の頭を使ったのよ」

トムが私の顔を眺める。

「スリラーものやスパイものの映画を見ているから、その手の知識は持ちあわせてるわ。それに大量の商品を扱う、街の真ん中にある大繁盛のフラワーショップに勤めているのよ。売り上げだって何百万ドルもあるわ。ぎりぎりの納期や、殺気立った花嫁に追いかけまわされる毎日を送ってるのよ。ものごとを整理して問題を解決するのが私の仕事。つまり追われる身になる前からこういうことには慣れていた。何が言いたいのかっていうと、私は間抜けじゃないってこと」

「ベティ、君が賢いのはわかっている。だが危険な相手なんだ」

「今はなんだって危険よ」私は言った。トムは本格的にいらいらしはじめたようだ。なんだか申し訳ない。彼は私を守ろうとしてくれているだけなのだから。トムが手を差しだす。私はそれ以上何も言わずに携帯電話をその上にのせた。

かつてないほど長い時間、トムは一言も口をきかなかった。「君の言ったとおりだ。ボスたちのあいだで何が起こっているのか、どんな情報を持っているのか調べる必要がある」

私はうなずく。

「すまない。こういう話を誰かと共有するのに慣れていないんだ。ベアやフォックスともだ。知る必要がない相手には黙っていることにしてる」

「私とも共有してないわよ。私はただ推測しただけ」外を見ると、悪天候の中、出歩いている人がいる。「カリフォルニアを出る前、どうして携帯電話を破壊したの？SIMカードを壊すだけではだめだったの？」

「誰かが携帯電話にプログラムを搭載して、それを使って俺たちを追跡していたのかもしれない。そうするのは簡単じゃないから、そいつは過去のある時点で携帯電話に物理的にアクセスしたはずだ。だから捨てた。危険を冒す価値はない」

街の中心部に近づくにつれ、車の量も増えてきた。午後も遅くなり、さっきまでの明るさと打って変わって、あたりはもやに包まれている。湿った空気を通して街灯がやわらかな光を放っている。同じ区画を二度まわって、ようやく駐車スペースを見つけた。厚手のコートと革の手袋があって助かった。デザイナーズブランドのハンドバッグはすてきだけれど、防寒の役には立たない。

トムが私を歩道へと促し、車道側に立って並んで歩きはじめる。まわりを常に確認しながら、私たちは三階建ての古い煉瓦造りの建物の前にたどり着いた。豪華さはないが、清潔で手入れの行き届いた建物のようだ。かすかにタイ料理のにおいがするエレベーターは、私たちを乗せてあがっていくときに、機械的で怪しげなうなりをたてた。

トムが最上階の角部屋の前で立ち止まってドアの鍵を開け、セキュリティシステムを解除した。「さあ、どうぞ」

「ここの持ち主はあなた？　それとも動物園？」

「俺だ。ちょっとここで待っててくれ」トムはいくつかある小さい部屋に頭を突っこみ、すばやく様子を確認した。「大丈夫だ。入っていいぞ」

ロフトのようなスペースの奥まで、むきだしの煉瓦の壁が続いている。まず小さめのウォークインクローゼット、次に白を基調とした小さめで清潔なバスルーム、そのあとがメインのオープンスペースになっている。白い清潔なキッチン、シーツと毛布でベッドメイクされた大きなベッド、そして窓際には木のテーブルと二つのスツール、さらに二人掛けソファと壁掛け式のテレビがある。

「こぢんまりしてるわね」私はコートを椅子の背もたれにかけながら言った。ハンドバッグと手袋はテーブルの上に置いた。ミニマリスト風に完璧に片付けられたこの部屋に物を広げてはいけないようにも思えるが、それが生活というものだ。このアパートメントはカリフォルニアの農場の隠れ家と多くの共通点がある。写真がない。個人の持ち物がない。少なくとも見える範囲には何もない。

トムが肩をすくめる。「ここにはあまり来ないから」

「それじゃあ普段はどこにいるの?」

「仕事がないときは君と家にいる」トムがポケットの中身をテーブルに空ける。車のキー、新しい携帯電話、銃、予備の弾倉……要するに、いつものものだ。「俺たちには新しい家が必要だな」

私は何も言わなかった。

「ロサンゼルス周辺にいくつか家があるから、君も見に行ったらいい。その中から一番気に入った家を選べ。あるいは新しい家を買うのもいいかもしれない。できたら大金を口座から引きだすのは避けたいところだが。敵のアンテナに引っかかりやすくなるから」

「正確にはいくつ家を持っているの? 銀行口座の残高はいくら?」

「給料はたっぷりもらっている」トムは首をひねり、ポキッと音をたてた。「それにこの業界では安全のために隠れ家をいくつか所持していたほうがいいんだ」

「あなたのカムフラージュ用の家が爆破されたときのため?」

「そうだ。それぞれの家にはときおり立ち寄って、郵便物を回収したり、警備をチェックしたりする。侵入された形跡がないかどうか確認して、基本的なメンテナンスをするんだ」

「あなたの住む世界って面白いわね」凝り固まった筋肉をほぐそうと、私は首の後ろをもんだ。ストレスがあると、いつも肩が凝る。だがここ数日ほどストレスを感じたことは今まで一度もない。バレンタインデイや母の日のフラワーショップの殺気立った忙しさも、生き残るために逃亡することに比べたらなんでもない。追われていることに比べたら。

「俺にさせてくれ」トムがそう言って私の前に立った。必要以上に近い距離だ。

「そんな必要は――」

「わかっている。でも、してあげたいんだ」トムの力強い指が凝り固まった筋肉に沈みこみ、私はとろけそうになる。するとトムは不満そうな声を出し、私のジャケットの前ボタンを外した。自信に満ちた彼の手は、私が身を任せると確信している。トムは温かな手のひらで私のニットシャツ越しに両肩から腕にかけてゆっくり撫でおろしていき、滑り落とすようにジャケットを脱がしてテーブルに置いた。次は拳銃とホルスターだ。それらを取り外してトムは安堵(あんど)の顔を見せた。「これでいい」

本当にそうだろうか。私の頭の中の分別が、この男の近くではできる限り武装していたほうがいいとささやいている。だが筋肉をもみほぐすトムの手はなんて心地よいのだろう。だんだんと、そそられる気分になってくる。

頭の中から、警報がもう一度聞こえる。「何をしているの？」

「君の首の凝りをほぐしている。君こそ、考えすぎること以外には何をしているんだ？」

「私が頭を使うのをやめて、質問をしなければいいと思っているんでしょ？」

トムの唇の端がよじれる。「言われるまで気づかなかったが、そうだな、そのほうがいい」

「まあ、望むのは勝手だわ。考えすぎるといえば、ボスを味方につける方法は考えたの？」

トムがため息をもらす。

「私は真剣よ。どうするつもり？」

「どうしても追及する気だな？」

「もちろん」私は精いっぱい偽物のほほえみを浮かべてトムを見た。顔に平手打ちを食らわすくらい明らかに露骨なものだ。辛辣さにだって強大なパワーがある。「ねえ、あなたのはったりは全部お見通しよ。早く質問に答えたほうがいいんじゃない？　あなたが何を望もうが、私がただ黙ってついていくはずがないんだから。この〝生き残り作戦〟では、私たちはパートナーだと考えてほしいの」

「ひどい言いようだな。ただ、俺にそんなふうに断固とした厳しい要求をしているときの君は最高に色っぽいよ」

私は天を仰いだ。「質問に答えて」

「なんらかの難局で誰かの支援や服従を勝ち取るには、いくつかのやり方がある」トムが言う。「まずは主義主張や愛国心に訴えるやり方から始める。あまり知られていないかもしれないが、君の言う動物園は実は世界に大いに貢献している。この方法が二つとも効果がなければ、利己心に訴える方法に切り替える。ときにはこの三つを組みあわせる。通常、恐喝や脅迫は最後の手段だ。なぜかというと、それを使うと、もはや後戻りできないからだ。個人レベルで相手の心に訴えかけるなんらかの誘因を見つけるのが鍵だ。たとえこちらが金を与えていたとしても、相手が心情的にもよくしてもらっていると感じるように仕向ける必要がある。そうすれば向こうが攻撃してくる可能性は少なくなる。特に自らの利益に反したことをさせるときや、簡単な道を選ばせないようにさせたいときは。人間は恐ろしく怠惰だから、九十九パーセントの確率でできるだけ厳しくない道を選ぶ」

「でも、あなたは彼らにお金は払わないわよね」

トムがうなずく。「そうだ。向こうには億万長者さえかすんでしまうほどの富がある」

「陰であなたたち全員が殺されるのを見ているほうが楽というわけね」

「そのとおりだ。代わりはいくらでもいる」トムがあたり前だとばかりに言う。「おそらく今頃、懸命に責任逃れをしようとしているんじゃないか」

「あなたは彼らにちゃんと姿を見せて対決するよう説得する必要がある」なるほど。その人たちが誰だかわからないが、かなりの力と資金を持っているのは明らかだ。けれど私たちが彼らの支援を受けることができれば、これ以上誰も死なずにこの状況を切り抜けられるかもしれない。

「むしろ、俺と対決してくれるよう君を説得したい」

「真剣な話をしてるのよ」

「こっちだって真剣だ、エリザベス」

「いいえ、ふざけているわ、トーマス」

「それについては、丁重に反論させてもらう」トムが言う。「結局、俺は君の質問には全部答えた。ご褒美をくれるだろう？」

「あなたの婚約者に珍しく真実を語ったことで得られる温かい満足感がご褒美よ」

トムの目が輝く。「〝あなたの婚約者〟と言ったな。ということは、俺たちはまだ続いているんだな。俺たちは結婚する。子供を作り、ミニバンを乗りまわし、家は――」

「ちょっと待ってよ。違うわ」

「君が言ったんだぞ」トムがうれしそうに笑う。「もう取り消せないからな」

「まったく、あなたったら何？　八歳の子供？」

「三十四歳だ」

「年もごまかしてたの？　あきれた。何か嘘じゃないことってあるの？」

トムの顔から浮かれた様子が消える。「君を愛していると言ったのは嘘じゃない」

「それは皮肉だこと。唯一それに関しては嘘だって見破っていたもの」

「じゃあ、今から信じさせてやる」

「優先事項は何？」私は冷たく言い放つ。「私たちは命を狙われているのよ。もっと大事なことに目を向けなくちゃ」

「ああ。だけど仲直りのセックスをしないまま死んでしまったら？　それこそ悲劇だ」

いいかげんにして。「悲劇ですって？」

「そのとおりだ。だがパニックを起こさずに冷静に判断しようとする君の姿勢は評価できる」

私は肩をすくめただけだった。「そうすれば気を紛らわせることができるからよ」

トムがほほえむ。なんてすてきな笑顔だろう。

「どうしてそんなに私と一緒にいることにこだわるの？　答えて」

トムが私の頭に指を移動させ、地肌を刺激する。私は魔法にかかったかのようになった。

「その答えはもう何度も言ったはずだ。君の笑顔が好きだ。ああ、君のすべてが一ミリ残さず好きだ。それに君といるときの自分も好きだ。一緒にいると、いつもの緊張から解き放たれる。それに君にすべての秘密を知られた今となっては、もう誰かのふりをしなくてもいい」

「ああ」私はまぶたをゆっくりと閉じた。そうせずにはいられなかった。自分を無防備に差しだしてマッサージしてもらうことほど心地よいものはない。解剖学に関するトムの知識は間違いなく一流だ。さぞいい殺し屋になれるだろう。そのことを考えると、膝から力が抜ける。絶えずつきまとっているパニック発作を起こすのではないかという恐怖心が溶けてなくなる。

そのときトムが体を寄せてきて、私の頬や顎のラインを唇で軽くなぞりはじめた。彼が一緒にいてくれる。私は独りぼっちじゃない。でもこれはやめてもらわなければ。今すぐに。

「私があなたの秘密をすべて知っているとはまったく思えないわ」

「地上の誰よりも君が一番よく知っている」

「そうかしら」

「間違いない。君は俺に家を与えてくれただけじゃない。俺に普通の人と同じように感じさせてくれた。俺を人間にしてくれた」

そんな悲しく寂しい言葉は聞いたことがない。「トム……」

「これまで人生のほとんどを戦場にいるような気分で過ごしてきた。だが君といれば違うんだ。君と一緒なら、喧嘩ですら楽しい。ベティ、俺に触れてくれ」

トムが私の首筋に唇を這わせながらささやく。彼の手と口の完璧な動きで、私の思考はだんだんと乱れてきた。トムの熱い体が私の体に押しつけられる。トムは今までセックスのときのスキンシップを楽しむほうではなかった。私がトムの体の傷に触れたら、きっと面倒なことになると思っていたのだろう。でも今は何もかもが違う。

「その手で俺に触れてほしい」

私は体の横で両手をこぶしに握っていた。

「少しのあいだ、気が散ることをしてもいいだろう。君を歓ばせたいんだ」

「あなたって本当に説得力があるわ。自分でわかってる?」この気持ちよさはなんなのだろう? 秘密工作員の最高の施術か何かだろうか?

「くそっ、なんてやわらかいんだ」

「わ、私、そんな、わからない」言葉がとぎれとぎれになる。呼吸が荒くなってきた。

トムが私の額に自分の額を押しつけ、ため息をもらす。「君が決めればいい。やめたければ言ってくれ。すぐにやめる」

私だってどうしたいのかわからない。凍りついたように動けなくなる。頭が混乱している。「本当に?」

「もちろんだ。君が俺に差しだしたくないものは、一つとして奪わない。君の望みどおりにする」トムが私の唇に優しく唇を押しあてる。「俺が欲しいものはもうわかっているだろう」

「さっきからお腹に押しつけられているこわばったもので、なんとなくわかるけど」

「そうだろう。でもまだ待ってもいい」低い笑い声が残酷に響き、私の背筋に震えが走る。唇が温かいトムの唇でふさがれる。軽くて甘いキスの感覚が脳天を突き抜ける。それにこの香り。森を思わせるアフターシェーブローションの香りと彼の香りがまじったものだ。

でも私はまだためらいを覚えていた。

「やめたいのか? 俺に君から離れてほしいのか?」

問題はいつの間にかトムが私の恐怖心を癒やす塗り薬のようになっていることだ。

こんなにテディベアとは似つかない風貌のくせに、ベッドの下の怪物がいなくなるまで抱きしめていたい。こんな人は初めてだ。

「いいえ」

「わかった。だったら」トムは間違いなく私の混乱した精神状態に思いをめぐらせているはずだ。彼をかわいそうにすら感じてしまう。「そうだ……この問題が片付いたら結婚するのはどうだ？　ラスヴェガスに飛んで、さっとすませよう。細かいことは抜きだ。どう思う？」

「なんですって？」私は驚きのあまり、ぽかんと口を開けた。トムが目の前にいる。その瞬間、彼は舌を私の口に滑りこませ、舌にからめてきた。私は大声でわめこうとした。嘘でしょうと言ってやりたかった。だが、すべてが手遅れだ。トムのキスに私はとろけてしまっている。すべて罠だったのだ。憎たらしい。その罠にはまってしまった。

トムの舌が私の口の中を飽きることなくさまよいつづけ、この瞬間以外の暴力も殺人も何もかもが消えてなくなってしまった。私と彼だけが今までよりずっと強い絆でつながっている。こんなキスをしたことは一度もない。トムの唯一の存在意義は、私に触れること、私と一緒にいることだと言わんばかりだ。私たちの過去を考えると、これが偽物である可能性もある。でも今はそんなことはどうでもいい。トムと私は突然、最高の相性に変わった。息もできなくなるほどぶっちぎりの、赤々と燃えあがる熱と渇望を伴った相性に。これがもしトムの芝居なら、彼を殺してしまうかもしれない。この人は私の心を千々に乱れさせてばかりだ。とにかく私は大いにうろたえている……わけがわからない。たしかなのは、トムが近くに来ることがあらかじめ予測できて、心の準備を整えられたらいいのにということだ。そうなら助かるのに。

私は握ったままの手を、上質なコットン製のトムのボタンダウンシャツに押しつけている。トムが大きな手を背中に滑りおろして私の片側のヒップをつかんだ。彼の熱いこわばりが私の脚のあいだで上下する。二人の体は疑いなくますます熱を帯びている。服の上からの愛撫（あいぶ）でこんなに燃えあがったことはない。トムが私の口を激しくむさぼり、二人の歯がぶつかりあう。甘くゆったりとしたキスではない。冷静沈着な工作員の姿はどこにもない。夢中になっているのが私だけでなくてよかった。

肌と肌を触れあわせたい。今、大切なのはそれだけだ。それなのに私は手が震え、トムのシャツのボタンを外すことができない。もどかしくて死にそうだ。

トムが私に一回、二回、三回、キスをして体を離した。

「ちょっと待ってくれ」シャツの後ろをつかみ、引っ張って頭から脱ぐ。ボタンが飛び散ったが、まあ、しかたがない。次にトムは私のニットシャツの裾を持ち、胸の上まで引きあげた。私が腕を持ちあげると、トムはニットシャツをそっと頭から抜き取った。「なんて美しい乳房だ。今まで君に言ったことがあったかい？」

「いいえ、なかったと思う」

「なかっただって？」トムがかすれた声で言う。「くそっ。すまない。君の胸は最高にきれいだ。こんなすてきなものにはお目にかかったことがない」

私は彼のバックルを外してベルトを抜き取った。次はズボンのボタンとファスナーだ。トムもピカピカの靴を脱いで協力しようとするが、そのあいだもずっと私にキスをしている。二人の呼吸が合わない。でもその分二人とも、最終目的のために全力を注いで埋め合わせをしようとしていた。激情と欲求に駆り立てられ、二人の服が一枚ずつはぎ取られていく。足元に積み重なった服は足で横に押しやられた。トムと一緒に急いで裸にならなければならないときには、デザイナーズブランドの服だろうがなんだろうが気にしてなんかいられないことがわかった。

二人は下着姿で立っていた。少なくとも私はそうだ。トムがボクサーブリーフをさげると、こわばったものが飛びだした。まっすぐ私のほうを向いている。

「恥ずかしがらなくていい」トムがほほえみながら言う。その声はためらいを帯びている。そして今まで見たことのない優しさがまなざしに宿っている。今を特別な瞬間だと感じているのは私だけではないらしい。私に対して正直になることは、彼にとって大きな一歩だったのだろう。ああ、どうかこの解釈が間違っていませんように。何かの投影や空想ではありませんように。

私は唾をのみこみ、渇いた喉を湿らせた。「は、恥ずかしがってなんかいないわ」

「きれいだ」

トムが私の体の両側に手を伸ばし、ブラジャーのホックを外す。肩からストラップを優しく外すと、ワイヤー入りのブラジャーを体から取り去る。ブラジャーも足元に落ちた。トムの視線が熱を帯びる。彼が手のひらで乳房の重みを感じながら、親指を使って先端をはじくように撫でている。私の体に電気のようなショックが走った。今、トムと私を隔てているのは私のショーツだけだ。濡れたTバックをはぎ取られるのも時間の問題だ。

「なんてことだ。こんなに素晴らしいものを暗闇にいて見逃してたなんて。俺はなんて愚か者なんだ」

「そうよ」

トムは笑い、私にゆっくりと深いキスをした。口の中の敏感な部分が次々と刺激されて、頭の中がぼんやりしてくる。そうしながらトムが私をベッドへと導く。私をベッドに横たえると、彼は上になった。唇は一度も離さないままだ。トムはいろいろな技を知っている。

巧みな指先を私の胸のあいだに滑りおろし、お腹も通り過ぎていった。次に手を丸くして大切な部分をすっぽり覆うと、手の付け根を私の芯に押しあてる。

「ああ」私は思わず息をのんだ。

「いつもはこんなに熱く濡れたりしていないだろう」トムが額と額をくっつけ、鼻と鼻をすりあわせながら言う。顔をこんなにも近づけるなんて、いつになく親密な仕草だ。私はトムの瞳を見つめた。

「あなただって、普段はこんなに大切にしてくれないわ」

「俺は本当に愚か者だった」

私はほほえんだ。「ええ、そのとおりよ」

指が私の体を分かち、侵入してくる。一方、親指は敏感な突起をもてあそびつづけている。私はのけぞった。脚のあいだにあるものすべてが潤いを帯びている。大切なところがふくれあがり、ひどく敏感になっている。トムは二本の指を優しく入れると、私が自分を抑えられなくなるまで何度も刺激を加えた。

「でも俺は君の愚か者になる。君が受け入れてくれるなら」トムは硬くなった私の胸の頂の片方を口に含んで舌で転がすと、続いてもう片方へと移った。「ベティ、俺を受け入れてくれるかい？」

「私が欲しいのは――」

「君が欲しいものはわかっている」

筋肉がすべて張りつめる。もう待ちきれない。私はベッドの上でヒップをくねらせた。刺激が強すぎるが、それでもまだ満たされない欲望がふつふつとしている。私は、舌と歯を使いながら片方の胸の頂をじらすように味わっているトムの髪をつかんだ。ああ、すてきだ。彼は何をすればいいか熟知している。一人でのぼりつめるにはもっとずっと時間がかかるし、頭の中で本格的なポルノを展開しなければならない。でもトムが今、私にしていることといったら……溺れてしまいそうだ。快感が高まりすぎている。鼓動が激しくなり、すべての神経が高ぶっている。こんなにも感じてしまうのは怖いくらいだ。

「今後も君にこうするのはこの俺だ」トムが荒々しい声で言う。「いつも、絶対に」

彼は私の胸を口に含み、動きに執拗(しつよう)さを加えていく。少し伸びたひげが肌にちくちくあたって刺激的だ。次にトムは私の最も感じる部分を刺激しはじめた。彼に迷いはない。私が何をどこで欲しているのか正確に知っている。これまでのトムのさまざまな動きは単なる小手調べであったかのように、絶妙のタイミングで愛撫が加えられる。

私はトムの髪に指をからめ、至福を目指して高みへとのぼっていく。私の体全体が強烈な緊張を迎え、やがて砕け散って破片となった。もう私は正式には存在していないに決まっている。強烈すぎる。体の中をキラキラした光が駆け抜けていく。ベッドの上には、ばらばらとおぼろげな女の形に飛び散った分子が横たわっているだけだ。

さようなら、私。安らかに。彼女は幸せな死を迎えました。

私がクライマックスから戻りきらないうちに、うめき声とともにトムが身を沈めてきた。彼の猛々(たけだけ)しいものが私の内部にさらなる歓びを生じさせる。私の脚のあいだにひざまずいたトムがこちらの体を見おろす。今まで見たことのない、所有欲に満ちた目だ。

力強い手のひらで腿を包みこみ、そこから手を離さない。今回も彼に迷いはない。奥へと力強く突き立てつづける。まるで焼き印を押すかのように。トムは私のものかもしれないが——これはまだ疑問の余地がある——今この瞬間、私は間違いなくトムのものだ。これは愛を交わす行為などではない。けれども単なる激しい体の交わりでもない。彼の体が求め、私の体が与える。私の吐息やあえぎはすべてトムのものだ。激しい動きで生じる汗と熱も。混沌とする感情も。

ほかの誰ともこんなことは起きなかった。もうほかの人とはできないようにしようと、彼は私をめちゃくちゃにしているのだろうか。迂闊だった。

「君は恐ろしく完璧だ」トムが言う。「こんなにも濡れて、こんなにも熱い。君は俺のためにできている」

「うぬぼれちゃだめよ」

その言葉に応えるように、トムは少しだけ角度を変え、別の素晴らしい部分を突きはじめた。再びのぼりつめるなんて、普通ならそれほどすぐにはできない。だがトムはそう思っていないようだ。何かを証明したいらしい。彼が私の奥深くに沈めたものを回転させるように動きはじめる。私の中にありとあらゆる震えが起こりはじめ、下半身が錯乱状態になっていく。どうしようもなく高ぶっている。トムはといえば、指を私の腿に食いこませている。きっと跡が残るだろう。トムの動きに合わせ、私も動いた。そうすると、彼をもっと深いところで受け入れられる。トムの体に脚をきつくからめた。頭ではよくわからなくても、どうすればいいかは体が知っている。もっと欲しい。もっと必要だ。そしてそれを与えてくれるのは彼だ。

「もう一回、達するんだ」トムが言う。

私はうなずくばかりだった。私の欲しいものはわかっているとトムが言ったのは嘘ではなかった。これまでずっと出し惜しみしていたなんて、ひどい人だ。

トムのたくましい体が汗で輝いている。私の上にそびえ立つ、神話に出てくる性愛の神のようだ。強靭（きょうじん）な腿と広い肩幅。波打つ胸筋。情熱的で雄々しい顔。あり余るほどの力の顕示を目のあたりにして、私はひれ伏すしかなかった。一方、私はたしかに最高の女だけれど、小さくてかわいらしくはない。こんなことは考えたくないが、トムは私を見るとき何を見ているのかと思い悩んでしまうときもある。そうするといつもの不安が頭をもたげてくる。だけど誰にでも悩みや不安はある。私はもうそんなくだらないことを考えて落ちこんだりしない。こんな悩みはくそくらえだ。私は曲線美の女神なのだ。

「また心がどこかをさまよっているな」トムが不満げに言う。「だめだ。俺のところへ帰ってこい」

彼は腰を旋回させるようにして動くと、奥に向けてさらに打ちつけはじめた。ああ、とんでもなくいい。これ以上は耐えられない。私は大きく口を開け、息を吸いこんだ。熱が血液にのって体内を勢いよく駆けめぐる。私の中の熱さが怖いほど急速に高まっていく。筋肉がこわばり、背筋に一直線に電流が走る。どこかからすすり泣くような声が聞こえた。最悪だ。それは私自身の声だった。

衝撃が私を貫き、終わることがなかった。きらめく光と激情が波のごとく次々と押し寄せてくる。クライマックスはどこまでも続いた。視界がぼやけてきて、頭が空っぽになる。体じゅうがとろとろになった。

トムがさらに私の中心を一回、二回と揺さぶると、うめき声をあげた。私の深いところで彼が痙攣（けいれん）しているのがわかる。肩をさげて息を弾ませながら、トムはまだ私の脚のあいだにひざまずいていた。顔には濡れてカールした髪が垂れさがっている。私の脚のあいだの脈動はなおも続いていた。彼を包みこんで震えている。一糸まとわぬ体のまま横たわっていた私は、急に無防備な姿をさらけだしていることに気づいた。汗ばんで紅潮した体だけでなく、心までもがむきだしになっているように思える。考えや心の動きをすべてトムに読まれている。これは安全なのだろうか。今すぐ鎧(よろい)を身につけなければ。少なくとも三メートルの高さのある心の壁も必要だ。

私は口を開けたものの、閉じ、そしてまた開けた。「今のは――」

「今のは、なんだ？ いつもの威勢のいい不遜な物言いはどこへ行った？」トムが髪を手で後ろに撫でつけ、私を観察する。「しまった。ベティ、怖がらなくていい。大丈夫だ。まあ……すべてが大丈夫というわけじゃないが。少なくとも君と俺は、ここにいるあいだは大丈夫だ。わかったかい？」

返す言葉がない。

トムは優しく私から離れ、隣に横になった。腕を私の頭の下に滑りこませて、もう片方の腕でヒップを撫でるように優しく包み、自分のほうへ引き寄せた。私たちは抱きしめあっている。かつてのトムは私を抱きしめたりしなかった。事が終わるとすぐに大急ぎでシャワーを浴び、親密さの証拠を徹底的に洗い流していた。いつでもバスルームのドアはぴったりと閉められていて、私を寄せつけなかった。私の存在は必要がなく、望まれてもいなかった。

でも、ここにいるトムは優しいキスを額や、鼻の頭や、唇に降らせてくれる。ほんの一分前、荒ぶるもので私の奥を突きあげていたときの巧妙さや激しさとはまったく違っている。今のトムは思いやりにあふれて、とても優しい。彼の変化にはついていけない。

ああ、なんてこと。これから自分を慰めるときには、トムとの熱く荒々しいセックスを思い浮かべるのだろうか？　たぶんそうだ。今からわかっている。私は永遠に彼に運命づけられたのだ。

「泣かないでくれ、俺まで泣かなきゃならなくなる」私を抱きしめるトムの腕に力がこもる。

私は鼻を鳴らした。

「泣きたいなら泣いてもいい。クライマックスに達したあとにはよくあることだ。筋肉が弛緩(しかん)して、たまっていた緊張がすべて解き放たれるからな。この頃、君が抱えていたストレスや苦労を思うと――」

私は笑わないように努力した。だが、うまくいかなかった。「笑わせようとするのはやめて。ちっとも面白くないわよ」

「そうらしいな」

「悪かった」まったくそう思っていない様子でトムが言う。

「平気よ」

しばらくのあいだ、私たちは脚をからめて、ただ横になっていた。トムが私の背中で円を描くように指を動かしたかと思うと、今度は背骨の丸みをなぞっている。この数日は本当に常軌を逸していた。私が今、トムに弱さを見せていることを受け入れているのは、それだけが理由だ。私の中の復讐（ふくしゅう）の女神――頭がよくて、分別があって、冷静沈着なベティ――だったら、今までとは逆に自分がシャワーを浴びてトムを締めだすだろう。ベッドでの問題を解決するために、頑張って骨盤底筋体操をしたり、高価な大人のおもちゃを買ったり、ものすごく恥ずかしい思いをして奇妙な体位を試そうと提案したりしたことに対し、トムに仕返しをするだろう。

でも、まだ離れたくない。今はこのままがいい。だから代わりに彼の鎖骨を唇でたどり、嚙みついてやることにした。理由なんてない。私は血の味がするまで嚙みつづけた。

「痛いよ」

「これは今まで何カ月も、不器用で下手なセックスをしていた罰よ。私に何か問題があるんじゃないかと思っていたんだから。あなたがわざと私たちの楽しみを妨害していたっていうのに」

トムが腹の底からうなり声を出す。「君に問題なんてこれっぽっちもない。これから一生かけてそれを証明してやる。それとも君が望むなら、君の最高にセクシーなあそこで拷問されつづけてもいい。好きなようにしてくれ」

私はトムの肩に頭をのせたまま、眉をひそめた。アパートメントは静けさに包まれている。遠くから聞こえる車の音は、雪のせいでくぐもっていた。この広い世界にまるで二人しかいないかのようだ。本当にそうならすてきなのに。

「もし君が望むなら、二人で消えたっていい」ためらいがちにトムが言った。「俺たち二人なら出国するのも簡単だし、金もある。どこか静かなところで暮らそう。誰にも見つからずに。ただ、定期的に移動する必要があるかもしれないが」

「一生逃げまわるってこと?」

「そうなる可能性は高い」トムは唾をのみこんだ。「今、俺たちを殺そうとしているやつらが誰なのか、もう少しはっきりしないことには何も約束できない」

「家族や友達にも会えなくなってしまうわね」

「そうだな。少なくともしばらくのあいだは」トムが言う。「だが俺たちは一緒にいられる。君さえよければの話だが」

耳の下で、トムの鼓動が速くなっているのが聞こえる。私を抱きかかえる手にも少し力が加わっていた。彼はもしかして心配しているのだろうか。世界を股にかけて悪党を殺し、悪を正してきたスーパースパイが、私を失うことを恐れている。

今こそ、この人を信用できるようになるチャンスだ。トムは私にひどいことやら何やら、いろいろしてきた。それでも……これまでの二人の経緯もあり、私は混乱して警戒しているかもしれないけれど、彼の考えを聞き、情にほだされて感傷的になっている。トムのことを噛んでしまった。もちろんそうして当然だ。彼の香り、指先、声をもっと味わいたい。私にはそうすることが必要だ。

だから私の心の声は、もうトムと離れたくないと言っていると思う。

「そのやり方でうまくいくのかどうか、まったくわからない。でも答えはイエスよ。

二人で一緒にいられるようにしたいわ」

トムが大きく安堵の息をもらした。「そうか。よかった」

「だけど、もう嘘は禁止。本気よ」私は片方の肘をついて体を起こすと、最高の表情で、これまでになく真剣なまなざしをトムに向けた。「私たちは逃げないわ。いつも肩越しに振り返って背後を気にしなければならないような、そんな生き方はしない。どこにも行かない。戦ってこの問題を解決するのよ」

6

「よくない兆候だな」

私がシャワーから出ると、部屋にはベアが来ていた。

ベアとトムは立ったままテレビの画面に釘(くぎ)づけになっている。テレビは一人のイギリス人貴族の死を伝えていた。ほんの数時間前にロンドンの豪邸で遺体が発見されたのだそうだ。二人ともニュースに真剣に聞き入っている。身じろぎもせずにいるところを見ると、何かまずいことが起こったらしい。

私は体に巻きつけたタオルをきつく握りしめた。濡れた髪は後ろに垂らしたままだ。ヘアドライヤーがないので三つ編みにして、あとはなんとかなりますようにと願っていた。「心臓発作だったの?」

「俺でも同じやり方をする。心臓発作は偽装するのも誘発するのも簡単だ」トムは先にシャワーを浴びて、黒のスラックスとタートルネック、ブーツという姿になっている。天候に即した服装だが、内に秘めたセクシーさは隠せない。それとも昨日の情事の熱が私の体にまだ残っているのだろうか。少なくとも死ぬ前に仲直りのセックスはできた。だからといって、なんの慰めにもならない。私の不安症が簡単によみがえって、襲いかかってきている。でも、できる限りそれを悟られないようにした。ただでさえ忙しいトムに、私の悩みまで押しつけたくない。

「あの男が本当にそうなのか?」ベアが腕組みしたまま尋ねる。

トムがうなずく。「ああ、三人のボスのうちの一人だ。彼のことはもう何年も前から聞いていた」

「つまり敵が殺そうとしているのは工作員だけじゃないということね」私は言った。「トップも排除しようとしてるんだわ」

トムが振り返り、私のしどけない姿に気づいた。濡れて湯気をあげながらタオルを巻きつけただけの私を見て、一瞬、視線が温かくなる。そしてすぐにトムは向きを変えた。今は二人きりではないから、この状況を楽しむわけにはいかないと自覚したのだろう。

ベアだって、服を脱ぐさまざまな段階の女性を見た経験があるはずだ。けれども疑いが晴れたかどうかに関係なく、トムはクロウのときと同様にベアと私のあいだを隔てるように立っている。まるで私だけのボディガードみたいだ。

トムがテーブルを顎で示す。「ここに新しい服があるから取りにおいで」

床にはショッピングバッグが並んでいる。テーブルにはノートパソコンやテクノロジー関係のものが置かれていた。盗聴器か何かだろう。

「楽な服を着たほうがいいかもしれないな。どのみち、君はどこにも行かないんだから」トムが言う。「腹は減っていないか？　さっきピザを注文したから、もうすぐ届くはずだ。もしほかのものがよければ、それでもいい」

「ピザがいいわ」

「ウルフ、このボスが死んだ今、後継者は誰になるんだ？」ベアが尋ねる。

「息子が引き継ぐはずだ」トムが答える。「聞いたところでは、イビサ島で楽しい人生を送っている典型的な金持ちの息子らしい。実はその男についてのイントはそんなにない。あまり詳しくは調べなかった。俺が探っていることを内部の誰かに気づかれると困るからな」

「そうか。よくない話だな。それで、ほかの二人についてわかっていることは？」

「今、関係があるのはヘリーン・シンクレアだけだ。判明している限りでは、残りのボスのうち、接近しやすいのは彼女だ」

ベアが眉をひそめる。「その名前は俺も知っている。国連関係だろう？」

「それは数ある肩書きの中の一つだ。シンクレアのコネの多さは想像以上だ。さまざまなことに関与している」トムは言い終わると、口をまっすぐ引き結んだ。険しい表情だ。「俺たちのような工作員に資金を提供するのに充分な資産と、俺たちがしくじっても自分に火の粉が降りかかるのを防ぐ手立てを持っている」

「具体的に何をするつもりなの？」私は尋ねた。

「君は知らないほうがいい」私の婚約者は愚かにもそう返事をした。「そうだ、耳をふさいでいてくれないか？」

ありえない。私はただ頭を振った。

「ホテルのレキはどうなっている？」ベアが訊く。

「周辺を徹底的に捜索し、建物を調べあげてから侵入する。予定をあまり遅らせるわけにはいかない」

「向こうは話す気はあるのか?」

「いい質問だな。作戦が失敗したとき、誰が連絡を絶ったのかわからない。もしそうしたのが彼女なら……」

「俺たちは終わりだな」

私は二人を好奇心に満ちた目で見た。「イント? レキ? それは何語なの?」

「情報、偵察」トムが私のほうを向いた。「支度するんじゃなかったのか? 着替えているとばかり思っていた」

「耳をふさいで、同時に着替えるなんてできないわ」

「そうだな」トムが言う。「でも君はそのどちらもしていない」

「おっと、これは失礼。ちゃんと挨拶をしていなかった」ベアが私を見るためにトムの向こう側から横に顔を出した。飛行機の中でも私と顔を合わせていたのだから、控えめに言ってもこんなに礼儀正しくする必要はないはずだ。でもベアはどうしてもそうしたいらしい。「元気かい、ベティ?」

「元気よ。ありがとう」

「また会えてうれしいよ」

トムの目つきが鋭くなる。

二人がなんのゲームをしているのかはわからないが、私を巻きこまないでほしい。私はショッピングバッグに近づき、中身を確かめる。最初に見た二つは男性用の服ばかりだ。次は女性用の服とランジェリーだ。これでいい。「ここにあるものは全部、黒なの？」

「そうだ」ベアが言う。「実用的だからね。唯一、血を隠してくれる色だ」

「赤はどうなの？」私は興味をそそられ、質問した。

「血は乾くと濃い赤茶色になるから見えてしまう」ベアが首を振った。「怪我をしたことやその場所を敵に知られたくないだろう。それに赤だと、すばやく逃げなければならないときに人ごみに紛れにくい。脱出や逃亡の基本は人に紛れることだ」

「賢いわね」なるほど。考えてみると、トムの服も黒っぽい色が多い。

「だが君がここから逃亡するとか、怪我をするリスクがあるとかいう意味じゃないぞ」トムがつけ加える。「怯えさせるようなことを言うなよ」

「私が訊いたのよ。それに私、怯えてなんかいないわ」反論する。「まあ、最近いつも感じてる〝なんてこと、私たちは暴力的に惨殺されるんだわ！〟というレベルほどには怯えていないって意味だけど。でも、これでも結構慣れてきたのよ。怖がりつづける状態を保つというのは、あなたが思ってるより大変なことだわ」

　トムは腕組みをしたまま表情をうまく消して、友人を見張っている。というか、私が見たところでは友人らしいその人のことを。だが今のトムの目つきからすると、本当の関係は疑わしい。

一方、ベアは全力でにやにやしている。「わかっただろ？　彼女、怯えていないってよ」

　トムは何も言わない。

「ニューヨークの本場のピザを食べられるなんてうれしいわ」私は空腹に耐えられなくなってきた。ばかばかしいにらみ合いは無視することにする。「どんなピザなの？　ペパロニも好きだけど、今はハワイアンを食べたい気分でもあるのよね。ミートボールがのっているのも珍しくていいかも」

　それでもトムは無言のままだ。

　片やベアはそのにやつきに拍車がかかり、もはや満面に笑みを浮かべている。まるで顔が毛むくじゃらな人のための歯みがきのコマーシャルのようだ。

「あなたが出してくれるものなら、基本的になんでも食べるわ。とんでもなくお腹がすいているのよ」私は言った。「でも私の話を聞いていないみたいだから、話すのはやめるわ」

「なんだって?」トムが肩越しに振り返って私を見る。「しまった、すまない。なんて言った?」

「悪いね、ベティ」ベアが笑う。「こいつは俺にこっそりこう言っていたんだよ。今すぐ君のあられもない姿から目をそらすんだ。さもなくば、じわじわとむごたらしく殺してやるってね。痛い思いをさせてやる。切り刻んで、死体を森に捨ててやると。まあ、そんなところかな」

「見つめるだけで、そんなにたくさんのことを伝えていたの?」私は尋ねた。

「刺すように鋭くにらみつけていたと言ったほうがいいな。必死だったよ」

「ええと……」私は気をきかせて言う。「これ以上怒らせないほうがいいかも。ほかにもっと心配することがあるでしょ? 悪ふざけは終わりよ」

ベアがため息をつく。「すまない。だがウルフ、クロウの言ったとおりだぞ。彼女のこととなると、おまえは独占欲丸出しで過保護になるな」

トムはきっと歯ぎしりしているに違いない。どこかからぎりぎりと音がする。

「だから俺は誰とも恋愛しないんだ」ベアがテレビ画面から視線を離さないまま言う。高潔で賢明だ。「頭を混乱させるからな。この世界で生き残るためには、神経を研ぎ澄ませていなければならない。命令を受けた瞬間に出ていけるようにしておく必要がある。誰かを残していくという心配をせずに」

トムはベアをただ見つめている。

「それは残される者にとってもフェアじゃない。長いあいだ留守にするし、連絡も取れない。生きているのか死んでいるのかさえもわからない。それに家にいるときも、自分のしていることを話せるわけじゃない。俺の親父(おやじ)は海軍特殊部隊に所属していたが、あれは母親にとっては本当に地獄だった」ベアはソファに向かうと、どっかりと腰をおろした。パイロットの制服ではなく、ジーンズに黒のパーカー、スニーカーというでたちだ。そのほうが顎ひげをたたえたしゃれ男に似つかわしい。「友人や家族も同じだ。退役軍人でもなければ、真には理解できない」

「寂しい話ね」私は言った。

「そうでもない」ベアが愛想よくほほえむ。「飲みに行って、そこにいるやつとテレビのスポーツの話題で盛りあがったり、誰かいい人を探してつかの間の関係を楽しんだりするほうが簡単だ」

「そういったことはどれも真の関係には匹敵しないとあなたは気づいている」

「たしかに。そのとおりだ」

トムがベアの言葉を聞いて鼻を鳴らす。「おまえは間違っている。われわれは、守ろうとしているものとの関係を断ってはいけない。愛する人とも、家族とも。人生とも。つながりを失ったとたん、俺たちは単なる傭兵になってしまう」

「高給取りの傭兵だ」ベアが笑って訂正する。

私は頭を振った。「そこまでよ。あなたたち二人ともが、人と親密な関係を結ぶことにおいて問題を抱えたアドレナリン依存症者なんだということはわかったわ。でも自分がしたいようにすればいいんじゃない？」

トムは振り向くと、今度は私を見つめた。熱を帯びた視線は私の顔をとらえると、首から下へと向かい、タオルのすぐ上部からほんのわずか見えている胸の谷間にぐずぐずととどまっている。二人はほんの少し前に濃密な時間をたっぷりと味わったのだと言わんばかりの目つきだ。なんてうぬぼれ屋。

頬が熱くなった私は、下を向いて服選びに集中しようとした。黒のスキニージーンズ、黒の防寒用下着、靴下など。「もちろん世界中を旅して刺激的なことをすれば、それなりに素晴らしい瞬間もあるんでしょうね。でもあなたたちは積極的に自分を危険にさらしてるのよ」

「俺たちは警察官や消防士とそれほど変わりがない」ベアが言う。「誰かが悪を止め、子猫を木の上から助けだし、人を困難から救いださなければならない」

ベアの言うこともわかる。ただ私は、その危険を冒す活動をする人が、自分が思いを寄せる相手でなければいいのにと思うだけだ。自分勝手な感情ではあるが、そうなのだからしかたがない。もし私たちが本当に一緒になるなら、私は自立した強い大人の女になって、世界を救うために家を留守にするトムと折り合いをつけなければならない。そんな自分が誇らしいと同時に恐ろしくもある。気持ちのバランスは不安定だ。もしかしてトムは、もっと神経が図太くて想像力のない人と一緒にいるほうがいいのかもしれない。トムが怪我をすると考えると、私は自分まで痛みを感じてしまう。

ああ、神様。この期に及んでまたしても彼に恋をしてしまうのだろうか。とりあえずいいセックスを一回はした。私たち自身、そして私たちの関係の経緯や経験したことは複雑という域を超えている。それを正常な状態に戻すには、あと数回はクライマックスが必要だ。ああ、でもあれは本当に心から素晴らしいと思えるクライマックスだった。

「おい、大丈夫か？」トムが私の肩をさする。彼にもたれかかり、もっと触れていたいと思ってしまう。でも、そうはしない。あまりに急すぎる。もちろん死んでからでは遅すぎるけれど。さっきも言ったように複雑だ。

「え、ええ。大丈夫よ」

「もう少し説得力のある嘘のつき方をそのうち教えてやるからな」トムが言う。「早く支度をしろ。風邪を引くぞ。それから俺の仕事の心配はするな。俺は優秀だから」

「こいつは一番だよ」ベアが請けあう。視線はまだテレビを離れない。「俺の次にな、もちろん」

「もちろんよ」私は無理やり笑顔を作ると、バスルームに向かった。私の人生は一度に一つの危機しか受けつけられない。まず私たちを狙っている敵を排除しなければならない。次の五十年かそこらについて考えるのはそのあとだ。

それがいい。これで今後の進め方が決まった。

私が支度をして外へ出たとき、トムはしゃがみこんで玄関のドアの下へお金を差し入れようとしていた。不可解な、そして不審な動きだ。そのあとトムは壁の目の高さに埋めこまれた小さな監視カメラの画面を見つめ、ピザの配達員がお金を拾って箱を廊下に置き、歩み去る姿を確認した。しばらくのあいだ、無人となったその場を監視する。やがてかんぬきを外し、ドアを開けて食べ物を持ちこんだ。

私たちの生活のすべてがもはや普通ではなくなってしまった。ピザでさえも。

「俺以外の誰が来てもドアを開けるな、いいな」トムが言う。「金をドアの下へ滑りこませて、人がいなくなるのを確認してから鍵を開けるんだ」

「わかったわ」

ピザがキッチンカウンターに置かれた。中身はそう、ペパロニだ。うれしい。

何かがブーッと音をたてた。トムは携帯電話を取りだし、画面を読んでいる。「くそっ」

「何があった?」ベアが体を起こす。

「やつらがバジャーを襲った。家を爆破されたようだ。ガスもれを装ったらしい。現場で遺体が見つかった」トムが指で画面をタップする。「ホークもやられた。どうも酒場の強盗事件で巻き添えを食ったらしい」

「彼女がやられるなんてありえない」

「信頼できる情報源から事故現場の写真が送られてきた。君の失踪事件の捜査を遅らせようとしている刑事からだ」トムが私を見る。「君が乗っていた救急車が消えたことで、事件として注目されている」

私はいらだって頭を振った。「みんなが私のことを心配して、焦りを募らせてると思うわ。ジェンと母に電話をかけさせて。大丈夫だって言いたいの。私は一人になる時間が必要だとかなんとか言うから」

「あと二日待ってくれ」トムが言う。「シンクレアに話を聞いて状況が把握できるまで」

納得できない。

「ジェンや君のお母さんの電話やコンピュータは監視されている。それは間違いない。これ以上追跡されるわけにはいかない。この前、何が起こったか覚えているだろう。接触すれば、お母さんたちを危険に陥れることになるんだぞ」

トムの言うこともわかる。とはいえ、私がその考えに賛成するかどうかは別問題だ。

「わかったわ。だけど、待つのはあと二日だけだから」

「ありがとう」トムが手に持った携帯電話に再び視線を戻す。「なんてことだ。ホークは顔の半分が見つからないらしい。だが、これは間違いなく彼女だ」

ベアが猛烈に毒づく。

「残っているのはあなたとベア、クロウ、そしてフォックスね」私は言った。「クロウだけ疑いが晴れてないわ」

トムは窓の外の暗闇を見つめている。「結論を出すのはまだ早い。確実なことは何もわかっていない。死体がバジャーではない可能性もある。遺体のDNAや歯型の鑑定がすむまでは様子を見るしかない」

「そうだな」ベアがうなり声を出す。「クロウからの報告は?」

「いや、まだだ」トムは頭を後ろに倒し、天井を見つめている。「あいつが俺たちのことをもらしたのかもしれない。ある意味、つじつまが合う。ベティのものを用意したのもあいつだから、追跡装置を仕込むのも簡単だったはずだ」

私は眉をひそめる。「そう？　いい人だと思ったけど。それに彼は自分があなたの友達だって言っていたわ」

「組織に友達はいない」

「もしクロウだったら、俺が殺してやる」ベアが吠えるように言う。

「まず、あいつの居場所を突き止めなければ」トムはそう言いながらキッチンに向かった。食器棚の扉を開けると、グラスやマグカップや皿などを出しはじめた。取りだした食器はカウンターの上の邪魔にならないところに寄せられている。「司令部に提示できるような証拠を見つけるんだ。確実な何かを。ところでハッカーが、ターゲットはソーンブルックのペントハウスに泊まっているらしいと言ってきた。シンクレアは実業界や政界の人たちと明日から二日間にわたって会合を持つ。明日の夜はメトロポリタン美術館でのチャリティイベントに出席することになっている」

「トム、何をしてるの？」私は尋ねた。トムが食器で何をする気なのか知りたい。

「補給品が必要だ」

食器棚が空になった。トムが一つの棚に手を入れ、何かしている。食器棚の背面の板が隠し扉になっていた。そこを開けると、黒のクッション素材にはめこまれた、ギラリと光るナイフが何本も出てきた。隣の棚の中は、拳銃が何挺かと予備の弾倉だ。三つ目の棚にはさらに別の、人を殺すための道具があった。

「好きなのを選べ」トムが拳銃に弾倉を入れながらベアに言う。二人はさまざまな武器を自分の体のあちこちに隠している。戦闘に行く準備をしているのだ。「ライフルや大きめの武器はクローゼットの中だ。だが今回はコンパクトなものだけで行こうと思っている」

「そうだな」ベアが同意する。

私は肩をいからせた。「それで、次はどうするの？」

「現場の配置をチェックして、前回行ったときと比べて警備が強化されたり変化したりしていないかどうか調べる。そのあとアプローチの仕方を考える」驚いた表情で見つめているベアを無視して、トムは詳細をすらすら述べている。工作員のわりには、私の婚約者は事実を正直に認めるほうなのだろう。「今晩、ホテルで二つのイベントが行われる。客のふりをして紛れるのはそれほど大変じゃないだろう」

「わかったわ」

「だが君は」トムが言う。「ここでリラックスして、食事でもしながら横になっているといい」

「何か手伝うことはないの？」

「安全なここに残るのが一番だ。そうしてくれれば俺も安心だ」トムが真面目な顔で言う。「そうしてくれるだろう？」

「もちろんよ」そのときはそうするつもりだった。本当に。

7

トムとベアが行ってしまったあとの時間はゆっくりと流れていった。アパートメントの最上階でたった一人でソファに座っていても、特段に安全だとは感じられなかった。警備は厳重なのだろうが、なんとかのみこんだわずかなピザがまだ胃の中でもたれている。ほかの部屋や廊下、道路の向こうから聞こえるくぐもった音でも飛びあがりそうになる。私はなんでもない、すべて順調だと自分に言い聞かせた。

あまりにも静かなので、拳銃を取りだし、つい一時間前と同じように弾倉に弾が入っていることを確認した。そのあいだに誰のことも撃っていないと断言できる。もし撃っていたらさすがに覚えているだろう。

トムは今朝早く、拳銃の掃除の仕方を教えてくれたが、私はその作業をもう一度やりたくて指がうずうずした。何かしていないと落ち着かない。でもこの拳銃は新品でまだピカピカだから、掃除なんかしたら逆に汚してしまう。困った。

しばらくのあいだ、拳銃をどこにやろうかとあれこれ考えた。ただ腿の上にのせておくのは現実的ではない。張りつめた神経で頭がどうにかなりそうな私は、ドアをノックされただけでテレビを撃ち抜いてしまうかもしれないからだ。拳銃をローテーブルに置いておくのもあまりに場違いな気がする。本物のマフィアのように見せるためには、隣に白い粉の山と札束を置かなければならない。ふとショルダーホルスターをつけようかと考える。

結局、腰かけたソファの、手が届く位置にあるクッションの下に置いておくことにした。すぐに取りだせるけれど、視界には入らないように。

テレビではワンダー・ウーマンが悪党のお尻だのその他の部分だのを蹴っている。勇気づけられるかもしれないと思って見ていたが、私には効果がなかった。

私が怖いのは、ここでトムに守ってもらえないことではない。まあ、たしかに考えてみるとそれも少し怖い。だけどそれよりも、トムが彼の命を狙う不特定多数の敵に囲まれている事実に神経質になっている。もちろんベアがトムと一緒にいる。それでも……軍隊に家族がいる人たちはこんな気持ちを味わっているのだろう。何もわからず、連絡が来るのをただ待つしかない。自分の人生の一部が永遠に停止したようなものだ。不安と愛情が心の奥底に苦悩のかたまりを作りあげ、それが常につきまとう。だが人はやがて、それを無視するすべを身につけていくものなのだろう。日々の暮らしで苦悩を覆い隠し、愛する人がなんとか家に帰ってきてくれるのを待つ。勇気と犠牲とはまさにこのことだ。

私がトムを愛しているということではない。先走ってはだめだ。愛という言葉を考えなしに投げつけることはしないほうがいい。たしかにいい（素晴らしい）セックスは一度した。トムは私に対して正直になり、感情をあらわにしてみせた。それはすてきなことだけれど、まだ始まったばかりだ。私たちの関係を分析しようとするのはさらなる混乱を招くだけだ。キラキラした幸せな未来を想像して夢中になるのは絶対まだ早い。

どんなにワンダー・ウーマンをまじまじと見つめようとも、映画にまったく興味が持てないというのが残念な現実だ。ニュース番組をあちこち見たが、面白くない。二人から何か言ってくるまでにはまだ時間がかかるだろう。テレビを見るだけでなく、もう少し役に立つことをすべきではないだろうか。

それともやめたほうがいいだろうか。

刑事ものの映画やテレビドラマでは、監視カメラなどの映像を人の足取りを追うために使っている。人々の行動を把握するために。もちろん私がそんなものにアクセスできるわけはない。だがインターネットならどこにでもある。人々は常に携帯電話を使っている。もちろん突拍子もないことなのはわかっている。藁にもすがろうとしているだけだと承知している。でもほかにすることがあるわけでもないし、よしとしよう。

私は緊急事態のためにとトムが渡してくれた携帯電話の電源を入れた。〝#ソーンブルック〟で検索すると、トムとベアが今いる場所のソーシャルメディア上の最新情報をあっという間に見ることができるようになった。ログインせずともアクセスできるインスタグラムが一番簡単なようだ。少なくとも、最初に出てきたのがこれだった。トムとベアが調べに行ったのが人気の場所で助かった。金ボタン付きの黒い制服に身を包んだベルボーイが、あふれんばかりの笑みを浮かべて働いている広報の画像がある。別の画像では、フロントデスクにフラワーアレンジメントを施しているホテルのフローリストが、怖いほどのほほえみを浮かべてこちらを見ている。〝#モリーズ・

フラワーズ〟と〝#仕事大好き〟というタグがついている。彼女の仕事への情熱はちょっと信じがたい。フラワーショップで働くのは悪い仕事ではない。そこは誤解しないでほしい。一番大変なことでも、バケツを洗ったり、難しい客に対応したりするくらいだ。でもこれほど恍惚とした表情を浮かべているフローリストには今まで会ったことがない。もしかして薬物でも摂取しているのかもしれない。

次の画像は二人の女性がジェットバス付きのしゃれたバスルームで自撮りしているものだ。窓にはニューヨークの街の明かりが輝く夜景。なんて美しいのだろう。次の画像はタキシード姿の男性二人が、カメラに恥ずかしそうな顔を向けたものだ。その画像をタップしてみる。そこには〝結婚しました!〟と書いてあり、〝#スティーヴ&デイ〟とタグがついている。さあ、たくさんの画像が出てきた。花婿二人で写っているものや、家族や友達と写っている数々の写真。どれもこれも幸せそうだ。でも一人の女性が大きなエビを口に押しこもうとしている瞬間の写真だけはいただけない。タイミングが悪すぎる。誤解のないように言っておくが、私はシーフードは大好きだ。でも私だったらこの画像がインターネット上に出まわるのには賛成しない。そのほかにも三段重ねのウエディングケーキ、真っ赤なバラのシンプルなコサージュ、秋の色でまとめたエレガントなテーブルセンターピース。合格だ。数多くの画像に楽しそうなゲストたちが写っている。

画像を一つずつじっくり観察したが、どれも特に変わったところはない。考えとしては悪くなかったけれど、どうも期待外れだ。私は大きくため息をついた。トムやベアらしい人物はまったく写っていない。ほとんどがパーティ会場で撮影されたからだろう。直近のもので〝#ソーンブルック〟とタグづけされたものは、今夜以前に撮られたものか、ニュージーランドのオーガニック農場に関するもの、または男性のシューズデザイナーのものだった。

もう少し検索条件を絞る必要がある。〝#ソーンブルックホテル〟で検索してみたところ、うまくヒットした。会は宴もたけなわで、出席者がバーからあふれんばかりになっているのがわかる。誰もがソーシャルメディアに没頭しているおかげだ。ホテルのウェブサイトの地図によるとそのアップタウン・バーは、巨大で贅沢な大理石のロビー兼レセプションエリアにつながっているらしい。豪華な赤いベルベットのソファ、クリスタルのシャンデリアのあるロビーに多くの人が出入りしているのがわかる。

画像を一枚ずつ、画素が粗くなるほど拡大して注意深く見る。トムはいない。でも待って。二人のうちの一人がここに写っているかもしれない。やっぱりそう、ベアだ。少なくともこの身長から、かなり自信を持って彼だと言える。あの二人はおそらく、監視カメラにとらえられないように気をつけているのだろう。誰かが撮る幸せなスナップ写真よりも、ホテルのセキュリティシステムに気を遣っているはずだ。いずれにせよ、常時すべての人の動きを見張ることなど不可能だ。

この画像は一時間半前に投稿されている。おそらくベアはホテルに侵入して飲み物か何かを片手に座り、状況を確認して相棒に報告したのだろう。もし私が世界を飛びまわるスパイならそうする。

だが私は偵察（正しくは〝レキ〟だ）のやり方について何を知っているというのだろう。一つも知らない。だからここでインスタグラムの検索をするしかない。

トムがくれた新品の安全な携帯電話に、彼からのメールはまだ届いていない。もちろんこれは緊急用だ。誰かがドアをノックしたとか、何かが爆発したとか、そういうときに使うものだ。トムは私に、誰にも電話をかけないと指切りまでさせた。母やジェンにメールを送りたいという誘惑に負けそうになっているが（ちなみにそれは正式には約束違反ではない。電話をかけるのではなくメールを送るのだから)、私はなんとか我慢している。

婚約者がまだ生きているかどうかの手がかりを求めて何十もの写真をつぶさに眺めたが、もうあきらめるしかないかもしれないと思えてきた。テレビのニュース番組か映画でも見ようかと考えはじめる。あるいは暗い気持ちでアパートメントの壁を見つめるのもいいかもしれない。それは楽しそうだ。

私は画面を更新して幸運を祈った。新しく三つの画像が投稿されている。今夜のソーンブルックホテルは忙しそうだ。アイスバケットに入った高価なシャンパン。すてきだ。次は年配のカップルがホテルの部屋でポーズを取っている写真。互いの腰に腕をまわしている。二人ともとても幸せそうだ。トムと私ももし今から五十年後にまだ一緒にいたら、こんなふうに愛をまっとうして優雅なたたずまいを見せているのだろうか。でも私たちは来週も一緒にいられるかどうかすらわからない。

最後の画像は二人の男性がロビーを歩いているものだった。コンサートに行く途中らしい。背景には多くの通行人が写りこんでいる。そこに妙に見覚えのある人物の姿があった。ひょろっと背が高く、撫で肩で、両手をジーンズのポケットに突っこんでいる。人目を忍んでこそこそしている独特の雰囲気。悪のにおいがぷんぷんする。黒い服は雨に濡れ、パーカーのフードをかぶっている。彼は肩越しに後ろを見ようと、ちょうど振り返ったところらしい。誰かに尾行されていないかどうか確かめているか、ホテルの入口にある監視カメラを避けているかのどちらかだろう。どんな理由だったにせよ、ほぼカメラの正面を向いている。

それはバジャーだった。つい最近死んだはずのバジャー。

「大変。悪玉は彼だったんだわ！」

タクシーがホテルに横づけされる。すぐに例のキラキラした金ボタン付きの黒い制服を着たドアマンが車のドアを開けた。ひどい天候にもかかわらず、ひっきりなしに人が行き交っている。私は大股でロビーに入る。使命を帯びた女なのだ。ホテルは豪華な雰囲気だが、これはエスカーダのスーツが似つかわしい仕事ではない。私は黒のジーンズに黒のTシャツ、それに革のジャケットという姿でここにやってきた。もちろん自信をつけて幸運を引き寄せるためにマスカラをたっぷりと塗り、目尻をはねあげてアイライナーを引いてある。携帯電話と少しの現金は後ろのポケットだ。念のため、トムにもう一度電話をかけてみる。彼は出なかった。私のメールを読んだ様子もない。

ほぼすべての命令にそむいてアパートメントを出てきたが、それは私のせいではない。トムにはそこのところを理解してもらわなければならない。バジャーがぴんぴんしているとトムに警告しなかったために、トムがバジャーに背後から撃たれたら、私は自分を一生許せないだろう。トムの危機に際して隠れたままでいるなんて私にはできない。だからとんでもなく怖いし、まるで素人同然だけれど、勇気を振り絞ってやり遂げなければならない。

まず、メインロビー付近を目立たないように歩きまわり、二人のいずれかがいないかどうか探してみた。混雑したバーから音楽が流れてくる。どうやらジャズピアニストがいるようだ。とてもクールな演奏。だがベアやトムはいなかった。私がわかっているのは、二人がこのホテルを調査したあと、ヘリーン・シンクレアと会おうとしていたことだけだ。調査の部分が終わっているとすれば、私がすべきことはただ一つ。ペントハウスのスイートルームまで行って、トムを探すことだ。彼がそこにいますように。

フロント係は三人いた。私の前には一組のカップルがチェックインか何かのために待っているだけだ。カップルの足元にはスーツケースが置いてある。コンシェルジュのデスクには誰もいない。私にとっては好都合だ。誰に狙いを定めるか、注意深く観察する。あの男性がこの中では一番若い。おそらく新人スタッフだろう。目の前の画面を見ながら眉根を寄せている。少しいらだってもいるようだ。もちろん私が今からすることのすべてが裏目に出る可能性もある。成功する確率は五分五分というところだろう。だが少なくとも努力はしたことになる。

「すみません、ミセス・ヘリーン・シンクレアのお部屋の花を直しに来たんですが」私はそう言いながら、モリーズ・フラワーズで手に入れた名刺を差しだし、腕に抱えた白いバラの束を持ちあげてみせた。さっきフラワーショップで買ったものだ。今から下手な芝居を打とうとしている。

胸に〝コーリー〟という名札をつけたその若い男性は目をしばたたいている。

「ペントハウスにお泊まりだとうかがっていますけど」

コーリーは不審そうにこちらを見ている。

「ごめんなさい」私は彼にほほえみかける。「私はモリーズ・フラワーズのリズというの。先に言うべきだったわ。実は今、モリーは手が離せないから、私が行ってきてくれと頼まれたのよ」私の言葉の一部はある意味真実だ。モリーはインスタグラムにご執心なので、彼女について探るのは怖いくらい簡単だった。「お客様は重大なアレルギーをお持ちのようなの。でもこちらに連絡をいただいてなかったみたいなのよね。このままだと大変なことになってしまうわ。花瓶から白のスターゲイザーリリーを抜いて、できるだけきれいにしなければならないの。新しいアレンジは明日の朝、花が配達されてからでないと手配できないから。知っているでしょ」

「ええと」コーリーの目にわずかなパニックの色が浮かぶ。「そうですね……」

「そうでしょ。こういうのはうんざりよね」私はため息をついた。「カードキーを貸してもらえたら急いで上に行って、さっと直して帰ってくるわ。それともあなたに案内してもらわないといけない？　どうすればいい？」

「あなたはモリーのところで仕事をしているんですか？」コーリーが尋ねる。

「ええ、彼女の下で働いてるわ。モリーに会ったことはある？　彼女、すてきよね？」少なくともウェブサイト上ではモリーはいい人そうだった。私はカウンターに身を乗りだすと、親しげな感じで優しい笑顔を向けた。「私、働きはじめてまだ日が浅いの。だからこの仕事を仰せつかったのよね。新人は実践経験を積む必要があるでしょ?」

「そうですね。よくわかりますよ」コーリーはカウンター内の少し離れた位置にいる同僚二人に対して不満げな視線を向けると、態度を軟化させた。しかし同僚たちは彼がひそかに苦労していることなど気にも留めていないようだ。

「コンシェルジュは何かの用事で留守だし、私も本当に時間がないのよね」

「少しお待ちいただけますか」コーリーは受話器を持ちあげるとシンクレアの部屋に電話をかけた。少しのあいだ、受話器を耳にあてていた。「お出になりません」

「よかったわ。つまりミセス・シンクレアは戻っていないってことでしょ。それなら彼女が花粉に触れる前に例のユリを片付けに行けるわ。ミセス・シンクレアが明日、目が覚めたら湿疹だらけになっていたなんてことになったら、私たちみんながまずい立場に置かれてしまう。モリーはその女性が国連のお偉いさんだって言っていたわ。対処が遅れたら、ホテルの評判もガタ落ちになるわよ。あなたと私でホテルを危機から救わないと」私は助かったとばかりに眉をあげてみせた。

「わかりました……ええと、ちょっといいですか」コーリーが私のほうに身を乗りだして声を低くする。「今から休憩時間になるところなんです。でもその前にあなたを部屋に案内してもいいですよ。それなら大丈夫でしょう」

「本当？　助かるわ」

「どういたしまして」

「本当にありがとう、コーリー。心から感謝するわ」必要であればマネージャー相手にはったりをかますつもりだったが、これなら理想的だ。

エレベーターホールに向かうとき、コーリーは少しだけ自慢げに歩いた。私のせいで自分を特別な存在だと感じているのだ。自尊心がくすぐられたらしい。私はといえば、これが全部ばれないうちにトムを見つけださなければならない。ペントハウス直通のエレベーターの内部は何もかもがピカピカで、金の縁取りが施してある。静かな音楽も、私のいらだった神経を癒やすことはできなかった。再び手が震えはじめ、汗でぐっしょり濡れてきた。でも間抜けな作り笑いは顔に張りつけたままでいた。私の胸の谷間を見ていたコーリーを平手打ちしたときでさえも。彼はあまり気がきかないらしい。コーリーを利用させてもらって悪いような気もするが、しかたがない。こっちは命がかかっているかもしれないのだから。

コーリーが注意散漫なのをいいことに、私は拳銃をそっと取りだし、バラの後ろに隠し持った。ようやくエレベーターのドアが開いた。

時間が急に止まった。あまりに急だったので、むち打ち症になるかと思ったほどだ。私は役にも立たないのに、周囲の状況をスローモーションで観察していた。アールデコ調の部屋は白い壁に囲まれ、贅沢な調度品がしつらえられている。黒のグランドピアノ。ニューヨークの夜景を見おろす広い窓。だがそれらは全部、目の前に広がる恐ろしい光景の背後にある無意味な情報でしかなかった。

スーツ姿の死体が二つ、血を流して転がっている。見知らぬ人たち。知り合いではない。そして六人が銃を持ってにらみあっている。何人かは目出し帽をかぶっている。そのうちの一人はほかの人たちに比べて目立って小さい。女性だろうか。

部屋の反対側、私に向きあうようにトムとベアが立っている。ベアの大きな体の後ろに隠れている小柄な人物もちらりと見える。おそらく二人はそのボスの女性を守るために来たのだろう。逃走するためのエレベーターを待っていたかのように、コーリーと私に背中を向けて立っているのが三人。全員が銃を持ち、互いに狙いを定めている。膠着(こうちゃく)状態のようだ。

トムは私を一瞥すると、明らかな怒りに口をゆがめた。ベアは私たちの登場を完全に無視して、この局面に集中している。私たちの前に立っている男の一人が振り向く。バジャーだ。

このすべてが一瞬のうちに頭に飛びこんできた。じっくりと考えてはいられない。状況判断をしている時間はない。私はバラを捨てると、銃の照準をバジャーの体の中心に合わせて撃った。

それが始まりだった。

「いったい何が――」コーリーはそこまでしか言えなかった。パンという破裂音とともに、赤いしみが彼の胸に広がる。コーリーはその場に倒れこんだ。バジャーは膝をついたが、まだ銃をコーリーに向けている。やがて前のめりになり、床に倒れて息絶えた。

「ベティ、伏せろ！」トムが叫ぶ。

私は言われたとおりにする。それと同時にひどい大混乱が始まった。消音器（サイレンサー）をつけた拳銃のパンパンという音に対して、つけていない拳銃の雷鳴のような轟音。昔、アクション映画を見すぎていたからよく知っている。

両側から挟みこまれたと気づいたのか、バジャーの一味は発砲しながら私の右側へと転がるように逃げだした。最悪だ。私は手で耳を押さえ、エレベーターの奥を背にしゃがみこんだ。エレベーターのドアは何度も閉じようとしているが、コーリーの体が邪魔になっている。あたりは血の海だ。

「彼女を連れだせ！」ソファの後ろにかがんだトムが叫ぶ。

ベアが女性をせかしながら、私のいるエレベーターに向かってくる。すぐ脇にある台に置かれていた陶器の花瓶が砕け散った。白い花があたりに散らばる。目出し帽の一人が私たちのいる方向に連射してきた。大理石の床の破片が宙を舞う。トムがソファの向こうから反撃した。ソファが破裂して詰め物が飛び散る。

横によけようとした一人が逃げ遅れた。何者であれ、その目出し帽の男は痛みにうめき声をあげ、エレベーターの前によろめきながら向かってくる。黒い服装は本当に血を隠すらしい。次の銃弾が男の頭を貫き、彼はスローモーションのように倒れた。血と脳みそと骨が銃弾とともに噴きだす。それを目のあたりにしてしまった。

ベアはエレベーター内にたどり着くと女性を奥の角に押しこみ、自分が盾になった。銀髪のその女性はこんな殺戮（さつりく）のさなかでもエレガントさを保っている。誰かが叫んでいるが、何を言っているのか聞き取れない。背の高い肘掛け椅子の背後からトムが飛びだした。敵の残党が発射する銃弾の中を全速力で走ってくる。ベアがコーリーを押しのけるのを見て、私は縮みあがった。ベアがこの若い男性に対して、いたわりを見せる様子はない。コーリーはもう気にしていないだろうけれど。

でも、これは私が招いたことだ。私のせいでコーリーは死んでしまった。

トムがやっと私たちに追いつく。血で足を滑らせ、バランスを崩しそうになりながら。ゆっくり、本当にゆっくりとエレベーターのドアが閉まり、惨劇の現場が目の前から消える。金属のドアに銃弾がはね返る音がする。頭上で壁を叩く音が一回ドンと聞こえる。感じるのは火薬と粉塵、そして血のにおいだけだ。頭の中が渦巻いていた。今の出来事は私の理解をはるかに超えている。ふと白いバラに血しぶきが飛んでいることに気づいた。打ち捨てられ、踏みつぶされかけているものの、まだらに赤く染まった白い花びらは美しくも見える。

「しゃがんだままでいろ」トムが命令する。「ベティ、ここでいったい何をしてる?」

私は言葉を探そうとした。何か言うべきだが、今は言葉が見つからない。ようやく私たちは下降しはじめた。全員が乗っている。私、ベア、トム、そしてその女性。つかの間の安全だ。なんてことだろう。

「アパートメントを出たのはなぜだ？」トムがうなるように訊く。

「バジャーが生きていると伝えなきゃと思ったの」私は息を詰まらせそうになりながら言う。「彼が写ってる写真を見たのよ。それで悪者はバジャーだったんだと、あなたを殺しに行ったんだと思って……それでこんなことに」

トムが小声で罵る。

「死ぬほど怖かった」私はゆっくり息を吐いた。

トムが隣に膝をつき、私をきつく抱きしめた。それからもう一度罵る。どうにも悪態をつきたい気分のようだ。私にもそういうときはある。

「私、誰かを撃ってしまったわ」頭の中はまだ整理がついていない。脳みそはいまだによく働いていなかった。何も感じられなくなっている。「殺してしまった」

「そのことはまたあとで話そう。まずその銃を見えないところに隠せ」

「そうね、わかったわ」私は言われたとおりにする。

そのあいだベアは携帯電話で忙しく話していた。「たった今、車をまわしておきました」

「正面玄関からお連れします」トムが女性に告げた。「上の部屋にまで侵入されたということは、地下の出口もすでに危険です」

エレガントなその年配女性はうなずくと、髪を撫でつけ、居住まいを正した。「私の警護の者は死んでしまった。あなたたちを一時的な代理に即時任命するわ」

「承知しました」トムが唾をのみこむ。「降りるぞ。できるだけ静かにすばやくロビーを通って出ていく。ベア、先導してくれ。ミセス・シンクレア、彼から離れないよう続いてください。ベティと俺が背後を守ります」

エレベーターのドアがロビー階で開くなり、ベアが一歩外に出る。そこでは心配顔の警備員が、スイートルームから聞こえた騒音を確認するために上階へ向かおうと待ち構えていた。銃声は本当に大きな音だった。サイレンサーを使っていても、無音ではない。さらにエレベーター内が血まみれだ。

「FBIだ」ベアが怪しげな偽の身分証を見せる。「さがって。道を空けるんだ」

二人の男の顔に驚愕（きょうがく）の色が浮かぶ。しかし彼らは言われたとおりにした。近くにいたほうの男が声をあげる。「捜査官――」

「非常線を張れ。ペントハウスのスイートルームには誰も入れるな。事態に対処するため、別の捜査官がまもなく到着する」

「わ、わかりました」

私たちは言われたとおり、ロビーを小走りですばやく通り抜けた。コーリーの血で濡れたジーンズが脚に張りつく。大理石やクリスタルなど、この場所の持つ美しさも今の私には意味がない。口の中は酸っぱいような、腐ったような味がする。すべてが暴力で汚されてしまった。私たちは人ごみをかき分け、何を見ても誰を見てもスピードを落とさずに進んだ。

窓にフィルムが張られた黒の大型の高級セダンが玄関に横づけされている。車をまわしておいたというのは本当だった。ペントハウスのスイートルームに宿泊する金持ちは、この程度のサービスには慣れっこなのだろう。

ベアが車の後部ドアを開け、そばに立っているポーターを押しのける。そして車に頭を突っこむと、内部を確かめた。ヘリーンが車に乗りこむ。

「ベティ、後ろに乗れ」トムが命令しながら私を軽く押した。

そのあいだにベアは身分証をもう一度見せると、運転手を車から引きずりだした。運転手はホテルの警備員と同じ驚きの表情をしながら、早口で何かまくし立てている。

トムが助手席側から車に乗りこむ。大きな音をたててドアが閉まると、車が動きだし、すぐに道路を走りだした。

つかの間の安全だ。少なくとも、そうあってほしい。

「窓は防弾ですね？」トムが尋ねる。

「ええ」ヘリーンがうなずく。「ここから数時間ハドソン川沿いに行ったところに家があるの。そこへ行くわ」

「せっかくですが、それは安全では――」

「安全よ。誰にもわからない場所なの」ヘリーンが顎をあげる。「あなた、私を信じなさい。事態の深刻さは重々承知のうえよ。私はあなたが生まれる前からこの仕事に関与しているの」

トムが前部シートから振り返り、ヘリーンを真剣なまなざしで見つめる。

「秘密であろうとなかろうと、長年にわたって委員会のメンバーにより、敵が作りだされてきたの。こうした企み(たくら)が招く、私の人生における不測の事態については理解しているつもりよ」

トムがうなずく。「その家に向かいます」

ヘリーンが早口で住所を伝えた。

「最後まで残っていたやつのことは気づいただろう」ベアが尋ねた。

「ああ」トムの声は怒りに震えている。「スコーピオンは生きていた」

「目出し帽をかぶっていてもわかるの?」私は尋ねた。

「君が来る直前に、あの女が声を出した。自分だとわからせたかったようだ。監視カメラに映らないように目出し帽をかぶっていたらしい。あいつがいったい誰のためにこんなことをしてるのか突き止めなければ」

「少なくともあそこにバジャーがいたことで、連絡がつかなかった理由はわかったわね」ヘリーンが言う。「もう何日もあなたたちと連絡を取ろうとしていたのよ」

「われわれを見捨てたんじゃないとわかって安心しました」

「見捨てるですって? あなたたち一人一人、そしてこの組織にどれだけの資金を注いできたと思っているの? くだらないことを言わないで」

「それに関してですが、誰かがこの愚かな陰謀を財政的に支援しているのは間違いありません」ベアが言う。

「亡くなったブラックミード卿の息子のアーチャーね。ブラックミードは私とともに理事会の一員……だったから」ヘリーンが気持ちを落ち着かせるように深呼吸をする。「アーチャーは何週間か前、私に接触してきて、私たちの資産を民間に適正価格で利用させるよう提案してきたの。後継者としての彼の地位が危うくなると警告したけれど、聞く耳を持たなかった」

トムが振り向く。「アーチャーはわれわれの事業を市場に売りだそうとしているんですか？」

「そのようね」ヘリーンが言う。「あなたたち全員を自分の私設軍隊として有料で貸しだして、大儲（おおもう）けするという傲慢な計画よ。組織設立時の目的に沿ったものではないわ」

「ではアーチャーはすでに持ち分を手にしていたということですか？　それとも相続したばかりだと？」

ヘリーンが首を振る。「持ち分というのは実際には何もないの。これは慈善事業のようなものだから。でも今や彼は父親の地位を相続して、私たちや私たちが成し遂げてきたことの弱体化を図る計画を立てている」

「アーチャーにはなんと？」

「もちろんノーと言ったわ。私は今朝、彼が相続したばかりの理事の椅子を買い取ると提案した。これまでアーチャーの父親が組織に拠出してきた金額のすべてを補償すると。でも彼は受け入れなかった」

「チャールズ・アディーサはどうなんです？」

「彼のことも知っているの？　よく調べあげたわね。私が費やしたお金が無駄になっていないとわかってうれしいわ。そう、チャールズはあなたたち二人が雇われている組織を運営する委員会の第三の、そして最後のメンバーよ」ヘリーンが脚を組み、ワンピースのスカートのしわを伸ばす。ヘリーンは私よりもずっと冷静沈着だ。以前にもこういった銃撃の場面に出くわしたことがあるのかもしれない。目の前で人が死んでも、翌日からは何もなかったかのように振る舞ってきたのかもしれない。「私と同様、チャールズもあのばかげた話を受け入れるつもりはないわ。私たちは利益を得たくてしているわけではないもの。この組織は第二次世界大戦後間もない時期に、私たちの祖先が設立したものよ。設立メンバーの三人とも、戦場で子供を失った。だから国際関係で対立が発生しないよう事態の監視を行い、制御がきかない状態にならないうちに対処しようと努めてきたわ。いつも成功を収めるわけではなかったけれど、だからといってやめようということにはならなかった」

誰も何も言わない。

「それでこんなことに？」トムが歯を食いしばる。「やつは自分になびいて売却に賛成しそうな工作員に接近して、残りの者を殺害させようとしたのか？」

ベアが息を吐きだす。「そんなところだろうよ。ちくしょう」

「スコーピオンの道義心はいつも節操がなかったが、こんなことで俺たちを殺そうとするとは夢にも思わなかった」

「俺はそんなこともあるかと思っていた」

トムがかすかに眉をあげる。

「俺は真実を言ってる」ベアが言う。「おまえたち二人はいい仲だったことがあったかもしれない。だが一度として誠実な関係じゃなかった。それにバジャーはいつだってうさん臭いくそ野郎だったからな。とはいえ、やつらばかりを責めるわけにもいかない。たしかに世界を救うのはいいことだが、大金を払ってもらえるほうがもっといいからな」

トムが低くうなる。「そうか？　それならおまえはなんでここにいる？」

「俺か?」ベアが笑った。「俺はできる限り、とんでもないくそったれにはならないようにしてる。これは生き方の問題だ。それに俺はおまえの友達だと思っている……多少は」

「そうだな。前はスパイダーのやつなら俺たちを裏切りかねないと思っていたよ」

「だが、あいつは拒否したんだな。そうでなけりゃ、殺されなかったはずだ。ホークも同じだ。仲間に驚かしてもらえるのもいいもんだな」

「俺はもうこんな奇襲はしばらくごめんだ」トムが携帯電話を取りだす。私からの不在着信やメールが五十件ほどあるのに加え、そのほかにも知らせが入ってきているに違いない。だがトムは何かのメールを読んで、肩の力を少し抜いた。「クロウの疑いは晴れた」

「だろうな。さもなければ、やつもスコーピオンと一緒に襲撃してきただろう。俺たちにはできる限り多くの応援が必要だ」

「わかった。クロウたちに俺たちの位置座標を知らせよう」

「アーチャーの居場所を突き止めるのは簡単ではないでしょうね」ヘリーンが言う。

「父親の資産の支配権を握って、無限の富を手に入れたようなものですもの。なんとかおびき寄せなければ。しかもできるだけ早く」

トムは何も言わず、携帯電話を忙しく操作している。

「安全な回線にアクセスできるんでしょう？　使わせてもらえないかしら？」ヘリーンが手を差しだす。その指のネイルは完璧だ。私の手と違って、ヘリーンの手は震えていない。彼女は誰も殺さず、弾をよけていただけだったけれど。それにしてもなんて一日だったのだろう。

トムがためらうことなくヘリーンに携帯電話を渡す。「ミスター・アディーサに警告するんですね？」

「やってみるわ。でも事態が好転する前に、何かとても悪いことが起こるような気がするの」

8

もちろんヘリーンの言う隠れ家とは、ハドソン川沿いの広大な敷地に立つ広々とした英国風の別荘のことだった。この改装済みの屋敷には屋根の上に見晴台もついている。手入れはされているが、少々ほこりっぽい。しばらくのあいだ誰も住んでいなかったらしい。

屋敷の地下には指令室があった。コンピュータなど多くのものが設置してある。この部屋だけは常に清掃やメンテナンスが行われているようだ。ほこりっぽくもなければ、機器類も真新しい。ウォークインタイプの大きな武器庫もあり、スイスの銀行に匹敵するようなセキュリティシステムもある。ヘリーンはあらゆる脅威に備えている様子だ。

ベアは一つのコンピュータの前に陣取ると、キーボードを叩きはじめた。「フォックスとクロウはこっちに向かってる。フォックスの予定到着時刻は一時間半後だ。クロウはもう少しあとだ」

それはそうだろう。もう夜明けなのだ。というのも、ここまで来るのにベアは主要道路を使わなかったし、ときには急に引き返しもした。私たちを尾行することは誰にもできなかったに違いない。ただ同じように考えていながら、残念な驚きを味わったことが前もあった。結局、道路にある交通カメラや監視カメラにより、私たちは少なくともどこかでは目撃されているということなのだろう。それにヘリーンの車はロールス・ロイスだ。人目につく。

トムがロッカーからさまざまな武器を取りだし、テーブルに並べる。暗視スコープのついたヘッドギアや、自動小銃もある。ありとあらゆるものを取り揃えているらしい。ヘンリーですら思わずうなりそうだ。

「私が使っている警備会社を応援に呼ぶこともできるけれど」ベアの肩越しに画面を見ていたヘリーンが言う。

トムが首を振る。「アーチャーがどこまで手を伸ばしているのか解明できていません。わかっているのは、われわれのグループにすでに一度は侵入したということだけです。スコーピオンとその手下たちは、あなたの予定や警備の詳しい内部情報を把握していたんですよ、ヘリーン。俺の命を懸けてもいい。向こうはあなたを排除するために、いつどこで攻撃を仕掛ければいいのか正確に知っていた。あそこにベアと俺が到着しなかったら、あなたは死んでいたんです」

「そうね。では私は休めるあいだに休んでおくわね。何かあったら知らせてちょうだい」

「承知しました」

ヘリーンは女王のごとく堂々と階段をのぼっていった。暗殺されそうになったにもかかわらず、不安な様子はみじんも見せない。そのあいだ私は何十年も前の歌の歌詞を頭の中でなぞりながら、壁際の椅子に腰かけていた。そうしていないと、まともではいられなかったからだ。死というものや、それがあっけなく訪れることについて考えるよりも、ジャニス・ジョプリンの普遍的な魅力について考えていたかったからだ。そうしていると頭がいっぱいになって、考えるべきでないことを考えなくてすむ。例えば死体とか血とか、壁に飛び散った脳みそとか。私が誰かを殺したこととか。驚いたバジャーの顔や、赤い血しぶきのついた白いバラとか。

たぶん私はショック状態にあるのだろう。寒けがして、現実の世界がどこか遠いところにあるように感じる。この恐ろしい夢から今にも目覚めようとしているかのようだ。

トムが目の前に手を差し伸べる。「上に行って、少し横になれ。しばらくは何も起こらないから」

私は彼の手を握った。トムは私を支えて立たせると、上階へといざなう。格子柄の壁紙と重厚な革製の家具。ウォールナット材でできたキッチン。ステンレス製の電化製品。

「腹は減ってるか？」トムが尋ねる。「新鮮なものはないが、冷凍食品ならたっぷりある」

食べ物のことを考えるだけで、私は胃がひっくり返りそうになった。「いらないわ。ありがとう」

トムは一番近い部屋に私を連れていった。そこは淡い茶色のベッドルームだった。深緑色のシーツがかけられた、ヘッドボードとフットボードがそりのように外側に湾曲したデザインのベッドがしつらえられている。朝日が入らないよう、カーテンは引かれたままだ。ほかの場所と同様に、この部屋もかすかにほこりのにおいがする。掃除をする人は一カ月に一度しか来ないに違いない。庭は簡素とも言えるが、それでも少し手入れが必要だ。たぶんヘリーンはダミー会社を通して支払いをしているから、誰も本当の所有者を知らないのだろう。そんなことはまったくどうでもいいけれど。

私たちは今のところは安全だ。私も安心するべきだ。少しのあいだなら息がつけるはず。でも安心できない。降りかかってくる次の悲劇をただ傍観しているだけ。そんなことを言うと、私がトムの力をまるで信じていないように聞こえるかもしれない。そんなつもりはない。ただもう……だめだ。自分が何者なのかわからなくなった。引き金にかけた指を引いて発砲したときの感覚がまだ手に残っている。弾が体に食いこむ音や、金属にあたってはね返る音。私の一部がまだあのエレベーターの中にいて、目の前の地獄絵図を見つめているかのような感覚。

この部屋にはバスルームがついていた。昨夜の出来事や、私の汚れ具合を考えると、それは非常にありがたいかもしれない。

「私、ちょっと――」

「血まみれの服を脱いだほうがいい」トムがドアを閉めて鍵をかけた。私の顔を観察する。きっと顔は蒼白で、目の下には黒いくまができているだろう。苦しい数日間だった。そしてつらい夜。

「私があの男の人を説得したの。ペントハウスに連れていってくれって」私は言った。大声で口に出して、はっきりとこの耳で聞かなければならない。これが厳しい現実だ。私の責任だ。私の手には血がついている。「コーリー。彼はコーリーというの。シフトを終えたばかりだった。私の頼みを聞いてくれただけなの」

「上で何が起こっているか君はまったく知らなかったんだ」トムが私の足元にひざまずいて、私のブーツの紐をほどく。「ときにはなんの罪もない人が悪事に巻きこまれてしまうことがある。誰かを恨むのなら、コーリーを撃った冷血漢を恨め。さあ、ベッドに座って」

私は言われるままベッドに腰かけた。「私も人を撃ったわ。バジャーを殺してしまった」

「そうだな。だがやつは悪意を持った男だった。自ら人に銃を向けるような」トムがブーツを私の足から抜き取って靴下を脱がせた。もう一方も同様にする。「君は自衛しただけだ、ベティ。撃たなければ君がバジャーに殺されていた。俺たちの住所をもらし、爆弾を仕掛けさせ、俺たちを殺そうとしたのもバジャーだった」

「ええ」

「雇われの傭兵で、金のためならなんの理由もなく罪のない人々を殺せるやつだ」トムは短くほほえむと、私のTシャツの裾を持ちあげた。「腕をあげて」

私は腕をあげながら言った。「誰かに服を脱がせてもらうのは子供のとき以来だわ」

「頭の中でなら、もう何度も君の服を脱がせてる。それも計算に入れるならな。じゃあ、立って」トムが私の手を引っ張る。私は彼に従った。トムは私の黒のジーンズのボタンを外してファスナーをおろし、ゆっくりジーンズを脚から抜き取ろうとした。膝より下の生地が乾いた血で硬くなっている。ジーンズを脱げば、ほっとできる。

「脚をあげてくれ」

「これ以外に着る服がないわ」

肌についた赤茶色の他人の血痕について、二人とも何も言わなかった。私は下着姿でその場に立っていた。放心状態だったため、肌をさらしているという感覚がなかった。それにトムにはもう全部見られている。「脚を洗ってあげよう。心配するな」

次にトムは私をバスルームへ連れていき、シャワーの蛇口をひねると、水温を確かめた。かつての恋人たちの中で誰も、こんなふうに私の世話をしてくれる人はいなかった。こんなふうに優しく。これが愛というもの？　自分が選んだ人を世話してあげたいという気持ち？　その人を近くに感じたいという願望？　きっとそうなのだろう。少なくとも、これは愛という感覚にとても似たもののはずだ。やっぱりトムは自分の感情について嘘を言っていなかったのかもしれない。もしかしたら今度は私が自分の感情をごまかそうとしているのかもしれない。

「これも取ろう」トムはそう言うと、私の黒のブラジャーを外しにかかった。

「仕事があるのはわかってるわ。だけど少し一緒にいてくれる？」私はトムのシャツを握りしめた。彼に触れたい。今は私よりもトムのほうが、世界とのつながりを揺るぎなく保っている。私はらせんを描きながら、どこまでも落ちていっている。

「もちろん」

「ありがとう。なんだか……どうしていいのかわからない」

トムは何も言わなかったが、わかっているというようにうなずいた。

私の下着を取り去ると、彼も自分のシャツをはぎ取り、靴を脱いだ。私がどんなに急いでもトムより早く裸になることはできない。これも彼の役に立つ能力の一つだ。

トムは私の手を取ると、二人の背中をシャワーに打たせた。彼の肌からお湯が流れ落ちる。「ここにおいで。体が冷えないように」

お湯のしぶきで少し目が覚める。体内に活力がよみがえってきた気がする。私は殺した側なのに、自分の一部が死んだように感じられるのはなぜなのだろう？　私の潔白さの一部が死んだということなのだろうか。今は自分が善良な人間かどうかさえもわからない。それとも私は、追いつめられれば想像だにしない極端な行為ができる人間だったのだろうか。知っている人でも殺せるような。一線を越えて反撃に出るような。もしかして、ものごとの善悪は思ったより単純ではないのかもしれない。

トムがひざまずいて私の脚から血を洗い流しているあいだ、私は彼の肩につかまっていた。淡い赤色の水が排水口に流れていく。トムの肌は熱を帯び、生気にあふれている。私が今必要としているものはそれだ。傷跡があるたくましい体は本当に美しい。トムの手は恐ろしいこともできるというのに、私に触れるさまはなんて優しいのだろう。

キスを始めたのは私だった。トムの首筋に唇を何度も押しつける。水分で薄まってはいるが、彼の香りが温かく漂ってくる。ちょっぴり塩辛い肌の味も。これこそ完璧なトムだ。

「ベイビー」トムがささやく。「大丈夫か？」

「いいえ、まったく」私は再び彼にキスをする。もっと激しく。

「君がそうしたいなら」トムが私の背中をかすめながら手を下へと向かわせる。官能を刺激するのではなく、優しく慰めるように。トムが私をきつく抱きしめるたび、腕の筋肉が収縮する。「君を失うかと思った。こんなにも何かを恐れたのは生まれて初めてだ。エレベーターのドアが開いたと思ったら、そこに君が立っていた。あのクズ野郎が振り向きざまに銃を君のほうへ――」

「私はここにいるわ」

「もう少しでいなくなってしまうところだった」

それに対してどう言えばいいのかわからなかった。

「ちくしょう。もしあの男が君を傷つけていたら、簡単には死なせてやらなかった」

トムの瞳の中の炎、こわばって盛りあがる頬骨……彼には本当に圧倒される。特に今この瞬間は。「こんなことは聞きたくないだろうが、それが真実だ」

「わかるわ」本当に。誰かがトムを傷つけるかもしれないと考えるだけで、私も相手を殺してやりたくなる。

「二度と俺のあとを追ってこないでほしい。約束してくれ」

「でも、あなたもわかって――」

「君を傷つけてまで守りたいものなど何もない。くそっ！　君はもう少しで殺されるところだったんだ。わかったと言ってくれ、ベティ」

残念ながら、完全には同意できない。「バジャーのことは知ってたの？」

「実は、君が来るほんの少し前に知ったばかりだった」

「じゃあ、私が彼を殺したということは――」

トムがうなり声を出す。「そうだ、助かった。それは認める。だが俺たちだけでもなんとかなったはずだ」

「エレベーターが来るのを待っているあいだに、あなたたちは追いつめられてしまったはずよ。認めなさい」

でも彼に今、この話し合いを続ける気がないのは明らかだ。

最初のうち、トムの口づけは穏やかだった。けれどもしだいにその唇は、私の唇に何度も何度も激しく押しつけられるようになった。私が生きてここにいることを確かめるように。私もさらにせがんだ。口を開き、舌をからめる。トムは手かげんする様子をまったく見せない。私がそうされるのを欲していることに気づいていた。私にはこうすることが必要なのだと。トムが体全体で激しく私の体を抱きしめる。彼の指が私に食いこんでいる。今日は生きていることを体で確認しあう必要がある。絶対に。

背中がシャワールームの壁のタイルにあたった。トムの手が私の頭の後ろをそっと包みこむ。彼が私に激しく深く口づける。魂のこもったキス。今までのキスとはまるで違う。トムの舌が私の舌を愛撫し、唇がぴったりとふさがれている。目のあたりにした、いくつもの死を乗り越えるように、トムが私の中に命を吹きこむ。それでもまだ足りない。

トムが片手で私の胸をつかんでもみほぐし、もてあそぶ。私は恍惚となった。これまでにないほど感じやすくなっている。シャワーのお湯がかかっているとはいえ、こんな濡れ方はしたことがない。恥ずかしいまでの感じ方だ。普通だったら、こうなるには時間がかかる。私がその気になるまでには、ある種の手順も必要だ。でもここ数日は、トムが近くにいるだけで充分になってきている。

彼がひざまずいて私の下腹部に顔を押しつけ、その下にある敏感な部分に口をつけると、私の脳は完全に機能を停止した。不安も悩みも何も存在しない。私たちにはこの瞬間とこの場所しかない。

トムが力強い手で私の脚を彼の肩にかける。私のすべてがトムに対して開かれた。かつて彼はその部分の扱いが上手ではなく、少し気にするそぶりを見せたかと思うと、すぐさま次へと移ってしまっていた。ところが今はその同じ人物が、こうすることがまるで人生の目的であるかのように私をむさぼっている。舌を使って下から上へとなぞったと思ったら、今度は円を描くように芯を刺激する。指を徐々に差し入れ、ゆっくりと出し入れする。でも、それではもの足りない。

私は大胆にトムの髪を引っ張り、精いっぱい欲求を伝えようとした。それに反応してもらした彼のくぐもった笑い声を聞いて、私は頭がどうにかなってしまいそうだった。けれどもトムは私の願いどおりに芯に吸いつきはじめると、さらに私の中で指を曲げてその内側を刺激しはじめた。体の構造やそれ以上のことについて、トムが豊富な知識を持っているのだと改めて確信する。彼は私に舌を這わせながら、同時に指でも攻め立ててくる。シャワーの音と私のため息が濡れた空間を満たしていく。もう少しで達してしまう。あとほんの少し。

それなのに思いがけず、トムが動きを止めた。非情にも私の脚を肩からおろし、立ちあがりさえした。この卑劣な行為は何？

「トム」私はとげのある声を出した。

「俺と同時に達してくれ。それを感じたい。俺にはそれが必要だ」

「でも――」

「さあ、ベイビー」

いろいろな考え方があるが、これも悪くない。だけど途中でやめたトムに対して、私はまだ不満を抱えていた。トムが私の脚を自分の腰の上に持ちあげ、欲望の証の先端が私の秘めた部分をもてあそぶ。彼の舌が持つ素晴らしい技術を披露されたあとだから、私はもうすっかり準備ができている。今までで一番短い体の交わりになるかもしれない。でもすぐにでもトムが貫くことができるというのに、時間を無駄にしたくはない。

即座にこわばったものを突き入れられた。衝撃で体に震えが走り、同時に体の中でくすぶっていたものに火がついた。体じゅうの神経という神経が、末端から歓びの声をあげている。

「その声で呼ばれると本当にそそられるな」トムが一度体を引き、また深く突き入れた。極上のやり方で押し広げながら入ってくる。こわばった先端が、最も感じやすいところにこすりあわされる。私は呼吸がしだいに浅くなってきた。でも、まだ……。

「ああ、トム」

「トムっていうのは本当にあなたの名前？」

「エリザベス」トムが速く激しく動いている。「今の仕事に集中するんだ」

ありがたいことに、今の仕事はクライマックスに到達することだけだ。この瞬間の私にできることといったら、トムの肩に腕をきつくまわして、つかまっていることだけなのだ。私たちの体はこんなにも完璧に調和する。このために生まれてきたかのように。人を殺すことや混乱を起こすといったことのためではなく。ただ彼と私が一緒になるためだけに。

繊細さには欠けていても素晴らしいテクニックで攻められた私は、意識がもうろうとしてきた。トムの見事な欲望の証のおかげで、私の体の中に明かりが灯る。歓びの波が内側からわきあがり、私はつま先立ちになる。でも、もっと近づきたい。私はひどく貪欲だった。もっともっと欲しい。けれどもその瞬間、体が震え、波が砕け散った。筋肉という筋肉すべてが痙攣し、彼を奥深くに抱えこもうとしている。私は身を震わせたまま、のぼりつめた。

トムが低い声で罵り言葉を口にしたが、私はただそこに漂うばかりだった。彼が抱えていてくれて助かった。今回はすでにシャワーの下にいるので、わざわざ洗い流さずにすんで好都合だ。トムと一緒にクライマックスを感じるのは素晴らしい感覚だ。トムが私の中ですべてを解き放つのを感じるのは。私は彼のすぐそばにいる。

一つだけはっきり言える。生きていてよかった。

「ミスター・アディーサのスタッフ三人が今朝、爆発物によって殺害されたわ」

「それは残念だったな」男の声が言う。イギリス訛りの気取ったアクセントだ。

携帯電話はテーブルの上に置かれている。地下室に全員が集まり、聞き耳を立てている。フォックスとクロウも加わっていた。私は邪魔にならないよう、階段を静かにおりていった。昼の十二時を少しまわったところだ。だが悪夢の原因となったあの出来事のあとでは、これ以上眠れないことはわかっていた。きれいに洗濯された服がベッドの足元に置いてあった。トムが約束してくれたとおりだ。私は電話の会話に意識を戻した……。

「ああ、こちらはそれよりもいい状況よ」ヘリーンが言う。「アーチャー、あなたは私の泊まっているホテルに暗殺者たちを送りこんできた。それによって、あなたのメッセージは完全に伝わったと言わざるをえないわね」

「最初はこの俺も平和的に解決しようとしていたんだ。覚えているだろう、おばさん」

ヘリーンが怒りに唇をきつく引き結ぶ。「要するに、組織を収益化するという狂気の計画を白紙に戻す意思はないわけね？」

「やっと理解してもらえたみたいだな」

「いいわ、どうやら、あなたの決意を覆すのは無理なようね。私もこれ以上殺されそうになるのはごめんよ。チャールズと私の二人は引退して、すべてをあなたの手にゆだねることを、私たち二人の意見として伝えておくわ」ヘリーンが顎をあげる。「あなたは賛成する？」

アーチャーが咳払いをする。「おっと、この展開はまったく……想定外だ。二人にそんな気があるとはみじんも考えていなかった。もちろん大賛成だ」

「チャールズも私ももう年だわ。そして私には相続人がいない。これまで何十年にもわたって、私たちはいい仕事をしてきたから、今やめたとしてもそれほど大きな打撃はないでしょう。委員会の新しい方向性に関する責任はあなた一人が負うのよ」

「あんたがようやく正気に返ったことを歓迎するよ」

「そうね。権限の委譲のための書類は用意しているんでしょう?」

「ああ、用意した」男が満足しきった声を出す。「今、どこにいる? 俺が喜んで自ら届けよう。いつまでも敵対している必要はない」

ヘリーンが椅子に深く腰かけ、脚を組む。「あら、アーチャー、そんなに簡単に事が運ぶと思ってはだめよ。あなたはいつも少々甘やかされてきたようだけれどね。私は今でこそ身を引く気になったけれど、あなたが私を殺そうとしたのはつい昨日の夜のことなのよ。あれには相当激しい怒りを禁じえないわ。私にはちょっとした欠点があるの。心が狭いというのは見苦しいことだとわかってはいるのよ。でも今の私の居場所については、あなたが自分で突き止めてごらんなさい。できるものならね……」

男が笑う。「いいだろう。じゃあ、その会談に同行するボディガードの人数について、今、取り決めようじゃないか。最後の最後に見解の相違があったとわかるのは大嫌いなんでね」

「書類を届けるのに、そちらからは三人送ってちょうだい。こちらは二人用意しておくから。でも、あなたは来ないで、アーチャー」ヘリーンの声が冷ややかになる。「それが条件よ。私が一生をかけた仕事を譲り渡す署名をするとき、あなたの高笑いなんて聞きたくもない。もしあなたの顔を今後いっさい見なくていいのだとすれば、その時点で私の勝利だと思っているわ」

「そんなにむきになることはないだろう、ヘリーン」

「条件をのむの？」

電話の向こうから静かな笑い声が響く。「もちろん。ではのちほど部下から連絡させる」

通話が終了した。

「ジェームズ・ボンドの映画に出てくる、いまいましい悪党とやり取りをしている気分だったわ」ヘリーンがため息をつきながら言う。「正直、あそこまで腐っているとは思わなかった」

「あのくそったれを本気で信じてるわけじゃありませんよね？」ベアが尋ねる。

「ええ、これっぽっちも信じていないわ。アーチャーは間違いなく兵力と多くの武器を携えて、私たちをつぶしにかかってくるでしょうね」

フォックスは腕組みをして壁に寄りかかっている。「だったら、なぜこんな芝居を？」

「私があのほら吹きの自尊心を傷つけたのはなぜだかわかる？　アーチャーに二度と会わなくていいなら私の勝利だと言ったそのわけを。それは私にとどめを刺さずにはいられないとあの男に思わせるためよ。アーチャーはもはや、引き金を引く瞬間に私の目を見なければ納得できないはずだわ」ヘリーンが言う。「もちろん、邪魔立てする者たちを手下に排除させたあとにということだけれど。アーチャーを仕留めてこの問題に終止符を打つには、この機会をおいてほかにないわ」

ヘリーンの表明を聞いて、みんなが考えに沈んだ。部屋の中に静寂が訪れる。私自身は何も考えていなかった。基本的に、今感じているひどい恐怖心を悟られないようにするのに精いっぱいだったからだ。

「ウルフ、どれくらいの時間が残されているの？」ヘリーンがようやく尋ねた。

トムが姿勢を正す。「正確な予測は難しいですが、少なくとも数時間はあるかと思います。もしくはやつらが少々攻撃するのを先延ばしにして、われわれを少しでも疲弊させようとする可能性もあります。向こうのほうが人員の数ではうわまわっていて、時間の自由がききますから。おそらく真夜中過ぎまで待ち、われわれが疲れて警備が手薄になったところを狙うのではないでしょうか」

「スコーピオンが指揮するんだろうか？」クロウが尋ねる。

「だとすれば、探りを入れて、われわれの様子を確認してから動きだすだろう。あの女は用心深い。だからこそ、今まで優秀な工作員として生き延びてこられた」トムが言う。「昨日の夜のわれわれは幸運だった。スコーピオンが奇襲をかけたところに、あんなふうにばったり出くわしたんだから。次もあの女を出し抜くことができるかどうかは怪しいな」

胃が沈みこむような感覚が、終わりのないうつろな気持ちに変わる。部屋の反対側にいるトムと目が合った。私はほほえもうとしたが、彼のすごみのある表情を見て、私の唇の動きは完全に止まった。

フォックスがため息をつくとともに天を仰いだ。「くそ野郎がまた面倒な騒ぎを起こすってわけね。想定内だけど。こっちはどうする？　手あたり次第に撃たれるのはもうごめんだから」

「第一に、緊急避難室から武器をすべて運びだす。ヘリーンとベティにはあそこに隠れていてもらう。安全が確認されるまで出ないでくれ」

冗談じゃないと言おうとした私を、彼らのボスが〇・五秒ほど先んじた。

「いいえ、お断りよ」ヘリーンが言う。「射撃ができる者全員で撃退する必要があるわ。私はこれでも若い頃はかなりの狙撃手だったのよ。二百メートル先にいるカモの羽を撃つことができたんだから、身勝手きわまりないアーチャーの顔に銃弾をぶちこむぐらい、わけないわ」

「私もやるわ」私は言った。「狙撃手の部分以外をね。でも私も狙いを定めて撃つことはできる。みんな、見たでしょ」

トムが唇を引き結ぶ。明らかに機嫌を損ねている。今にも私たちに食ってかかりそうだ。

「話し合いの余地はないわよ、ウルフ」ヘリーンがぴしゃりと言う。「私の姿が見えなければ、アーチャーはあえて危険を冒してまで戦闘に加わらないでしょう。これは私たちが生き残る唯一のチャンスよ。アーチャーが死なない限り、事態の収束は図れない。チャールズは今のところ無事よ。もし私に何かあった場合、彼が代わりにあなたたちを支援してくれるわ」顎をますます高くあげる。ヘリーンに命令しようとする人などこれまでいなかったのだろう。「私の無事を願ってくれているのはありがたいけれど、あの愚か者を止めることのほうが先決よ」

トムがため息をつく。「わかりました。しかしわれわれが序盤の攻撃で制圧するまでのあいだは、二人には地下に隠れていてもらいます。そのあと、俺が状況判断を行います。ただし敵の勢力をほぼ倒してからでないと、あいつの首は取りに行きません。クロウ、長距離射撃に関してはおまえが一番だ。見晴台で構えていて、敵をできるだけ排除してほしい。ベア、おまえは陸路からのアプローチを封じてくれ。フォックスは水路を守れ」

クロウが手をあげる。「クレイモア地雷も持ってきたよ」

「爆発物か。いいぞ、よくやった。だからおまえは頼りになる」トムが言う。「よし、準備にかかるぞ」

それぞれが屋敷を守るための持ち場へ向かった。フォックスはこの屋敷のセキュリティシステムについてヘリーンを質問攻めにしている。園芸用具を含むあらゆる武器のありかや、すべての侵入地点の位置などについてだ。ヘリーンはここで長期間過ごした経験がないので、結局二人は屋敷の点検をすることにしたようだ。そのあいだベアとクロウは、軍隊ですら壊滅させられそうな数の銃やナイフを箱から取りだして用意した。

「今からでもここから連れだしてやれるぞ」トムが私の隣に立つ。「俺は本気だ、ベティ」

「やめて。私はどこにも行かないわ」ため息をつく。「何か手伝うことはない？」

トムは重苦しい表情を浮かべている。「すべての窓に必ず鍵をかけて、カーテンも閉めておくんだぞ。ここを封鎖しておく必要があるからな」

「わかったわ。私はどの銃を持っていればいい？」

彼は小型の拳銃を選ぶと、不快そうな表情のまま、それを私の手に置いた。「ヘリーンは君のすぐ隣にいる。彼女の指示に従え。ヘリーンが構えるまで構えるな。ヘリーンが引き金を引くまで、君も引くな」

「オーケー」

「絶対だぞ」トムが言う。「さもなくば、君は俺たちの誰かを間違えて撃ってしまうかもしれない。俺は君の射程内に入って死ぬより、君の腕の中で死ぬほうがいい」

「そうね」

「よし、君は安全な地下室に残るのが一番だ」トムは私の髪を一房つまむと、耳の後ろにかけてくれた。なんて優しくて甘美なのだろう。実際、この瞬間はその描写がぴったりあてはまっている。まわりの武器を除いては。

突然、肺が鉛のように重苦しくなり、鼓動が二倍の速さになった。トムが私を上から見おろしている。彼のまなざしこそが私の望みうるすべてだ。この人からはもうもらえないとあきらめていたもの。今ここにいるトムがたしかに私にそれを与えてくれている。この目は絶対に忘れない。一生覚えている。なぜなら、もしかしたらこんな時間は私たちには二度とないかもしれないから。アーチャーとならず者集団のせいだ。

「あなたはヘリーンが泊まっているホテルに行く前にも同じようなことを言ったわ」私はほんの少し皮肉をにじませる。「参考までに言っておくと」

「ゆうべの繰り返しにはならないようにしよう」トムが私の額にキスをする。「神に誓って言うが、君のおかげで俺は心臓が止まりそうになったんだぞ」

私だって心臓が止まるかと思った。それは言わないけれど。

「大胆不敵なのはいいが、地下室から絶対に出ないと約束してくれ。そこに隠れていると。いいね？」

「わかったわ。そうする」私は肩をすくめる。「あなたも気をつけて」

「俺はいつでも慎重だ。愛してる。わかっているだろう？」

「あなたったらそればっかりね」

トムが私にほんのかすかなほほえみを見せる。「今回は信じてもらえるようにと思って」

私はどう言えばいいのかわからなかった。こんなまなざしを向けられると、特に混乱する。トムの顔つきがわずかに変わった。彼は間違いなく私の中の葛藤に気づいている。心と頭がせめぎあう。トムに対する私の感情はあまりにも複雑だ。けれどもトムが今、望んでいるものはそれなのだろうか。こういうときによくあるように、私から同じ言葉が返ってくることを期待しているのではないだろうか。「トム……」

トムがまばたきをする。「仕事にかからないと」

そしてそのまばたきは、彼がいらだって傷ついたことを示す唯一の証拠だった。私が即座に言葉を返さなかったせいだ。どういった形であれトムを傷つけることは、自分自身の心臓にナイフを突き刺すような痛みをもたらす。

私は心底、愕然とした。これは天からの啓示だ。これでも彼を愛しているのか、愛していないのかという質問に答えられないのだとすれば、これから先、何があっても答えなど見つからないだろう。

それなのに、トムは行ってしまった。

私はただ立ちつくし、正真正銘の愚か者のようにトムの後ろ姿を見つめるしかなかった。自分自身を蹴飛ばしてやりたい。すぐに私も愛していると言えばよかった。危険を顧みずに、思いきって彼が受け止めてくれると信じればよかった。だけどトムはもう、ベアと深刻な顔で話しこんでいる。防御線だの、自衛だのという言葉が飛び交っている。

時は過ぎてしまった。ほかの人のように、私も仕事に取りかからないと。あるいは自分の勇気のなさを正直に認めようか。今すぐトムを脇に引っ張っていくか、話に割って入ってほかの人の前で告白する勇気がない自分を。工作員が聞いている中で、自分の思いをさらけだす勇気がない自分を……。自分たちはもうすぐ非業の死を遂げるかもしれないのに、心の底でまだ私は正直になることに臆病になっている。そんな自分にはつくづくがっかりだ。

トムは勇敢にも心の内を見せてくれた。私にだってできるはずだ。彼は私にそうされてしかるべきだ。

背筋を伸ばして胸を張ろう。大胆不敵と言われたからには、勇気を持って正直になることくらいできるはずだ。大混乱状態に陥る前にトムと二人きりになって、思いを打ち明ける機会を作ろう。絶対に、なんとしても。

9

「トム?」

リビングルームの窓の前にいたトムが振り向く。彼の背後では、まぶしい夕日が庭を照らしている。めったにお目にかかれない完璧な照明のように光が差していた。トムの足元には同じくらいまぶしく危険な銃が、オリエンタルラグの上に広げられている。「やあ、何かあったか?」

「ええ。私、あの……」私は言いよどむ。同時にトムが妙な道具を持っていることに気づいた。「何をしてるの?」

「ガラスに穴を空けて、ここから撃つ」トムが説明する。「ガラスを割るよりも目立たないし、周囲も汚さない」

「攻撃する際に違いが出るの?」

「こちらが有利になるためにできることはすべてしたほうがいいからな。攻撃の位置を敵に特定されるまでに一秒でも二秒でも余計にかかるなら、それは効果的だと言える」

私はうなずいた。「なるほどね」

「承認してもらえてうれしいよ」

ああ。この気持ちは何？　トムは少しにやついているが、その顔が最高にすてきだ。私は重症だ。さっきから胸の高鳴りが止まらない。なんとか落ち着けないものだろうか。汗ばんだ手のひらをジーンズでぬぐう。中学生のときのほうが今よりもっとたくさんの駆け引きをしていたはずなのに。

屋敷の中は影が落ちている。戦略として、位置を低くした少数の照明が点灯しているだけだ。何も知らなければ、人がいるようには見えないだろう。それこそまさに私たちが目指していることだ。入口をふさぎ、ドアや窓からの侵入が難しくなるように家具も移動させた。

この屋敷を砦に変えるため、全員ができることをした。映画の中の戦いの準備をしている場面では、普通わくわくするものだが、実際にはそんなことはない。雰囲気を盛りあげる音楽もないし、翡翠(ひすい)製のコーヒーテーブルを必死に動かしたせいで、私の腰は筋肉痛になっている。要するに〝大がかりなアクションシーンが始まる前の準備〟というのは、実は単なる重労働のことなのだ。

「どうした？」トムが尋ねる。「ここにとどまるのをやめようと思っているわけじゃないだろうな？」

「なんですって？　そんな、とんでもない」

トムが安堵の息をもらす。今さら私をここから出そうとすると、大きな問題になるのだろう。私はそれでもまだ彼のそばをうろうろしていた。

「でも、私、ええと……ちょっと話したいことがあるの」

トムが手を休め、私に向き直る。これが特別な瞬間であることは否定しないが、彼の外見にはどうしても心を奪われてしまう。防弾チョッキの下に黒の長袖のヘンリーシャツを粋(いき)に着こなしていた。波打つ腕の筋肉にぴったりと張りついた生地を見ると、ぞくぞくする。ホルモンが興奮して活動を始めてしまう。トムの胸の真ん中に顔をうずめて、しばらく隠れてしまいたい。できるものなら一生そのままがいい。でも私には果たすべき使命がある。

「どうしたんだ?」トムが腕組みをする。「ちゃんと聞いているぞ。言い終わったら、防弾チョッキを着て、ヘリーンと一緒に地下室に隠れてくれ」

「わかったわ、そうする。私が言いたかったのは……」ああ、神様、私はついに告白しようとしている。〝愛〟という重大な言葉を、家族や親友以外の誰かに初めて伝えようとしている。

でもその瞬間、彼の耳に隠すように入れられた、黒い小さな物体が見えた。

「トム、この会話はほかの人にも聞こえてるの?」

「あいつらは俺たちの会話に興味はない」

「そういう意味じゃないんだけど」

その瞬間、トムは天を仰ぎ見て片手を耳にやった。「黙れ、ベア。森の中にさっさと行けよ」

窓に開けた穴から笑い声が響いてくる。北の方向からだ。つまり私たちの頭上ということだ。

「クロウは屋根の上にいるの?」

「そうだ。念のため、それぞれの位置に着こうとしている」

「少しのあいだだけそのスイッチを切ってもらえない？」

「気づかなかった。ちょっと待って」そう言うと同時に、トムがかすかに顔をしかめる。「ありがとう、フォックス。今、戯れあっている時間がないことは充分わかってる。だが貴重な意見には感謝する」

「戯れあっている？」

トムが頭を振った。この業界には友達はいないと言っていたのに、彼は信頼できる仲間がいること、その支援を喜んでいる。いいことだ。「悪かった。緊張を和らげようとして、あいつらはユーモアのセンスが十二歳児並みに退行してしまったらしい。何を言おうとしていたんだ？」

聞き耳を立てている人たちがいる。私の告白という大勝負に大聴衆がいる。私は胃が沈みこんだ。床を突き抜けて落ちていきそうなくらい。「ええと、そうね、あとでいいわ」

「本当に？」

「ええ。今じゃなくてもいいの」トムの友人たちのことは好きだけれど、こんな状況で彼に対して永遠の愛を誓えるわけがない。特に今は全員が面白がって聞いている。

無理。絶対に無理。私の中の臆病者が頭をもたげ、またしても勝利宣言した。まったく。

そのとき突然、パン、パン、パンと銃声があがった。

トムが立っていた場所の窓が砕け散る。彼はすでに移動している。トムが私に腕を巻きつけ、二人とも床に突っ伏した。なんてことだろう。

「接触を確認、了解」イヤホンから誰かの声がして、トムはそれに答えている。「敵が見えるかどうか確認してくれ……敵は複数。了解」

トムは黙り、向こうの声を聞いている。体の半分は私に覆いかぶさり、腕は私を強く抱きかかえている。頭上でクロウが反撃している音が聞こえる。川に面したキッチンの窓から聞こえてくる音からすると、フォックスも応戦しているらしい。ベアは屋敷の外のどこかだ。もちろん彼も役目を果たしているのだろう。だけど恐ろしいことに、敵は私たちを取り囲んでいるようだ。

「這って階段まで行くんだ。いいな」トムがライフルを持ちあげながら言う。「頭をあげるな。今すぐ地下室に行って、防弾チョッキを身につけろ。行け」

ガラスの破片で長袖Tシャツごと腕を切ったが、懸命にそのことを気にしないようにしながら急いで部屋を出た。トムを残していくなんて最低だ。こんなことは百パーセントしたくない。だが優秀な新兵兼婚約者として命令に従うことにした。

這っていく最中、屋敷の内外からは、さらなる爆発音に加え、両方向に飛び交うさまざまな銃声が聞こえた。敵は間違いなく私たちを攻撃している。またしても。今回はホテルの部屋のときよりも、はるかにひどい。耳をつんざく轟音だ。まるで屋根に雹が叩きつけられているみたいだ。あるいは竜巻か何かに巻きあげられたみたいだ。敵は私たちを地球上から消し去ろうとしている。本当にそうなってしまいそうな恐怖に私は震えあがる。耳の中に心臓が早鐘を打つ音が響く。体内にアドレナリンが放出される。でも私たちは絶対に死なない。きっと何もかもうまくいく。とにかく心底そう願った。

その願いは次の瞬間までしか続かなかった。私のすぐ隣の壁が爆発した。

私は部屋の反対側に吹き飛ばされ、金切り声をあげた。粉塵と瓦礫が頭上に降ってくる。私が叩きつけられた場所はソファの背もたれだったから、少なくともある程度の衝撃は和らげられた。それでも体のあらゆる部分に激痛が走る。耳の中ではベルか何かの音が鳴り響いている。まったく、狂気の沙汰だ。

「トム？」ゆっくりと体を持ちあげ、なんとか室内を見まわそうとした。「お願い、生きていて！」

ほこりがもうもうと立ちのぼる中、手が伸びてきて、私をもう一度床に伏せさせた。トムの頭の横から血が流れている。爆弾の破片か何かで切ったのだろう。でも、それ以外は無事なようだ。「大丈夫だ。怪我はないか？」

「愛してるわ」

トムはまばたきさえしなかった。「わかってる。でも怪我は？」

「いいえ、大丈夫よ」まわりが少し見えるようになるまでのあいだに、私は一、二度咳きこんだ。命の危険にさらされているのでなければ、驚くほど重大な私の告白をトムがあっさり切り捨てたのは妙なことだったかもしれない。とりあえず深く考えないようにした。「敵はロケットを撃ってきたの？」

「携行式ロケット弾だ」

「あなたの怪我は？」

「打撲だけだ。君も同じだ。だが壁に穴が空いた。だからその美しい体が無事なうちに、本当に今すぐ地下へ行ってくれ」トムが話すのを一瞬やめて、その穴を見つめる。

誰かがイヤホンを通じて話をしているらしい。「今すぐやる、クロウ。ベアもこっちに向かっている」

ベアがキッチンのドアから足を引きずりながら入ってくると、当然のように外からの銃撃が激しさを増した。フォックスがひっくり返ったテーブルをすばやく入口に移動させ、あたりに散らばっていた瓦礫を使って固定する。私が当然命令に従うものと考えているトムは、新しく穴の空いた壁の陰に身を隠し、ときどき身を乗りだしては敵に向けて発砲している。

私は命令どおりに逃げて身を隠すこともできる。もしくは実際に役に立つこともできる。私は立ちあがり、急いで移動しようとした。でも実際にはよろめくゾンビのような足取りで、御影石（みかげいし）でできたアイランドキッチンの後方で構えているベアとフォックスのほうに向かった。ベアのふくらはぎの傷から血が滴り落ちている。もう一箇所の怪我のせいで彼の黒いTシャツの袖も濡れていた。明かりが暗くて、怪我がよく見えない。

「おい、ベティ」せわしく拳銃の弾倉を交換しながらベアが言う。「地下に行かなくていいのか？　君がまだここにいることにウルフが気づいたら激怒するぞ」

どこからともなく手が伸びてきて、私は髪をわしづかみにされた。顔を乱暴に動かされると、そこにはフォックスの顔が目の前数センチに迫っていた。彼女が私の目の奥をのぞきこむ。まず片方、次にもう片方。私の頭蓋骨の中や魂を見透かすかのように。

「この子、ちゃんと仕事はできるよ。あたしたちにはできるだけ多くの手伝いが必要でしょ」そう言うと、振り向きざまに銃を放ってきた。「ドアの横に救急箱がある」

「すぐやるわ」私はそう言うと、ほこりとガラスの破片だらけの中を四つん這いで進み、救急箱を持ってきた。

「ここにいたらまずいのに」私がベアのところに戻ると、彼はぶつぶつ言った。

「この子は大丈夫だって言ったでしょ」フォックスがはねつけるようにベアに言う。「あんたはあたしたちの背後を守って。そのあいだにベティにその怪我をなんとかしてもらいな」

「じっとしてて」私はベアに命令する。彼の腕の傷は深いが、それほど大きくはない。刺し傷のようだ。「ただ巻けばいい？」

「ああ。止血ガーゼもそこに入っている。まずは腕の傷をなんとかしてくれ。次に撃たれたふくらはぎに包帯を巻くんだ」ベアは言われたとおりにじっとしているが、私たちの隣にある窓と後方のドアを見張っている。手に銃を握ったままだ。

私は救急箱をあさり、目当てのものを取りだした。消毒用シートもある。腕の傷はできる限りきれいにしたものの、血がどんどん出てくる。出すぎではないか。

ベアが傷を見おろす。驚いたことに彼はほほえみ、ほっとした表情を浮かべている。私の顔にはベアの大切な血はかかっていない。その事実は、彼の脚を貫いた弾は少なくとも静脈だとか動脈だとかはそれていたことを意味している。あるいはもしかしたら、ベアはこんなひどい怪我をするのが好きなのかもしれない。真相はわからない。世の中には変な人もいるから。どちらにせよ彼は銃を腿の上に置き、分厚い脱脂綿をいくつか手に取って、ふくらはぎの前後に押しあてている。そのあいだに私は腕の怪我の手当てをした。

「いいぞ」ベアが言う。「きつく巻いてくれ」

「わかったわ」深呼吸をして平静を保とうとする。鼓動があまりに激しいので、本気で肋骨（ろっこつ）が折れてしまいそうだ。私は傷にガーゼをあてがい、もう一方の手で包帯を巻きつけた。これを見ると、私には実用的な医療知識がないとはっきりわかる。でもなんとか包帯は巻けた。

「上手じゃないか。じゃあ、次にもう一つ包帯を出してくれ」ベアが顎で救急箱を示す。「弾は貫通しているから、ただ包帯をきつく巻いて出血を抑えればいい。腕にやったのと同じようにな。俺がガーゼをできるだけ押さえとくから」

これはかなりやりづらい。ベアの近くの床は血でぬるぬるしているし、頭の上は銃弾が飛び交っている。陶磁器、グラス、壁の漆喰のかけらやほこりが周囲に散乱していた。手の震えが抑えられない。できるだけ気にしないようにして必死で包帯を巻こうとする。大きな爆発音や戦闘の音を無視するよう努めた。怯えている場合ではない。冷や汗をかいたり、呼吸が浅くなったり、震えたりしている時間はないのだ。どうしてもそうなってしまうけれど。

「敵は何人？」私は尋ねた。

「たっぷり」

クロウが図書室から走りでてくる。その部屋の古いらせん階段が見晴台に続いているのだ。そこが危険になりすぎたのだろう。狙撃用のライフルはもう手にしていない。クロウはためらうことなくトムの反対側の位置に着くと、腿につけたホルスターから拳銃を取りだした。

ヘリーンが片手にライフルとバッグ、もう片方の手に私の防弾チョッキを持ってすぐ隣に立ったときも、私はさして驚かなかった。私たち二人が地下室に隠れている意味はもはやない。アーチャーは全力で私たちを殺しにかかっている。この戦闘から生還するためには、全員がこの階で力を合わせなければならない。たとえそれが傷に包帯を巻き、悪党どものいる方向にやみくもに弾を撃ちこむことだけだとしても。

「忘れ物よ」ヘリーンが私のかたわらに防弾チョッキを置く。

「ありがとう」

ヘリーンがキッチンの窓からほんの少しだけ頭を出し、外を注意深くのぞく。「芝生に死体がごろごろしているわ」

「リビングルームの壁にも穴が空いてますよ」私は言った。

「隣の人はどう思うかしら？ ベティ、包帯をもっときつく巻きなさい」ヘリーンは私の手の動きを観察していたが、やがて私たちを取り巻く混乱状態を見て頭を振った。彼女は落ち着いているものの、少しいらだってもいるようだ。自分のお茶会か何かを邪魔されたかのように。「驚いてはいないわ。アーチャーはいつも極端なことをする傾向があるから。繊細さのかけらもないのよ。それにあの男は私たちを恐れている。ここまで私たちは、簡単には殺せない相手だと証明しているもの」

爆発が起こり、ベッドルームがある屋敷の左側部分が振動した。ありがたいことに、すべての窓には事前に板が打ちつけられている。直後に、同じ方向から轟音が聞こえた。クレイモア地雷が爆発したのだろう。

この音を聞いても隣人たちが警察を呼んでいないなんておかしい。警察が来れば、襲撃犯たちも恐れをなして逃げだすかもしれない。私には期待することしかできない。だが一番ありそうなシナリオは、アーチャー率いる悪党どもが私たちに攻撃をかける前に、またも罪のない人たちを殺してきたということだ。

「あなたのバラ園から侵入しようとしたやつらが数人いたみたいですね」ベアが笑う。薄暗い明かりでも、出血と痛みで顔が蒼白になっているのがわかる。「この家がとげのあるもので囲まれていたのはよかった。敵の侵入を遅らせることができますからね」

ヘリーンはただうなずき、自分のライフルを確認した。彼女が持ってきたバッグの中は武器でいっぱいだ。この人が用意周到なのは認めざるをえない。フォックスが連射しはじめたサブマシンガンの爆音で、ほかの拳銃の音はかき消された。すさまじい轟音だ。耳がキーンとなってしまって、ほかの音はまったく何も聞こえない。

「オーケー、できたわ」ベアはすぐ隣にいるというのに、私は彼に向かって叫ぶように言った。

ベアが体を持ちあげてしゃがんだ姿勢を取るなり、負傷した脚に体重をかける。大丈夫かどうか確認しているのだろう。彼はしかめっ面をしたが、そのあとうなずいた。

よし、終わりだ。

私は手についた血をジーンズでぬぐい取り、防弾チョッキをなんとか着こむ。これで、私の体の一部分は防弾となった。銃撃戦は二度目とはいえ、一度目と変わらずに怖いのが本音だ。爆音、交戦、死の恐怖などにはまったく慣れることができない。神様、どうか私たちの誰も死にませんように。口の中は金属の味がして、空気中には粉塵と火薬のにおいが充満している。

「さあ、戻らないと」ベアが言う。「身を隠せるように、できるだけ大きな壁の後ろの位置を選べ。撃っていないときは頭を低くしていろ」

賢者の言葉を残すと、ベアは行ってしまった。

「ベティ、ついてきなさい！」爆発音の中でヘリーンが叫ぶ。見ると彼女は這ってキッチンのドアに向かっている。ひびが入ったドアのガラスと、ひっくり返ったテーブルが視界をさえぎり、遮蔽物となってくれた。ドアの両側に頑丈な壁があり、私たちはベアの指示どおりその背後に隠れた。フォックスは一人で屋敷のこちら側を防御している。ヘリーンはいい選択をした。「あなたは反対側に行きなさい。弾倉を交換しているとき、互いをカバーできるわ」

これは堅実な計画でもある。私一人でやるよりずっといい。気持ちを奮い立たせ、壁の外をのぞいてみた。裏庭が見える。

薄暗い中でものを見分けるのは困難だった。だがすぐに、暗闇の中の小さな蛍のようにパッと銃口が光り、不気味な音をあげて弾が飛んできた。さらなるアドレナリンが体内に放出される。闘争・逃走反応により、体内の警報がいっせいに鳴りはじめる。小さくうずくまって隠れたい。ここから逃げだしたい。でも恐怖に負けるのは断固として拒否する。

私は撃ち返すことをすぐには考えられないまま、煉瓦の陰に隠れていた。手に持った拳銃が震えている。だけどこの戦闘には勝たなければならない。すべてを正常に戻さなければ。それにトムの姿が見えないのはすさまじい恐怖だ。頭ではトムは自分でなんとかできるとわかっているけれど。とにかくトムが無事でなければ困る。今はそれだけしか考えられない。

私は肘が動かないよう心を落ち着けた。フラワーショップに就職した初日、緊張で手が震えていた私に、年長の従業員が教えてくれたコツだ。そのときと今とでは危険度が違うが、あのとき役に立ったのだから、今回だって多少は役立つはずだ。体を乗りだし、銃口の光が見えるだいたいの方向に向けて連射するだけならこれで充分だろう。罪悪感とかそんなたわ言を言っている暇はない。誰かが死んだとしても、気にしてはいられない。向こうが先に私を殺そうとしたのだ。

ヘリーンと私は交代しながら、暗がりの中、動きまわるものすべてに向けて銃を発射した。誰かに命中したかどうかはわからない。私の射撃の腕はそれほどよくないのだから。だが少なくとも敵の動きを鈍らせる必要がある。

しだいに暗闇に目が慣れてきた。芝生に死体がごろごろしているとヘリーンが言ったのは嘘ではなかった。バラの茂みや装飾的な生け垣の中は、まるで惨事に見舞われたガーデンパーティの様相だ。しかも猟奇的な惨事。アーチャーが連れてきたのは本物の小型軍隊のようだったが、私たちは一人、また一人と倒していった。灰色とスミレ色の空には一番星が輝いている。いつもの見慣れた空の下で、私たちがどうしてこんなことになっているのか、理解するのは難しかった。

私たちはもう弾倉を交換するのをやめた。その代わりに、ヘリーンと私のあいだに置かれたバッグから新しい武器をつかみだしては撃った。

フォックスが床に伏せる。「爆弾が来る——」

屋敷全体がまたしても振動し、三人とも床に倒れた。あたり一帯が煙に包まれる。携行式ロケット弾がまた飛んできたに違いない。キッチンの窓があったところには穴が空き、食器棚は火に包まれている。それほど大きな炎ではない……だがそれは私たちが紛れもなく戦闘地域にいることを示していた。

ゆっくりとフォックスが床から立ちあがる。頬をガラスで切ったらしく、髪は砂ぼこりにまみれている。「くそったれ」

「火は私が消すわ！」咳が治まると同時に私は叫んだ。射撃はフォックスとヘリーンのほうが上手だから、消火は私が担当するのが理にかなっている。

ヘリーンはうなずくと、巨大なピカピカのリボルバーを持って射撃位置に着いた。

西部劇で見るやつだ。だが、正直言って、ジョン・ウェインでさえもこの大きさのものには縮みあがるのではないかと思う。

「個人的な感情を抱くのは趣味じゃないけど、あいつらのことが心底嫌いになってきた」フォックスもいつになくゆっくりと歯ぎしりをしながら、腿につけていた拳銃を取りだした。止まってはいられない。休んだり、ましてや体力を回復させたりしている時間などない。「スコーピオンがもし生きてるなら、落とし前をきっちりつけてもらわないと」

コンロの隣の壁に小さな消火器がかかっていた。ヘリーンは本当にいろいろなことを想定していたのだ。窓ガラスが防弾ガラスだったらもっとよかったとは思う。何もそこをケチらなくてもよかったのに。この戦いを無事に切り抜けられたら、一言言ってやらなければ。

頭を低くしたまま消火しようとしたが、炎がなかなか消えない。そこで私は伸びあがり、炎に向けて消火器のノズルをうわ向きにした。ヘリーンの高級家具はすでにめちゃくちゃだ。高価な食器のセットやクリスタルも同様に粉々に砕けている。

本当にどうでもいいくだらないことを考えていたそのときだ。何かが二つ背中を直撃し、私は息ができなくなった。肋骨全体が悲鳴をあげる。次に真っ赤に燃える火が私の腕に襲いかかった。手に感覚がなくなり、消火器を取り落とす。痛みをこらえて呼吸することしかできない。体を切り刻まれるような痛みだ。

「かがんで！」フォックスが言う。

素晴らしいアドバイス。ただ、五秒遅かった。

私は尻もちをつき、火傷を負った腕を手で押さえた。痛い！　ふざけるな、なんなのよ！　私は少しのあいだ、きつく目をつぶり、時間を置いてみた。少なくとも赤いものは噴きだしていない。猛烈に痛いだけだ。肋骨が折れているかもしれない。防弾チョッキの上から背中を撃たれたせいだ。息をするたびに激痛が走る。

映画の中では撃たれても、みんな平気なのに。あれは全部でたらめだ。体が震え、目から涙があふれてくる。それでも少なくとも火は消し止められた。煙に包まれた食器棚は焼け焦げ、泡でぐちゃぐちゃになって、もはや原形をとどめていない。私は泣きだした。大胆不敵な勇者の称号を汚してしまうことになるが、どうしようもない。

「こんな無意味なことはもうたくさんよ！」ヘリーンが怒鳴ってリボルバーを置き、携帯電話を取りだす。次に救急箱を私のほうに押しやった。すさまじい形相だ。まるで私がわざと撃たれたかのような扱いだ。

銃撃によるさまざまな爆音が静かになってきた。劇的にではなく、少しだけ。絶え間ない集中砲火から断続的な攻撃になってきた。悪党どもの人数が足りなくなって、こちらへの攻撃が減ってきているといいのに。本当にそうでありますように。

そのあいだもひどい痛みは治まらず、大声を出してトムを呼びたくなってきた。だが私は救急箱をつかむと、ベアの手当てに使った消毒用シートを取りだした。歯を食いしばって傷口を拭くことしかできなかった。

「撃つのをやめて！　停戦よ！」みんなが自分の命令に従ったことを確認すると、ヘリーンは携帯電話を耳にあて、深く息をついた。「アーチャー……話しあいましょう」

「それはだめです」すぐにトムが低い声で言った。

ヘリーンはもちろん気にも留めない。

「自分をおとりにするのは賢い選択じゃありません」

「ウルフ、私はあなたに一度は従ったわ。もう決定したことよ。くどくど繰り返すのはやめなさい」

「はい」

「私はいい人生を歩んできた。組織にも多くを捧(ささ)げてきた。組織を救うために究極の犠牲を払って、この身の毛もよだつ愚か者を排除できるなら、私の勝ちだと考えるわ」ヘリーンは深呼吸をした。「それにこの方法以外では、私たちの誰もここから脱出することはできない。アーチャーが何人従えてきたのか、どんな装備で来たのかは不明よ。ただ一つ言えるのは、もうすぐ私たちの弾が底をつくということ。その弾を撃つ人員については言うに及ばずだわ。少なくともこの方法なら、私たちにも勝つチャンスがある」

反対する者は誰もいなかった。なんだか恐ろしいことになった。

「私は常々、前線に出たり、実際にこういった状況に正面から挑んだりするのはどんなものなのかと気になっていたの」ヘリーンがぞっとするようなほほえみを浮かべる。「すべてを考慮すると、私はまずまずの対応ができたんじゃないかしら」

「ええ、そのとおりです」トムがヘリーンに何か手渡した。ヘリーンがそれを右手に持ち替える。小さすぎてなんだかわからないが、トムの顔は現状に少しも満足していないようだった。これっぽっちも。

実際に白旗を揚げたわけではないが、少なくとも一時的な停戦の話し合いが行われるようだ。キッチンの出入口は片付けられ、そこに来る者全員、つまりアーチャーとその一味のために場所が用意された。やがて彼らはわが物顔で入ってきた。いまいましいその男は、ストライプのスリーピーススーツを着ている。銃撃戦をしに来るというのに、なんてやつだろう。つやつやした黒髪の、痩せこけて青白い顔をした男だ。知らない人が見れば、銀行員か株の仲買人だと思うだろう。

ただし、アーチャーはそれほど多くの人を伴ってきたわけではなかった。そのほとんどは大柄で筋骨たくましい男たちで、黒のタクティカルベストを着て、おかしなゴーグルのようなものを頭につけている。暗視スコープか、熱感知センサーか何かだろう。手にはさまざまなサブマシンガンや拳銃を持っている。私たちと同様、向こうも重装備でやってきたのだ。しかし今は誰も武器を人に向けていない。全員が善良なふりをしている。

私はめちゃくちゃになった食器棚の隣に座りこんでいたが、ほかの大部分の仲間はヘリーンの周囲に戦略的に立っている。ヘリーンは広いダイニングキッチンの出入口とは反対側にある、リビングルームへと続く広い開口部に立ち、客人と一定の距離を保っていた。キッチンの出入口の右手にあるダイニングエリアはほぼ片付けられ、テーブルや椅子が押しやられている。フォックスだけが左手のキッチンエリアに私と一緒にいた。全員がいつでも戦闘に入れる体勢なのは間違いない。張りつめる緊張感で本当に息が止まってしまいそうだ。それにいまいましい煙もまだ漂っている。

「スコーピオン」怒りに震えるトムの声が低く響き、その目は一人の女を見つめていた。こんなに激怒しているトムを見たことがない。「会いたかったよ」

敵の全員が奇襲部隊のような黒の装備を身につけているのに、トムがスコーピオンをどうやって見分けたのか私にはわからなかった。でも女もゴーグルを外し、前に出てきてトムの目を見つめ返している。

「ウルフ」金髪の女が歯を見せて大きく笑う。トムを見つめるその目はまさに獲物を狙っているかのようだ。凶暴な表情をしていても、なかなかの美人だ。「ねえ、まだ間に合うわよ。こっちに来るつもりは本当にないの？　もっと大金が稼げるわよ。それに寿命もずっと延びるわ」

「いや、遠慮しておく」トムは銃を持っているが、チームのほかのメンバーと同様に、銃口を床に向けている。「悪く思うな」

スコーピオンが口を尖らせる真似（まね）をする。「残念ね。あいにく、スパイダーとホークも同じように考えたのよ。おかげでどうなったかしらね？　悲しいわ」

トムは何も言わない。

スコーピオンがその場にいる残りのメンバーに次々と視線を移していく。そして最後に、離れた場所にいる私のところで止めた。私は害のない民間人のふりをするよう厳しく言い渡されているが、この女とのふざけたにらみ合いに負けるわけにはいかない。スコーピオンの目つきが明らかに険しくなる。「あら、偽物の婚約者ね。家が爆発したのに生き延びたって聞いて、がっかりしていたのよ。こんなところで会えるとは奇遇ね」

私はトムの指示に従い、一言も発しなかった。今のところは。なんておぞましい女だろう。誰かがむちで打ち据えてやる必要がある。殺してばらばらにしてやってもいいくらいだ。

トムの顎の筋肉がピクッと動いた。彼は今、私を地下に隠しておけばよかったと心から思っているに違いない。またしても。でも今さら隠れてももう遅い。それにここではまだ全員の協力が必要だ。負傷して血だらけだとしても、いまだ拳銃をしっかり構えることはできる。歩けずに座りこんではいるけれど。

トムが私にここにいていいと言ってくれたのは、怪我をしたせいもある。誰も私の負傷がどの程度なのかはっきりわからなかった。背骨や肋骨を少しでも動かそうとすると、激烈な痛みが頭に響く。だがそのことは誰にも気づかれてはいない。感情をうまく隠せるのはトムだけではないのだ。

片手は腿の上に置いているが、もう片方の手は下に向けて拳銃を握っていた。腿が太いおかげで、銃は敵からは見えない。だけど武器を持たない者がこの場にいると考えるのは愚かなことだ。私はスコーピオンの敵意丸出しの目を無表情に見返した。この女は私の恋人と過去にベッドをともにしたことがあるのかもしれない。だがそれがなんだというのだろう？　いや、今の様子からすると、ベッドをともにしたのは確実だ。けれども大きすぎるダイヤモンドの指輪をはめているのはこの私だ。ふん、いい気味。私をなめるな、くそ女。

おそらくスコーピオンが今、私に銃を向けていることをもっと気にするべきなのかもしれない。ちょっとくらい怖がるほうがいいかもしれない。だが正直言って、くたくたになっていたから、これ以上の気遣いはできない。女はなんでもできると思われても困る。精神的な負担がすでに大きすぎる。

「自分が見せかけの存在だったって、もうわかっているんでしょう。正体がばれないように街で暮らすためのカムフラージュだなんて、トムも気のきいたことを考えたものよね」この女はいったいどこまで卑劣なのだろう。その目は悪意でギラついている。悪意で輝く目など今まで見たことがなかったけれど、今、目の前で実演されている。いつも鏡の前で練習でもしているのだろうか。「彼の裏切りや嘘を知ったときはさぞ傷ついたでしょうね。あなたのことなんてこれっぽっちも気にかけていないってわかったとき、その小さな胸は痛んだの？　これは本当の愛じゃなかったの、なんて？」

私は鼻にしわを寄せて、にらみつけた。「あのね、真面目な話、あんたにはまったく関係ない。さっきからつまらないごたくをごちゃごちゃ抜かしやがって。同じ女として言ってやるけど、みっともないよ」

スコーピオンの目の輝きが一瞬で消えた。私たちは絶対に友達になれない。

トムが口角を持ちあげ、かすかな笑みを浮かべる。

アーチャーが冷淡に手をあげた。まるでこのやり取りを聞いているのに飽きたかのように。即座にスコーピオンが口をつぐみ、用意していた嫌みなせりふをのみこんだ。

もといた場所に戻って銃をさげる。優秀な兵士ではあるらしい。

「直接話しあいたいと言ったな、ヘリーン。来てやったぞ」

「ご親切にどうも」ヘリーンが応じる。「でも招いてもいないのに押し入ってきたというわけね？　あなたはこの家の壁にいくつも穴を空けたし、私もあなたの兵士を何人か吹き飛ばした。両陣営とも手詰まりになったと言えるんじゃないかしら？」

アーチャーがスコーピオンのように激高した目を向ける。だが彼はヘリーンの言葉を否定しなかった。ヘリーンの状況判断は正しかったに違いない。アーチャー側も相当な打撃を受けているはずだというヘリーンの予測は明らかにあたっている。それを聞いて安心した。

「だけど、そんなことはもうどうでもいいの」ヘリーンが咳払いをする。「ちょっと気がかりなことがあるのよ、アーチャー。こんなときにみんなの前で言うのもなんだけど、私は大変な間違いを犯してしまったと思っているの」

「思っている、だと？」アーチャーが笑いだす。ヘリーンが所有しているこの屋敷の惨状や、彼女を守っている人たちが傷ついて疲弊している様子を見まわしながら。

アーチャーが薄ら笑いを浮かべる。そのうぬぼれの強さには吐き気がする。「あんたはいつも俺を見くびっていたからな」

「あなたを見くびっていたですって?」ヘリーンがほほえむ。「あら、あなたじゃないわ。チャールズよ」

アーチャーが眉をひそめる。「なんの話だ?」

ヘリーンはアーチャーをじっと見ている。彼の驚きが本物かどうか見きわめているらしい。「チャールズがどうやってあなたをここにおびき寄せたのかと不思議に思っていたのよ。確実に死ぬはめになるというのに。でもあなたは知らなかったみたいね。チャールズはあなたに気づかれることなく、あなたを陰から操っていたというわけ」

「くだらないことを言うな」アーチャーがはねつける。だがその目には不安の色が浮かびはじめた。

「どうか気を悪くしないで。チャールズは私のこともだましたんだから。二日前、私は自分の資産をすべて彼に譲り渡したの。チャールズはそれを使って、あなたの首に巨額の懸賞金をかけると言っていたわ。もしあなたが私を倒したとしても、そのあとの短い人生のあいだ、二度とゆっくり眠れないようにしてやると言って。私はそれを信じてしまった」

「そんなことで俺が怖がるとでも？」アーチャーが小鼻をふくらませる。「いずれにせよ、チャールズなんてとっくに眼中にない。その件についてはあとでなんとかする」

ヘリーンが頭を振る。「わかっていないのね。もう手遅れなのよ。チャールズの勝ちなんだから。あのずる賢い古狐。彼がすべての黒幕だとは思いもしなかった。私をここに来させたのもチャールズよ。誰にも見つからないし、防御しやすいと彼は言った。私は疑いもしなかったわ」

「何を疑うっていうんだ？」アーチャーは怒り心頭に発しているようだ。鼻のてっぺんが真っ赤になっている。

ヘリーンがほほえみながらアーチャーを見あげる。だが今度のほほえみは悲しげだ。同情しているふうにも見える。「ダイナマイトのことよ」

「なんだと？」

ヘリーンがゆっくり右手をひっくり返す。手に小さな黒い装置を握りしめている。トムが彼女に渡したものだ。それを見て、アーチャーの小型軍隊の者たち全員が動揺した。後ろに立っていた二人は目を見合わせている。

ヘリーンが握っているのは起爆装置か何かだろう。もし彼女が死んだり、装置から手を離したりすると、何もかもが完全に燃えてなくなってしまう代物だ。

私は恐怖に震えあがった。トムに隣にいてほしいと、役にも立たない愚かなことを考えているばかりだ。トムがいれば、もしすべてが炎に包まれて終わるのだとしても、少なくとも私は彼の腕の中で最期を迎えられる。だけど今、トムは部屋の反対側にいるから絶対に間に合わない。

ヘリーンが冷静に話を続ける。まるで全員の命が自分の指先にかかっているわけではないかのように。「一九九〇年の改築のときから、この家の内部に配線がめぐらされているの。地下室から外に出て、車道までずっと。チャールズはそれを最初から知っていた。その配線を行うためにチームと連絡を取れと言ったのもチャールズだったんだから」

「たわけたことを言うな」アーチャーの口から唾が飛ぶ。「あんたが自分の部下を殺すはずないじゃないか」

「あら、やめてちょうだい。ここに来ると同意した時点で、私の部下たちは死んだも同然よ。あなたもわかっているでしょう」ヘリーンが左手を床についた。銃が指から離れ、転がり落ちる。「あきらめなさいな、アーチャー。私たちは負けたのよ。チャールズは私たち二人のすべての資源と人員を一箇所に集めさせた。あなたはそこで首尾よく攻撃できるし、私も首尾よく破壊できる。もう私たちは終わりよ。あなたは自分が組織を引き継ぐのだと思っていたかもしれないけれど、実際にそうするのはチャールズだった。組織の存続のために必要なら私が喜んで死ぬことも、チャールズは承知していた。でも、いいでしょう。少なくともあなたを殺すのは私よ。それでよしとするわ」

「ボス？」スコーピオンも不安そうだ。

「黙れ」アーチャーがぴしゃりと言う。彼の部隊の者たちは落ち着かない様子で足をもぞもぞ動かしている。「少し考えさせろ。静かにしているんだ！」

「心底残念なことが一つあるわ。フェルメールよ。マスターベッドルームにかかっているんだけれどね」ヘリーンが期待するような目でアーチャーを見あげ、次に私を見た。「民間人がここに一人いるわ。ここから生きて出られる者は誰もいない。でも彼女に絵を託して外に出してやることもできる。彼女ならなんとか爆発を免れられる地点まで行けるでしょうね。なんと言っても、フェルメールの絵画は世界に三十四点しかないんだから」

「待って、なんですって?」急な展開に、私は思わず言葉を発した。「いやよ! 私はどこにも行きません」

正直言ってこの怪我では、この屋敷から出られるかどうかすら怪しい。玄関から道路までの長い私道を歩くなんてとうてい無理だろう。何より、トムを残して行けるはずがない。何が起ころうとも、トムの隣でそのときを迎えるつもりだ。まあ、せめて同じ部屋で。

「だったら、しかたがないわね」ヘリーンがうなずき、こぶしに握った右手を見つめる。関節が白くなるほど起爆装置を固く握りしめている。「ちょっとした思いつきにすぎなかったから」

「おい、待て、くそ女――」アーチャーがヘリーンに手を伸ばす。

「冗談じゃない! 自殺行為になんて同意してない」アーチャーの後ろから声がした。爆破された壁のそばに立っていたアーチャーの部下の一人だ。その男はきびすを返して走りだした。

「何をしてる?」アーチャーが慌てて振り返る。「配置につけ!」

部下のうち四人が振り向き、急いで逃げだした傭兵を見た。あの腰抜けはヘリーンが私たちを天国に送りこんでしまわないうちに爆破区域から脱出しようと必死なのだ。その瞬間、何も言わずに、トム、ベア、クロウ、フォックスの四人がいっせいに銃を持ちあげた。敵が全員、別のことに気を取られた一瞬の隙をついて銃撃を開始する。数人の悪党は倒れ、動かなくなった。

でもスコーピオンは違った。彼女は振り向かなかった。銃撃戦が始まると、スコーピオンはアーチャーをキッチンのアイランドカウンターの後ろに隠し、反撃を開始した。

何もかもがあっという間の出来事だった。トムの銃がアイランドカウンターを蜂の巣にしている。全員が身を隠す場所へと逃げながら、銃を発射している。地獄の戦いの幕が切って落とされた。

私はさらに体を低くし、床に這いつくばった。でも、それはまた負傷したからではない。トムがそうしろと言ったからだ。トムが必死にスコーピオンとアーチャーを排除しようとしている。一方、私はちょっとしたいことをするために、アイランドカウンターの向こう側が見えるところまで這っていける絶好の位置にいる。人を殺すのがいいことだと言えるならだけれど。

数メートル離れた位置では、フォックスが素手で格闘している。その巨体の男はフォックスの頭をコンロに叩きつけた。フォックスがふらふらと床に倒れこむ。だがその男が私やほかの人を撃つ前に、誰かがそいつの額の真ん中に血の円を描いた。

トムがリビングルームとキッチンのあいだの壁の残骸の向こうから、身をかがめて飛びだしてきた。躊躇なくスコーピオンに向かって何発か撃っている。スコーピオンの全神経は今のところトムに集中していると言っていいだろう。それほど遠くない場所では、ヘリーンが拳銃を構え、上機嫌で反撃している。しかし彼女は遮蔽物のないところにただ座っていたから、まもなく撃たれてしまった。被弾した衝撃で、ヘリーンの小柄な体は回転するように床に沈みこんだ。

ヘリーンの胸から血がにじみでてきた瞬間、その目が私をとらえた。起爆装置が彼女の手から転がり落ちる。

時間が止まった。

悪党のうちの二人が部屋の角に飛びこむ。おそらく建物が崩れても助かるようにと願ってだろう。

だがヘリーンは私に向けてウインクしただけだった。

何も起こらない。

はったり。あれは全部真っ赤な嘘だった。チャールズのことも、ダイナマイトのことも、資産をチャールズに譲り渡したというのも。すべてがあの一瞬の優位性を勝ち取るための芝居だった。

トムもベアもクロウも撃つのをやめない。アーチャーの部下のうち、さらに二人が死んだ。閃光手榴弾(せんこうしゅりゅうだん)が二つ炸裂(さくれつ)し、恐ろしい静寂が訪れた。敵と味方、どちらが投げたものかもわからない。粉塵で目の前が見えなくなる。ザーッという大音量が耳をつんざく。今がチャンスだ。

肘と膝を使って前進する。背中にどんな怪我をしたのかわからないが、とてつもない苦痛だ。それに腕の傷もそれほど軽いものではない。弾は飛び交いつづけている。ただ私のほうには向かってきていない。みんなは部屋の反対側のキッチンとリビングルームの境目に立っている。トム、ベア、クロウのそれぞれが、そこから敵に集中砲火を浴びせていた。

痛みは頭がどうにかなりそうなレベルにまでなってきた。アイランドカウンターをまわりこんだ私の目に、スリーピーススーツの嫌みな男の姿が映る。私は短い呼吸をした。視界の端が暗くなってくる。だがこの仕事をやり遂げるには充分だ。おそらく。アーチャーは拳銃を握っているが、その手は震えている。彼の目がこちらをとらえたその瞬間が私にはわかった。アーチャーが驚きに悲鳴をあげ、銃口を私に向けようとしたからだ。ただアーチャーはあまりの震えに銃がうまく持てず、まるで私のほうが熟練の射撃手のようだった。

私は引き金を引いた。最初の弾は腿にあたった。アーチャーは銃を落とし、顔に驚愕の表情を浮かべている。

もっと高く。もっと上を狙わないと。

二発目は胸にあたった。アーチャーが後ろに倒れると、そこにスコーピオンがいた。この女に私を殺すチャンスを与えてしまった。

なんてこと。こっそりスコーピオンの護衛ゾーンをまわりこんだことに気づかれた。彼女の銃口がトムから離れ、まっすぐこちらに向けられる。

スコーピオンが引き金を引こうとしたその瞬間、トムがアイランドカウンターの上を滑って彼女にタックルした。二人が床に転がる。その隣でアーチャーが痛みにうめき声をあげている。彼の体からは血が噴きだしていた。よかった。

そろそろ私も気絶しそうになってきた。心臓が重い。視界もしだいに狭まっている。いやだ。絶対いやだ。私は大丈夫。あと少しだけ意識を保たなければ。トムには私が必要なのだ。

私は身をよじりながら立ちあがり、ターゲットに向けて銃を構えようとしたが、トムとスコーピオンの姿はぼやけ、二つのものがくっついたり離れたりしているようにしか見えない。必要に応じて武道やボクシングの技を繰りだしあっている。命が懸かっているのでなければ、感動的ですらあっただろう。

トムがスコーピオンの喉元を素手で強烈に突く。その瞬間、スコーピオンの手の中に突然現れたナイフが、トムの肩の筋肉に突き立てられた。トムがうめき声をあげてひるみ、重心が後ろにかかる。その一瞬の隙をついて、スコーピオンは片手で喉を押さえながら、ドアのほうへと駆けだした。

トムが肩に刺さったナイフを抜き取り、逃げるスコーピオンの背中に向けて思いきり投げつけた。回転しながらターゲットに向かって飛ぶ刃についた血――トムの血――が空中で円を描く。ナイフが戸枠をかすめ、金属音が反響すると同時に、スコーピオンがドアをすり抜ける。彼女の叫び声が聞こえた気がするが、動きを止めることはなく、まわりの森の中にあっという間に消えていった。賢明な選択だろう。スコーピオンのボスは私の目の前で血を流しているし、仲間のほとんども死んだのだから。彼女が逃走したところで驚きはない。アーチャー側に加わったことで、スコーピオンがどれほど不誠実であるかは証明済みだったからだ。

少しのあいだ、トムと私は互いを見つめていた。今ここに存在する本物の愛を、とてつもない大きさの愛をこめて。アーチャーのうめき声は少々邪魔だが、簡単に無視できた。私が味わっているこの素晴らしい感覚は何物にも邪魔をさせない。私はトムのそっけない態度や退屈なたわ言にすら恋していたことを思いだした。美しいと呼ぶべきもの、それはまさしく彼だ。私はトムを愛している。それ以外のことはもう頭に入ってこない。瓦礫も、敵の頭にとどめを刺している仲間が放ついくつかの銃声も、私たちを取り囲んでいる大殺戮も。

何もかもがどうでもよかった。二人だけの世界にいるように。

ただトムの考えは少し異なっていた。トムはアーチャーの脳天に弾をぶちこんだからだ。さらにもう一発。トムは相手を見ることもせずにそうした。巨悪をあちらの世界へぞんざいに送りこんでやる作業だ。理解できる。

私がトムを愛していることはもう彼に伝わっているから、その次に頭に浮かんだことを言ってみた。「血が出ているわよ」

トムが目を細めてこちらを見る。「なんだって？」

私の声はしゃべるというよりもあえぐようだったし、今は誰もが耳鳴りがしているだろうから、聞こえなくてもおかしくはない。「わ、私……あなたが……ああ、なんてこと……」

急に何も聞こえなくなる。私はくずおれた。顔から突っこんだところまでは意識があった。記憶はそこでとぎれた。

10

枕元の機器がうるさい。ゆっくり寝ていたいのに。まったくもう。それになんだかまわりじゅうが白っぽい。シーツも毛布も、壁も、天井も。

いいえ、そうでもない。頭を横に向けると、それまでの無色の世界がカラフルになる。おびただしい数の花。アレンジメントやらブーケやら。ピオニー、アジサイ、ラン、チューリップ、キク、ユリ……なんでもある。なんてすてきなのだろう。胸がいっぱいになる。誰かが私のために大枚をはたいてくれたらしい。本当に、人はときどき驚くほど素晴らしいことをしてくれる。まあ、立ち止まって世界を見まわしてみると、そこがどんなに喜びにあふれた場所かがわかる。めちゃくちゃいいことばかりだ。

「ベティ」トムが抱きしめてきた。顔が青い。「俺がわかるか?」

「わかるわよ。変なことを言わないで。ちゃんと見えてるわよ」

私の理想の人が驚いたようにまばたきをする。「ひどくハイになってるんだな?」

ということは、私はげらげら笑いだすのだろうか。でも誰もそれを責められないはずだ。

トムが疲れた笑みを浮かべる。「モルヒネの点滴を少し減らしてもらおう。だが残念だが、君は背中にひどい打撲を負っていて、肋骨にもひびが入ってる。でもすぐよくなる。背中にあたったのが徹甲弾じゃなかったのは実に幸いだった。ただでさえこんな怪我をしたんだからな。腕の火傷も治療してもらった。ただし傷跡は残ってしまう。すまない」

ようやく私はすべてを理解した。あの別荘。狂気の戦闘。そして私たちが経験したすべてのことを。だけどまだ頭がぼんやりしている。視界がゆがんでいるのだ。なんだかよく見えない。

「トム。私、誰かを殺したの。またたわ。ああ、神様。ほかに選択の余地がなかったのかもしれないけど、でも――」

「気にするな」トムがささやき、私の顔を優しく撫でる。「泣かないでくれ。君はアーチャーを二回撃っただけだ。覚えているか？　やつは邪悪な人間だった。だが実際に仕留めたのは俺だ。眉間に二発ぶちこんだ。だから殺したのは俺で、君じゃない。いいか、俺は悪い人間か？」

「いいえ、あなたは素晴らしいわ。今まで会った中で一番立派な人よ」

「もっと頻繁に君を薬漬けにするべきかもしれないな」

「あの状況を生き延びたなんて信じられない」私は息を吐きだした。どんな薬を体内に入れられているのかはわからないが、こんなちょっとした動きでもひどいしっぺ返しを食らった。「まだ動かないほうがいいみたい」

「そのようだな」トムのまなざしは本当に穏やかだ。歴史上最も美しい碧眼（へきがん）。その瞬間、もう一つ思いだしたことがあった。トムが眉根を寄せる。なぜか耐え忍んでいるような様子が見受けられる。「今度はなんだって泣いているんだ？」

「急に思いだしたの。あなた、さ、さ、刺されたのよね。肩のところを……」

「それならもう何時間も前に縫った。俺は大丈夫だ」トムは泣きじゃくる私の頬を優しく拭いて、再び撫でてくれる。彼の眉間に細いしわが一本できている。「泣くな。いいか、落ち着くんだ。小さなことにまでいちいち怯えていたら体によくない」

「小さなこと？　私たちは大変な戦いをくぐり抜けてきたのよ！」私ははなをすすり、手の甲でぬぐおうとした。だが手には巨大な針が突き刺さっている。まったく。幸いトムが気づき、ティッシュペーパーを渡してくれた。私はそれを受け取ると、淑女のようなつつましい音をたててはなをかんだ。「ありがとう。ほかの人はどう？」

トムの表情が固まる。「ヘリーンは助からなかった」

「なんてこと」

「チャールズがここに来ている。彼が指揮系統を引き継いで、ＦＢＩの連中に対応している」

「スコーピオンの行方は？」

「まだわからない。だが必ず見つけだす」トムが私の顔にかかった髪を払ってくれる。

「ベティ、あれからずっと考えていたんだが」

「何？」

「このごたごたが片付いたら、仕事を辞めようと思っている」

あまりのことに私は言葉を失った。まだ霧がかかったままの頭の中にトムの言葉が鋭く響き、私は無理やり現実に引き戻された。「本当に？　銃とかを持って活躍する

「あのスリルをあきらめるっていうの？　ちょっと待って……辞めるのは私のため？」

「もちろん君のためだ。ほかの誰かのためであるはずがない」

「でも恐ろしく退屈になってしまって、私を恨むんじゃない？」

「それはない」トムが首を振る。「そんなことになるわけがない。君と生きる人生が退屈なはずがないだろう？　それに俺が辞めると決めたとき、君は意識不明だったんだぞ」

「でも私のせいなんでしょ。とんでもなく悪い決断だわ」

「正しい決断だ」

「辞めさせてもらえるの？　あの組織の人たちに？」

「まあ、いろいろあったからな。彼らもある意味、俺たちに負い目を感じているんだ」

「そんな」私は目を閉じた。目が覚めたばかりだが、もう眠くなってきた。とはいっても、トムのことは見ていたい。もう一度目を開ける。「あなたってとってもすてき。でも今、人生を変えるような話をしているのよね。たしかに、あなたが危険にさらされなくなるのはうれしいわ。その一方で……ああ、何を言おうとしていたか忘れちゃったわ。薬の影響もあるし、傷の痛みも強すぎるから、今はまだこれほど真剣な話はできないと思う。間違ったことを言いたくないし。あなたは横になって休まなくていいの？　出血はどのくらいあったの？」

「俺は平気だ。心配しなくていい。だがこれは重大な決断だ。またあとで話しあおう」トムが私の唇に軽く口づける。「愛してる。もう信じてくれるだろう？」

痛い。でも自然に笑みがこぼれる。「ええ、信じてるわ」

「そんなのはふざけてるわ」ジェンが言った。入院二日目。彼女は腕組みをして、ベッドの足元に立っている。

「ごめんね」

親友はさらに疑わしい目で私を見ている。ジェンを責めることはできない。モルヒネの量を減らしてあるので、私は気分がすぐれない。背中の広範囲にわたる打撲傷は青黒くなり、肋骨もひどく痛む。笑顔になれる要素なんてほとんどない。生きていること、トムと心が通じあっていること、愛する人々全員に再会できたこと以外は。それらは私にとって、とても大事なことだ。そんな中では、息をするだけで思わずのけぞるような激痛があることを忘れてしまいがちになる。

「おかしな二人組があなたを救急車に乗せてたわ。私は見ていたのよ」ジェンの声が怒りでこわばっている。「あの人たち、私を救急車のドアから押しだしたんだから。あなたと一緒に行かれないように」

「聞いたわ。連絡できなくて本当にごめんなさい。メールも送れなくて。絶対に許してもらえなかったのよ。それにもし連絡を取ったら、今度はあなたが危険にさらされていただろうし」

「それで？　要するにどんなことなら話せるの？」ジェンががっかりした様子で尋ねる。

「何も言えないのよ。何も話しちゃいけないことになってるの。そう命令されたけど、これだけは言うわ。政府の上層部の人がね、私に何もしゃべってはいけない、そうしないと悪いことが起こるって言ったのよ。訴えられるとか、刑務所に入れられるとか。はっきりとはわからないけど。その女ったら究極に恐ろしい声で話したのよ。こっちはすっかり震えあがったわ」

それは本当だ。チャールズを通して、事情を訊きに来たその女性の無言の圧力は、私を恐怖に陥れた。スコーピオンがまだ野放しになっているという現実の中、トムか仲間の一人がいつも私のそばにいてくれた。だがそのときはトムはほかのことで忙しく、フォックスは〝私の婚約者を守る任務〟についていたため、私はその政府の女性に一人で対応しなければならなかった。正直言って、今度またあの人に会わなければならないのだったら、もう一度銃撃戦に行ったほうがましだと思えた。もしこの女性が、委員会内でのヘリーンの役職を引き継ぐことになるとすれば、彼らにはどうか頑張ってねと言うしかない。

「つまり何も話せないっていうこと以外は話せない、そうしないと私たちみんなに不幸が訪れる。そういうこと？」

「そのとおりよ。私たちはこの話をしなかったし、あとで蒸し返すこともしない。いい？」トムがこの部屋に盗聴器が仕掛けられていないかどうか隅々まで確認したので、誰かに聞かれる心配はない。だがもし盗聴器が発見されていなければ、ジェンと私はそれすら話すことができなかった。「表向きには、私は昏睡（こんすい）状態で間違った名前で入院していたから、誰も私を見つけられなかったということになってるの」

ジェンが鼻を鳴らす。「私が病院という病院を徹底的に探さなかったとでもいうの？　そんな嘘っぱち、信じるわけないじゃない」

「わかってる。だから今、話してるのよ。これさえ話してはいけないことになってるんだから」

「それでもまだ何も話してないけどね」

「ごめんね。でもこれ以上は無理。あの人たちについて、冗談を言ってるわけじゃないのよ。どうかわかって……危ないの。あの人たちのことをもらすわけにはいかない。私に選択肢はないの」

「それで、トムはその一味ということ？」

「いいえ」彼が仕事を辞める件について考えれば考えるほど、いいことだと思えてきた。「トムは信頼できる人よ。でもさっきも言ったとおり、私たちがこれについて話すことは二度とない。それにこのことは彼には何も言わないで」

ジェンは椅子にドスンと腰をおろすと、疲れた目を私に向けた。この埋め合わせとして、相当な量のペディキュアとアイスクリームが必要だろう。「指にはまっているその巨大な石は？　それについて話すつもりはある？」

「私たち、愛しあってるの。結婚するわ。今度こそ本当に」

ジェンが一度まばたきをした。さらに二度、三度。「トムを捨てるって言ったのは芝居だったの？」

「違うわ！　とんでもない。芝居なんてしないってわかってるでしょ？」私も腕組みをした。ただ、そうすると肋骨が痛いし、親友に対して身構えるのも気に入らない。これは厄介なことになった。わざと違うことを言ったり、徹底的に嘘をついたりしても、ジェンが相手ではうまくいくはずがない。私がそうしたくないのもあるが、ジェンとは長いつきあいだから、彼女はすっかり私の心を読めるのだ。組織を秘匿するための作り話をジェンが信じるはずもない。父と母に信じさせるのだって、かなりの演技が必要だったのだ。「本気でトムとは別れようとしていたわ。でもあのあと二人で、さまざまなことについて何度も話しあったの。それに、彼をこってり絞ってやったし。それでやり直すことになったの」

「ますます奇妙じゃない。じゃあ何、今はトムを愛してるの？」

「短い期間にいろいろなことが起こったのよ。でもそうね、もうどうしようもなく愛してる。それが真実よ」

「そしてトムもあなたを愛しているわけ？」

「トムはそうだと言ってるわ。私としては彼を信じている」

「はいはい、わかったわよ」ジェンが言う。

「信じてくれるの？」

ジェンが肩をすくめる。「ほかにどうしようもないでしょ？　はっきり言って、ちっともわけがわからない。でも、いいわ。だってあなたが生きていてくれたんだし。幸せそうだし、ばらばらに吹き飛ばされたりしなかったんだもの。ほぼ無事でいてくれた。婚約状態に戻ることに関していえば、花嫁付添人（ブライズメイド）のドレスを自分で選べるなら、それ以上私が望むことはないわ。どっちにしろ、私はトムのことを最初から気に入っていたんだし。ただ、ちょっとおとなしいけどね。だけどまあ、すべてを兼ね備えた人はなかなかいるわけじゃないもの」

「トムは思っていたより、おとなしくもないし、退屈でもなかったのよ。そこのところは私たち、ちょっとだけ間違ってたみたい」

「でもそれについても、あれでしょ？」ジェンが眉をあげる。「話せないんでしょ」

私は引きつった笑みを浮かべた。「そのとおり」

トムがそっとドアをノックしてから入ってきた。「時間だ。今からお客さんが来る」

「誰？」

トムがかすかに口元をゆがめる。「ベアがまた花を持ってくるそうだ。君の機嫌を取るために」

「あなたをいらいらさせたくてそうしているのに気づいてる？」

私の婚約者は何も言わない。

「ベティを何に巻きこんだのよ？」ジェンが尋ねる。またしても厳しい声だ。「何も話せないとか、そういうことは聞きたくないから。政府の秘密組織とかいった逃げ口上はもう全部聞いたわ。でも心配はいらない。私は誰にも言わないから」

「ちょっと」ほんの少しパニックを起こしながら私は言った。「トムには何も言わないでって言ったじゃない」

「言ってないわよ」

「ジェン」私はため息をつく。

ジェンはトムににらみをきかすのに忙しく、私の話など聞いていない。彼女はまだ言い足りないらしく、トムを指さして責めるように続けた。「これだけは言っておくわよ、トム。ベティを大切にしなかったら、ただじゃおかないから。私に新しい親友を見つける社交性はないんだからね。もちろん時間もエネルギーもない。だから爆発に巻きこまれたり撃たれたり、そういうことは二度となしよ。それが条件。わかった?」

トムはまばたきさえしなかった。「わかった」

「それならいいわ」

この親友ときたら……もうお手あげだ。

トムの隠れ家のうち、どの家に引っ越すかについて、最終的な決定権は私にはなかった。家に備わった安全機能の違いが決め手になったからだ。だがヴェニスビーチに位置するコンクリート製のしゃれていてモダンな箱型の建物に、文句などあるはずもなかった。

「塀も高いし、庭も屋内もセンサーとカメラで厳重に監視されている」ガレージを抜け、間仕切りのないキッチンとリビングルームに私を連れて入りながらトムが言う。「玄関のドアは鋼鉄製で、壁も厚くて頑丈だ。爆発が起こっても壊れることはない。セキュリティシステムは最高のものを使用してる。使い方はあとで教えるから」

まだゆっくりとしか体を動かせない私は、足を引きずりながら注意深く歩いた。肋骨が治るまでにはおよそ六週間かかるらしい。その頃には背中の打撲も消え、腕の火傷も完治しているだろう。

「すてきな家具ね。淡い色の木の感じや、むきだしの梁(はり)も気に入ったわ。キッチンはシェフが失神しそうなぐらい完璧ね」

「食品保管庫の後ろに緊急避難室があるんだ。そこに武器の主要保管庫も設置してある」

「インテリアデザイナーはとってもいい仕事をしたわよね」私は大げさにしゃべり立てた。「ちょっと自分らしくしたいとか言ってるわけじゃないんだけど、クッションとかラグとかをいくつか入れると、差し色になっていいんじゃないの？」

「窓はポリカーボネート製で防弾だ」

「わあ、トム、ここには暖炉もテラスもあるのね！　住むのが楽しみだわ。イーサンも招待しなくっちゃ。あなたもきっと楽しめるわよ、ね？」

トムがうなるような声をあげる。

「二階にはベッドルームが三つあるって言ったわよね？」

「そうだ。各部屋に銃の保管庫がある。非常ボタンもだ」

「そうなの？　じゃあ、手榴弾は？」

「閃光手榴弾なら食品保管庫の後ろにある。だが、ほかのものはガレージの床下保管庫だ。そこにはクレイモア地雷や、携帯型の地対空ミサイルも一つか二つ入ってる」

トムはぺらぺらとしゃべりつづける。

私は意味ありげな表情でトムを見つめた。

「なんだ？」トムがかすかに首を傾ける。「武器を全部、緊急避難室に入れたいのか？」

「もう一回だけチャンスをあげる」

「手榴弾はいらない？」

「あのね、私が言いたいのは、ちょっと落ち着いてほしいってこと。自分が仕事を辞めたことを忘れたの？」

「忘れていない。だが君を愛してるんだ。君は俺にできた初めての本物の家族だ。君を守ることをおろそかにはできない。それが今の俺の仕事だ」トムが私のウエストに腕をまわし、身を寄せてくる。鼻先が私の鼻先にくっつきそうだ。「もちろん、君が息苦しいとか自由がないとか感じない程度に。今すぐには思いだせないが、何か大事な理由で、そういうのがよくないってことはちゃんと理解している。君に説教を食らったからな」

「うーん。まだ点数はあげられない」

「そうか？　舌を使えばすぐだ。それならいつでも点数がもらえる」

「トムったら……」

「君が仕事に復帰するときが来たら、君につき添う。楽しみだろう？　君だけのボディガードだ」

今日は意味ありげな表情を何度も使わなければならない。

「まだ全然だめ？　本当に？」

「私もあなたを愛してる。あなたに夢中（クレイジー）よ。でもあなたには頭がどうかした（クレイジー）状態になってほしくないの」私はトムに優しくほほえむ。「私をつけまわす以外の趣味を持ってもらわないと。銃弾から逃げてばかりいなくてもよくなるんだから、これはあなたにとって人生の大きな転機だわ。でも前も話したとおり、あなたがあまりにも私に愛情や注目を注いでいたら、私は息が詰まって、二人の関係がいろいろな意味でおかしくなってしまうんじゃない？」

「そうかな」トムが言う。「絶対にそうなるとは限らないだろう」

「例えば今、いくつの装置を使って私を追跡しているの？　正直に言って」

トムが表情を曇らせる。

「一つか二つ。多くても三つ。まいった、四つだ。だが俺はもう少しで君を失ってしまうところだったんだぞ。この世界は危険なんだ。少しぐらいの予防策を講じるのは常識だ」

「二つまでならいいわ。それ以上はだめ」

「ありがとう。感謝するよ」トムが首をかしげる。「ちょっと待て。その中に君の携帯電話の位置を追跡するのは入るのか？　今どきスタンダードな監視方法だろう？」

私は天を仰いだ。「あきれた」

「つまり、だめってことかい？」

「私を信頼していないとか、支配したいとかなら冗談じゃないけど、そうじゃないとわかってるから、我慢するわ。安心して」こと危険に関していえば、私も最近はそれほど無知ではない。だからといって、完全に保護された人生を送りたいとも思わない。

ものごとのバランスは難しい。「ある程度だけよ。でも、やりすぎはだめだから。いい？　スコーピオンについて新たな情報は？」

トムが舌先で頬の内側を押す。鋼鉄の男が珍しくいらいらする仕草を見せている。

「クロウがカナダまで追ったが、そこで足取りが消えた。今頃は世界の反対側で仕事を探したり、チームを再編成したりしているんだろう」

「そうかもしれないわね」

「いつか見つけてやる。一生逃げつづけることなんてできやしない」

「本当に仕事を辞めてもよかったと思っているの？　もちろん、あなたには無事でいてもらいたいけど。でもあなたには幸せでいてほしいの。工作員としての生活しか知らないわけでしょ」

「俺は本気だ」

私は眉をひそめる。「なんだか、急いで決めたみたいに思えるから」

「聞いてくれ」トムが私の唇に優しく口づけてほほえむ。「二度と俺の仕事のせいで、君に怖い思いをさせたり、怪我をさせたりしたくないんだ。どんな形だろうと、それだけは二度とあってはならない。ヘリーンの別荘で、君が重傷を負ったか、もしくは死んだかと思ったときがあった。あのとき俺は本気で心臓が止まりそうだったよ」

「わかるわ。本当よ。あなたが危険にさらされていると考えるだけで、私も憂鬱になるもの」

「じゃあ、二人にとってこれが正しい選択ということで決まりだ」

私は躊躇した。自信が持てない。「そうかもね」

「そうなんだよ」トムがもう一度優しく口づける。「俺は君を選んだ。それについてはなんの迷いもない」

「わかったわ」私はあらゆる不安を頭から追いだそうとした。「じゃあ、今度は戦闘の計画を立てるんじゃなくて、結婚式の計画を立てるっていうのはどう？」

するとトムの美しい青い目に何かが浮かんだ。はっきりとはわからないものの、何かが。でも浮かんだのは一瞬で、次の瞬間には消えていた。被害妄想だったのだろうか。単なる被害妄想ではないような気がしてならない。けれどもトムがゆっくりとほほえみを浮かべると、私はそのことをすっかり忘れてしまった。「君の言うことならなんでも聞くよ、エリザベス。結婚式か」

「彼、どうしてる？」私は尋ねた。もう百回ぐらい口紅を塗り直している。塗り直さなければならないわけではない。緊張で鼓動がはねあがっている。もうばかばかしいくらいに。まあ、それもそのはずだ。今日、私は結婚するのだから。

こぢんまりとしたお祝いにしようと私は言ったはずだった。シンプルで、大げさでないもの。ただそうならなかっただけだ。手始めにトムは、私にも父や母にも費用をいっさい払わせなかった。周囲の人たちには、自分は遺産を受け継ぎ、その運用益で生活していると言ってある。彼が急に金持ちになったことについて、一番もっともらしい言い訳がそれだった。

もちろん私はまだ働いていたから費用を負担するつもりだったし、それができる立場にいた。でもトムは首を縦に振らなかった。私を甘やかしたかったらしい。私に一年以上も嘘をついていたことや、私が銃で撃たれたことなどに対して、なんとか埋め合わせをしようとしていたのではないかと思う。なぜなら今日のこの結婚式のことで私が少しでも何かを我慢すると言おうものなら、トムは熱心に、無理にでも、かなりのお金をかけるよう押しきったのだから。それがうまくいってしまったことを私は恥じている。

私が思い描いていたひっそりとした落ち着いた結婚式は、結果的にお騒がせセレブのカーダシアン家が自宅で開くガーデンウエディング大パーティのようになってしまった。嘘ではない。

悪天候に備え、しゃれた白いテントがテラスに設置されている。その内側には、船一杯分ぐらいの花とキャンドルが天井から吊りさげられていた。全員に食事と飲み物を提供するために、シェフを始め、さまざまなキッチンスタッフやバーテンダー、給仕係もこの場に来ていた。弦楽四重奏団が音楽を奏でている。

チョコレートファウンテンを用意したのもいい考えだった。なぜなら、そうしない理由がないからだ。そしてそれぞれ味が違うスポンジを七段重ねたケーキ（これは私がケーキ好きだからという以外に特段の言い訳はない）もある。

正直、今日の大げさな部分は私のせいではないと思う。この狂気の沙汰は、ウエディングプランナーがシャンパンとケーキのサンプルを、何回も私に運んできたからだ。完全なウエディング無法地帯。こんなめちゃくちゃなことが許されるわけがない。私たちが夫婦の宣言をするときには、バラの花びらが大砲から発射されることにすらなっている。

トムが式のあいだに何かを爆発させたかっただけなのだと思う。彼が幸せになるなら、なんだっていい。

「あの人、ターミネーターみたいな顔になっているわよ」ジェンが窓からのぞきこむ。

「完全に無表情ってこと？」

「そう」

「困ったわ……」

「ある意味、怖いくらいよ。なんだか猟奇殺人者（サイコキラー）みたいというか。あんなふうにうつろな顔をしたトムは、あんまり見たことがないから」ジェンが身につけたバイアスカットの黒のシルクドレスを撫でつけ、ヒップまわりのしわを伸ばす。二人で決めたとおり、このドレスはジェンが選んだ。とてもすてきなドレスだ。「もうすぐあなたの夫になる人がサイコキラーだって言っているわけじゃないわよ」

「何よ、そう言っているのかと思ったわ」

「そんなことない」

「見解の相違ね」私は頭を振った。「トムは緊張しているだけだと思う」

「もちろんそうでしょうよ。ほかの人はみんな、ゆったりと楽しく過ごしている様子だわ」ジェンが続ける。「あの金髪の大男は、トムに後ろからちょっかいを出してばかりだけどね。まるで猫が毛糸玉にじゃれついてるみたいに挑発してる。あれって、落ち着かせるための男同士の作法なの？」

「知らない。でもそれって、とってもベアらしい振る舞いだわ。たぶんトムの邪魔をして怒らせるのを楽しんでるのね。トムに対する好意をベアなりに示しているのよ」

ジェンがグラスのワインを口にする。「その名前、いいわね。ベア。彼って本当に熊みたいに見えるもの。彼の両親もかなり意地が悪いけど、ぴったりな名前をつけたものね」

「うーん」私はジェンに対し、精いっぱい偽物のほほえみを浮かべる。「そうね」

「彼、体が大きいじゃない。頭もかなり大きい。もしかして難産だったかもね」

「そうかもね」

「それからベアの隣に立っているあのハンサムで上品な感じの、褐色の肌の人は誰？」

「どの人？」私は窓の近くに移動する。「ああ、あれは、クロ……クリスよ。ええ、そう、クリス。あの人もトムの古くからの友達なの」あまりに多くの人が動物の名前だったら、ジェンもきっと疑いを持つだろう。彼女もほんの少し知ってはいるが、これ以上興味を持たれないように気をつけなければならない。そうしないと組織が勘づいてしまう。そうなると危険だ。

「彼、スーパーモデルみたいにすてきね」

「本当にそうよね」

「あら、彼ったら恋人と一緒みたい」

「ああ、あれはフィオーナよ。あの人もトムの昔の職場の友達なの」クロウとフォックスに名前が変更になったことを忘れずに伝えなければ。たぶん彼らにとってはよくある話だろう。

トムに何度も教わったが、嘘をつく技術はまだ彼のようなわけにはいかない。私たちみんなにとって幸運なことに、ジェンはトムや彼の仲間の風変わりなところを無視してくれていた。病院で顔を合わせて以来、〝仲間たち〟に会うのは今日が初めてだ。動物園の残りのメンバーはきっと任務に忙しいのだろう。もしくは金曜日のフットボールの試合や、日曜日のバーベキューに気軽に参加するタイプの人たちではないのかもしれない。もしそうなら悲しいことだ。トムは自分が想像していた以上に、仲間たちに会えないことを寂しく感じていると思う。もちろんそんなことをトムが認めるはずもないけれど。なぜならたぶんそれは、筋金入りの工作員の世界では弱さの証拠だからだ。トムには私がいるし、もう一生私しか必要ではないと言い張るに違いない。

最近のトムは……忙しくしている。一つの部屋を占拠して、木彫りをしているのだ。別に文句はない。彼はナイフを使って何かをするのが好きなのだから。私の知り合いはみんな、この四カ月のあいだに木彫りのリスやハチドリを少なくとも一つはプレゼントされていた。

トムに限ってそんなことはないのだろうが、仕事を辞めてからというもの、彼は少しずつどうかしてきている気がしてならない。本人は完全に否定しているけれど。だがそれについては今のところ、どうすればいいのかわからない。いろいろな記事を読むと、退職したばかりの人が仕事をしない生活に落ち着くようになるまでには一年から二年はかかると書いてある。

トムには別の新しい仕事が必要なのかもしれない。例えばパートタイムでできるような。とにかく少なくとも私と、訓練と、動物の木彫りと、もちろん山のような武器と隠れ家のメンテナンスと掃除以外に、何か興味の持てることを見つけるべきだ。念のために。仕事を辞めていてもいなくても、十か二十の緊急脱出計画しか考えていないなんてトムではない。

私たちは今でも週に二回、射撃練習場に通っている。私は早撃ちだってできるようになってきた。それに職場など、家以外の場所にいるときは、トムが心配しないように定期的に電話をかけたりメールを送ったりして無事を知らせている。

私たちは家庭の喜びを堪能していていいはずだった。でも何かが変だ。なんだろう。心配だ。私はトムを愛しているし、彼の幸せを願っている。だが穏やかな生活がトムにとって幸せなのかどうか、それがわからない。まさかまた今になって例のあのくだらない不安が醜い頭をもたげてきたのだろうか。私が彼にふさわしいのかどうかという不安だ。

もういやだ。トムが私を愛していることはわかっている。よりによって今日、そのくだらない考えに取りつかれるなんて。

「ロゼをもっと飲む？」ジェンが尋ねる。

「ええ。やっぱりボトルごともらっていい？」

「そうこなくっちゃ！」ジェンが笑いながらワインをよこす。「さあ、バージンロードではスキップをするの？　それともルンバを踊る？」

「ルンバのステップなんて知らないわ。でも、やってみようかな」私はワインを脇に抱えると、携帯電話を取りだし、短いメールを送った。「すぐに戻るわ」

「なんですって？　どこへ行くの？」

「大事なことを思いだしたの。すぐ終わるわ。心配しなくていいわよ」私はベッドルームのドアからそっと抜けだすと、廊下の向かい側にある、書斎とかアジトとか呼ばれる小さな部屋に入った。トムが自分の創作物を保管している部屋だ。鷲（わし）やコヨーテなどでいっぱいのテーブルにワインボトルを置く。彼が最近興味を持っている動物はこういったものだ。たくさんの木製のつぶらな瞳が私を見ている。少なくとも剥製（はくせい）を作るとか、そういう血生臭い変な趣味でなくてよかった。それはちょっと気味が悪すぎる。


　トムが部屋にそっと入ってきて、後ろ手にドアを閉める。とてもうれしそうな顔をしている。「ああ、君は言葉にならないくらいきれいだ。夢を見ているみたいだよ。それにそのセクシーなドレス。君は無敵だ」

「ありがとう」二時間かけてヘアとメイクを頑張ったかいがある。私はストラップレスのドレスの長いスカートをさっと翻した。「ポケットがあるのよ」

「そうか。何が入っているんだ?」

「知らないほうがいいわ」私はトムをからかう。「あなたのスーツ姿もすてきよ」

その言い方はかなり控えめだ。本当はよだれが出そうなくらいすてき。かつてのきっちりと撫でつけたヘアスタイル、熱意のない態度、そしてすぼめた肩はもうどこにもない。トムは強くて男らしい、本来の彼らしい姿でそこに立っている。私は目を離すことができなかった。鼓動が二倍速になっているのは間違いない。

「何をすればいいんだ、ベティ?」トムが私に近づきながら訊く。「大丈夫か? 何かあったのか?」

「ドアの鍵を閉めて。お願い」

トムが言われたとおりにする。

「その……私の情報源から報告があったの。ゲストを前にして、あなたが緊張しているみたいだって」

「情報源だって? 俺は平気だ」トムが息を吐く。「正直言って、平気どころか、最高だよ。心から愛する人ともうすぐ結婚する。君が心配するようなことは何もない」

私はトムの次の言葉を待った。

トムがうなる。「出入りする人たちを全部監視できないから、たぶん少しばかり神経質になってるんだ。だがそれは大丈夫だ。受け入れるよ」

「私が言ったあとに繰り返して。これは私たちの結婚式。ここは危険な場所じゃない」

「わかっているって」トムが私のむきだしの肩に手を置く。彼の指は温かく、少々ごつごつしている。「大丈夫だから。本当に」

「本当のことを言いなさい。動物園に見張りをさせているんでしょ？」

トムがまさかという顔をする。「いや」

「見張らせてるわ。ごまかそうとしても無駄よ」

「周囲を監視するのがあいつらの習慣になっているだけだ。俺は何も言ってない。誓うよ」

「そんなことをする必要はなかったのに」

私はトムのスーツの襟と糊（のり）のきいた白いシャツに指を滑らせた。

「今日はあなたの友達があなたのために来てくれてうれしいわ。それから私が安全について真剣に考えていないと思っているみたいだけど、ちゃんと考えてるわよ。二人一緒に健康で長生きしたいの。だから彼らが見守ってくれるのはいいことだと思うわ。私も安心できるもの。でも、これからはあなたもリラックスして楽しんでほしいの。これは命令よ」

「わかったよ」

私は手を下へと移動させた。トムのベルトのバックル、そして黒いスラックスの前開きの部分へ。トムが笑顔を見せる。ファスナーをおろし、指を滑りこませる。

「こんなことをしてる時間があるのか?」

「大事なことなのよ。このために時間を作るわ。結婚式前のオーラルセックスは昔からの伝統なの。聞いたことない?」

「ああ、いや、そう言われるとたしかに、喜んでその栄誉にあずからなければならない重要な慣習のように思えるな」トムが言う。私の手の中で彼のものがこわばりはじめた。

「だって、よく考えてみて。結婚式の夜は、私の頭に刺さっているヘアピンを二人で一生懸命外したら、あとは疲労困憊(こんぱい)して意識を失ってしまうだけなのよ」

「この伝統はいろいろな気遣いに基づくものなんだな。仰せのとおりにするよ」
「わかってくれた？　じゃあ、少し脚を開いて」
ベルベットのようになめらかな熱い体。彼自身の香りとコロンの香り。私の気分も高まっていく。

注意深く、そっとドレスのスカートを持ちあげて膝をつく。トムの下腹部に片手を添えながら、待ち構えている唇へと導いた。トムがいくつもの罵り言葉を口走る。そのいくつかは外国語だ。

唇をすぼめて彼を包みこみ、出し入れを繰り返す。その途中でときどき止めて、トムが好む程度に吸いあげる。そのあいだもう一方の手は下着の中にある二つの丸い部分をもてあそぶ。私は口に含んだものを、吸ったり舌を這わせたり、喉の奥に入れたりして愛した。二人はすべてうまくいっているとトムに伝えたかった。やがて塩気のある液体に舌を刺激された。ああ、神様。彼に歓んでもらえるのは私の歓びでもある。私自身も潤って、準備が整ってきた。でも今回はトムのためだ。

けれどもトムのこわばりが完全に高まり、静脈が浮きでてきたとき、彼が私を止めた。

「君も一緒に」トムは息を吸いこむと、私の腕をつかんで立ちあがらせた。「上になってくれ。そのほうがドレスの形が崩れないだろう」

「あなたのスーツは？」

「そんなのはどうとでもなる」トムはすばやくジャケットを脱ぎ去ると、椅子の背もたれにかけ、私の足元に横になった。彼の額にはうっすらと汗がにじんでいる。「さあ」

ドレスはこうするのに適したデザインではないけれど、知ったことではない。私は上になって体を沈めた。ドレスのスカート丈が床まで届く長さでラッキーだった。今から膝がカーペットにこすれてできるすり傷を、誰にも気づかれないですむ。

思わず小さな吐息をもらす。「ああ、最高」

「動いてくれ」トムが指示する。

「急がなくちゃ。下にたくさんの人を待たせているから……」

トムが笑う。「上にいるのは君だぞ。何をしてるんだ？」

私は彼の胸板に手をついて動きながら、正しいリズムを探る。ときどき、こすりあわせるように腰を回転させる。すべてがいい感じだ。トムが私を押し広げていく感じも。私の中にあるこわばったものの感覚も。何もかもが完璧だ。トムを愛しすぎていて、胸が苦しくなるほどだ。私の複雑なまとめ髪が、このあとも崩れていなければ、ヘアスタイリストにはさらなる敬意を払おうと思う。だってこれから私は、全力でトムを乗りこなそうとするのだから。

私の呼吸と同様、彼の呼吸も激しく短くなってきた。

「いい子だ」

「そう?」

「とてもいい。いつものように」

ドレスのスカートの中でトムが私の腿をつかむと、無言のまま私の体を前かがみにさせる。私はトムの欲望の証をさらに激しく、さらに速く刺激する。トムも鋭く動き、私の奥深くまで貫いている。ぬくもりが広がって大きくなり、しだいに最高の快感を伴って燃えあがっていく。呼吸がますます激しくなる。心臓は爆発寸前だ。そしてついに到達した。圧倒的なクライマックスが全身を駆けめぐり、私をのみこんでいく。

私の内奥は彼を包みこみ、いつまでも放そうとしなかった。

「ベイビー」トムが私を見あげながらあえぐように言う。彼も激しいクライマックスを迎えていた。

私はぎりぎりのところで理性を取り戻し、トムのシャツに私のメイクがべったりつくのを阻止した。助かった。単なる事故だと言っても、誰も信じてくれないだろう。ジェンもそろそろ怪しんでいる頃だ。式の前に婚約者と愛を交わすのが違法というわけではないが、それでも花婿が式の前に花嫁を見てはならないというジンクスはかなぐり捨ててしまった。まあ、しかたがない。

トムが満面にまばゆい笑みを浮かべている。「心から愛してる」

「ほらね」私は深く息を吸い、心を落ち着けようとした。「リラックスして、満足した？」

「完璧だ」

「前から言っているでしょ。私が一番よくわかっているんだから。いつになったら信じてくれるの？」

「もう信じてるよ」

「じゃあ、そろそろね」

「また君は俺に良識を叩きこんでくれたね」

「まさか」私はにっこりする。「あなたはもともと良識ある人だわ。頭もいいし。私と結婚するんだものね」

「キスをしてくれ」頭を起こしながら、トムが求めてくる。

私は言われたとおりにした。これは義務であり、喜びでもある。生きている限り、できるならその先もずっと続けるつもりだ。「メイクを直さなきゃ。そのあと下で会うっていうのはどう？」

「オーケー」

11

これから始まる結婚式。それについての私の考えは次のようなものだ。まずは、自分のパーティに来てくれたゲストを出迎えもせずに登場するというのは実に奇妙だ。それにゲストは全員がこちらを見つめ、にこにこしている。まるで私が何か素晴らしいこと、例えば世界を救ったとか、大いに注目に値することをしたみたいだ。実際、私がしたことといえば、ドレスと靴に莫大（ばくだい）なお金をかけたくらい。普通なら、二度と着る機会のないものにこんなふうに散財するのは非難されるべき行為だと思う。だけど花嫁ならすべて許されてしまう。

でも、そんなことはどうだっていい。今はトムの愛に満ちた瞳と輝くほほえみを目のあたりにしているのだから。私が披露した口の妙技とカウガール並みの乗りこなしによって、トムはすっかりリラックスしている。彼もようやく楽しめるようになった様子だ。私たちの結婚生活は幸先のいい滑りだしを見せているとしか思えない。

集まった人たちの中で、フォックスは気取ったように、そしてベアは口を開けて笑っている。クロウはにっこりと、私の家族や友達もみんなうれしそうだ。なんていい日なのだろう。私はトムを見てばかりいた。だって彼は私のすべてだから。バージンロードが終わりに差しかかる。トムが手を伸ばし、その大きな温かい手で優しく私の手を握る。やっとここまで来た。本当に結婚するのだ。

「大丈夫か？」私のほうに体を傾けながらトムが尋ねる。

私はうなずいた。「ええ」

「やっぱりやめようとか思っていないか？」

「まさか」

私たち二人は女性の結婚執行人の前に立った。彼女は小ぎれいなスーツに身を包み、静かに背筋を伸ばして立っている。彼女が口を開いて話しはじめる――そのときだ。

恐ろしい、しかし聞き慣れた銃声が響き渡った。

人々は叫び声をあげ、散り散りに逃げまわったり、その場でうずくまったりしている。

テラスの向こう側にウエイトレスが立っている。大勢のゲストのその向こうだ。その後ろは私たちの家。女の手に握られた拳銃はまっすぐこちらに向けられている。距離があってよく見えないが、焦げ茶色の髪で、うぬぼれの強そうな顔。どこかで絶対に見た覚えがある。

「スコーピオン！」ジャケットの内側に手をやりながらベアが叫ぶ。

女の銃がベアに向けられた。ベアの撃った弾が地面に命中し、その直後にスコーピオンが連射する。ベアの無事を確認している時間はない。何をしている時間もない。すさまじい轟音だ。またたく間のようでもあり、スローモーションのようでもあった。銃撃戦がどういうものだったか忘れていた。だが私のドレスのポケットには粋な配慮があった。それは口紅やティッシュペーパーなど女性の必需品を入れるためではない。安全について真剣に考えているとトムに言ったとき、私は本気だった。トムと私、二人の安全だ。

スコーピオンが再び私に向き直り、すばやく次の弾を放つ。それは私の至近距離をかすめていった。危ないところだったが、外れは外れだ。

ほかの人がスコーピオンへの攻撃を始めた。スコーピオンがすぐそばのバーカウンターの陰に隠れる。轟音のせいで耳鳴りがする。人々は急いで家の中に逃げこもうとしている。この蛮行と大混乱から身を守るためだ。

私たちの美しい結婚式でよくもこんなことを。

人々が逃げたり、しゃがみこんだりしていたので、私とターゲットのあいだにはなんの障害もなくなった。私は銃を取りだすと、手を固定して狙いを定めた。練習のおかげで上手になっている。この小さな拳銃は射撃練習場でよく使っているものだ。私の握り方もいい。

そのあいだスコーピオンはクロウとフォックスに気を取られ、私を見てはいなかった。スコーピオンにとって私は脅威ではないらしい。今のところは。彼女がバーカウンターの上から身を乗りだして反撃しようとした瞬間、私は発射した。

赤いものがスコーピオンの背後にあるガラスのドアに飛び散る。同時に彼女の体が後ろにひっくり返った。フォックスが私を見てうなずく。クロウが注意深くスコーピオンに近寄って確認する。スコーピオンは死んでいた。よほど運がよくなければ、頭に弾を受けて生きてはいられない。

「オーケー、とっさのことだったから」私は肩の力を抜き、銃をおろした。「トム？」

トムが私のすぐ足元のテラスの上に倒れている。

私は心臓が一瞬止まった。誓ってもいい。でもそのとき彼がまばたきをした。

ああ、よかった、まだ生きている。「トム!」私はあえぎ声で言った。

「救急車だ!」誰かが叫ぶ。

トムの脇に膝をつき、彼のジャケットをそっとめくった。上質なコットンのシャツにおびただしい血がしみこんでいる。だが心臓や肺の近くではない。少し下の部分を横から撃たれたようだ。傷をもっとよく見るため、私はトムのシャツをたくしあげた。

弾は背中から斜めに入り、肋骨のすぐ下へ抜けていた。私は自分のひどく大げさでたっぷりとしたスカートをつかむと、弾が貫通した部分を両側から押さえた。出血を少しでも止めなければ。血が白いコットンからしみでて、恐ろしい勢いで広がっていく。血しか見えないし、血のにおいしかしない。恐ろしい。

トムの顔は青白く、目は怒りに燃えている。「やあ、大丈夫か?」

「ええ。あなたもね」

「そうか? まるで撃たれたようにひどく痛むんだが」

「こんなときにどうして冗談なんか言ってられるの?」喉が締めつけられる。でも泣いたりしない。

「まだ生きてるんだし、冗談ぐらい言っていいだろう？」

「スコーピオンは死んだ」フォックスが銃を持ったまますぐ近くに来た。「一人だったみたい」

「民間人は撃たれなかった。だけどベティ、ドレスが血だらけだ」クロウが言う。

「君は本当に怪我をしていないのか？」

私はうなずく。「トムの血よ。私のじゃない。救急車は？」

「こっちに向かってる」ベアが言う。「あの女に気づかなくて、すまない」

「おまえのせいじゃない。大がかりな監視や警備を置いて、ゲストを怯えさせたくないと言ったのは俺だ」トムが痛みに顔をしかめる。「まいったな」

「見事な射撃だったよ、ベティ」フォックスが言う。少なくとも、動物園の誰もトムの怪我を見て特別驚いたり警戒したりしていない。いい兆候だ。「一瞬、スコーピオンはあんたをとらえていた。あと一秒遅かったら、あんたも婚約者と一緒に地面に転がって、大げさに血を流してたかもね。そうなったら、どんな結婚式になったことやら」

「あの女は君のことも狙っていたのか？」トムが歯を食いしばりながら私に尋ねる。

「狙われているのは俺だけだと思っていた」

「どっちでもいいじゃない。私は撃たれなかったんだから」私は言った。「終わったのよ」

だがトムは不満そうだ。

「あんたたちのどっちのことも嫌いだったんでしょ。こんな自殺行為をするくらいだから」フォックスは手に銃を持ったまま、人々の監視を続けている。「スコーピオンはあたしたちがいることを知っていたはず」

「ああ。だが自分はいずれにせよ死ぬと思っていたんだろう。潜伏先が判明して、俺たちがヘリーンの仇を討つのも時間の問題だったからな。あの女に失うものは何もなかったはずだ」ベアが言う。「フォックス、ここを任せてもいいか？」

「わかった」

「よし、俺は周辺を調べてくる。ベティ、怪我した箇所をきつく圧迫してろよ。それからあんまり心配するな。痛そうに見えるが、こいつは大丈夫だ」私の答えを聞かずに、ベアは大股で行ってしまった。

しばらくのあいだ、誰も何も言わなかった。トムは血を流しながらその場に横たわっていた。眉根がきつく寄せられている。そのあいだ私はなんとかして呼吸を落ち着かせ、心臓発作を起こしそうなくらい危険な速さで打っている鼓動をもとに戻そうとした。

「これが一般人に戻ることとの問題ね」フォックスが言う。「普通の生活をしていても死ぬ危険はあるんだと思ったり、昔の敵はみんな自分のことなんか忘れてるって考えたり」

「そんなのは聞きたくないわ」私は厳しい声を出した。

「フォックスの言うとおりだ。こんなことは起こってはならなかった」トムが言う。「スコーピオン以外にも、俺に恨みを持っているやつらはいる。俺がここにいるのは、君の背中に的を貼りつけるようなものだ。すまない」

「謝らないで。あなたが悪いんじゃないわ」

「君はまた人を殺さなければならなかった。俺のせいで」

「ええ、でも彼女は殺されるべきだったのよ」

それを聞いて、トムがほほえむ。もしくはただ痛みに顔をゆがめただけかもしれない。「それに異論はないが」

私はほほえみ返そうとしたが、うまくいかなかった。手の震えが止まらない。それでも言われたとおり、圧迫を続けた。出血は少し治まってきたようだ。少なくとも、そう願っている。「とにかくスコーピオンが死んで、この件は終わったのよ。また今までどおりに生活していけるわ」

トムの顔がますます青白くなる。ぞっとするぐらい白い。トムは何も言わなかったが、やがてささやくような声を出した。「愛してる」

「救急車はどこよ！」私は叫んだ。

近くでクロウがゲストに向かって大声で何か言っている。もう大丈夫、さがってください、救急隊が来るので道を空けてくださいといったことを。ジェンは私を心配そうに見つめながら、言われたとおりにしている。

「きっと何もかも大丈夫よ」私は言った。でも誰もそれに答えなかった。

病院のコーヒーは最悪だと思う。それは事実だ。トムが手術室から出てくるのを待っているのも最悪だ。私はまだ血で染まったウエディングドレス姿のまま、待合室に座っていた。壁の時計を見ると、もう何時間も経っている。しばらく前に、ジェンとクロウが私たちのために食べるものを買いに行ってくれた。でも私は空腹を感じていない。父と母は両側に座って私を支えようとしてくれていたが、両親に何かを話せるわけではなかった。フォックスはすでに二人を脇に呼んで、政府の秘密任務であるという話を伝えていた。今のところ両親はその話を信じているらしく、結婚式の襲撃犯の正体に関して何一つ質問してこない。

私はトムと一緒に救急車で病院に到着した。だが救急治療室に着いたとき、スタッフがトムだけを手術室に連れ去った。私が何を言っても聞いてもらえなかった。トムと一緒にいることは許されなかった。それ以降、ずっと待っている。医師も看護師も私に何も言ってこない。ベアとフォックスはいつの間にか消えていた。何をしているのかは誰にもわからない。とはいえ、彼らを責めることはできない。ここに座っていたところで、何かできるわけではないのだから。

警察が来て私の証言を聞こうとしたときには、クロウと灰色の洗練されたスーツの女性が対応した。同様に自宅にも誰かが来て、警察関係の面倒な問題の対処にあたっているのだろう。どうやら組織は難しい状況に対応するのに慣れているようだ。何しろ病院に来た刑事は、私に質問する機会さえ与えられなかったのだから。ジェンもこれがあたり前だという顔をしている。でも父と母はあまり納得していないようだ。結婚式で誰かが銃を発射して花婿が撃たれるような事態になったら、普通は警察の徹底的な捜査が行われることを期待するだろう。出席者全員から証言を取るとかそういうふうに。まあ、しかたがない。両親になんと言えばいいかは、トムがあとで考えてくれるだろう。そういうことは得意だから。

「トムはきっと大丈夫よ」母が私の手を握りしめながら言う。

私の爪のあいだにはまだ血がついている。トムの血だ。指がしわしわになるほど洗ったというのに、まだ落ちていない。今は乾いて濃い赤茶色の不気味なしみとなり、ソフトピンクのフレンチネイルから透けて見えている。人生で最高に幸せな日がこんなことになるなんて。

誤解しないでほしいのだけれど、私たちが法的にはまだ夫婦になっていないことや、パーティが中断してしまったことを気にしているわけではない。花びらの大砲を使えなかったことや、ケーキが食べられなかったことなどまったくどうでもいい。ただトムに会いたい。彼が無事だと確認したい。そうしなければ、普通に息ができない。

「心配するな、ベティ」父も一緒になって言う。「最高の治療を受けているんだろう？　本当に何も食べなくていいのか？」

「いらないわ。ありがとう」

二人とも善意で言ってくれているのだ。だが、もう五時間だ。五時間も経っている。どうしてこんなに時間がかかるのだろう？　ベアは、きっとトムは大丈夫だと言った。たしかにそう言った。

ようやく一人の医師が青い手術着姿のままこちらに向かってきた。「あなたがエリザベスですか？」

「ええ」私はすでに立ちあがり、彼女に駆け寄っていた。「トムはどこ？　早く会わせてください」

注意深く感情を消した医師の顔に変化はない。その目は静かな悲しみをたたえているように見える。プロ中のプロ。こういうことを何度も経験してきたのだろう。「残念ですが」

「いやよ」

「合併症を起こして――」

クロウがすばやく私を支え、両手で抱える。事実、彼がいたから倒れなかった。

「トムは死んでない。そんなはずない。私たち、今から結婚するんだから」

「残念ですが」医師が繰り返す。そう言えば何かが変わるかのように。

私の愛するすべてが死んでしまった。

「ドアを開けなさい」バスルームのドアの向こうからジェンが叫ぶ。「中にいるのはわかってるのよ」

うなりながら私は立ちあがり、ドアの鍵を外す。「下で何かあった?」

「そうじゃないわ。あっちはあなたのお母さんがちゃんと取り仕切ってくれているから」スコッチウイスキーとグラス二つを持って、ジェンがバスルームに入ってくる。だから彼女は親友なのだ。生涯の親友。「婚約者のお通夜のあいだ、ずっと雲隠れしていようと思っているなら、一人にはさせられないわ」

「これ以上耐えられないのよ。トムのことを知りもしない人たちから意味のない決まり文句を聞くのは。本当の彼を知らないくせに」

ジェンが二つのショットグラスになみなみとウイスキーを注ぎ、一つを悲しげなほほえみを浮かべながら私によこす。「これを飲みなさい。それでやり遂げるのよ。飲まなければやってられない日もあるものね。今日は間違いなくそういうたぐいの日だわ」

「ありがとう」私は笑おうとしたが、さらにみじめになった。「正直、トムに会えないのがすごくつらい。こんな気分は味わったことがないわ」

「ああ、ベティ」

私はバスタブに寄りかかって床に座っていた。しゃれた黒のスーツのしわを手で伸ばそうとする。さっき脱いだハイヒールは、バスルームの向こうのほうに打ち捨てられている。一日のうちで、粉々に砕けた心とひりひりする足の両方に対処するなんてとても無理だ。グラスを一気に半分以上あおる。喉が焼けるように熱くなる。おいしいスコッチウイスキー。トムはいい趣味をしていた。だけど一度に飲むには多すぎた。

「うえっ」私は苦しげな声を出す。独特のスモーキーな香りが舌を刺激する。

ジェンも私の隣でバスタブに背中を預け、二人で飲んだ。今回はゆっくりと。空っぽの胃にアルコールがしみる。病院から帰ってきてから、まだ一週間にもならない。

私はずっと呆然（ぼうぜん）としていた。地の底まで落ちこみ、形だけの振る舞いをし、父と母が目の前に置くものを食べ、両親が寝るときにベッドルームに引きあげはした。夜はベッドで一人、枕に顔をうずめて泣いた。あとの時間は何をしていたのか覚えていない。今朝、朝食をとることは絶対にできなかった。まったく無理だった。

この数日間は、ほぼ壁を見て時を過ごしていた。何もない退屈な壁。それを見ていれば、トムを思いださなくてもいいからだ。少なくとも家の中のほかの部分や、世の中全体を見るよりはずっとましだった。

「トムのことを話してよ」ジェンが言う。「本当のトムについて」

私は乾いた唇をなめた。

「言えないことがあるのはわかってるわよ。それ以外のことでかまわないから」ジェンがもう一口ウイスキーを飲む。「彼のことはほとんど話していないでしょ。あれ以来」

「トムは死んだわ。話すことになんの意味があるの？」

「意味はあるわ。つまりよかったときを思いだすってことよ。愛した人をいつまでも覚えているっていうこと。たとえトムがあなたを残して逝ってしまったとしても」

「トムは私を残して逝ったんじゃない。私から奪われたのよ」私はスコーピオンを殺したことをまったく後悔していない。あと十回でも二十回でも喜んで殺してやる。だが怒りさえ今は感じない。麻痺しているのだ。悲しみという深い海の中で、溺れそうになっている。

ジェンがうなずく。

私はバスタブの縁に頭をのせた。「トムは誠実で、強くて、ときには厳しかった。残酷ですらあったわ。でも思いやりを持っていて、面白いところもあった」

ジェンはまた悲しそうな弱々しいほほえみを浮かべている。

「そして勇敢だった。勇敢で頭脳明晰。あんまりおしゃべりではなかったけど、私が今まで会った人の中で一番頭が切れた。本当に。チェスの相手にはしたくないタイプね。だからといって完璧だったわけじゃない。ときどき、信じられないくらい間抜けなことをするときもあった。よく私たちのつきあいに関することが問題になったわ。トムはいつもめちゃくちゃだったけど、一生懸命なんとかしようとしていた。何ごともあきらめない人だったわ」私はため息をついた。「今回のことがあるまではね」

ジェンがグラスを唇につける。「あなたのこと、本当に愛していたものね」

「わかってるわ。あと十五分くらいで夫婦になっていたのよ。私は正式なミセス・ラングになり、そして未亡人になっていたわ」

「未亡人で通せばいいんじゃないの。誰も文句はつけないでしょ」

私は片方の肩だけをすくめた。「別にもうどうでもいいのよ。ただ取りとめもなく言ってみただけだから。いきなり地獄のようになるんじゃなくて、結婚式のいい思い出があったらよかったのにと思っただけ。トムが私のものになったことを認めた署名付きの証明書があったらって。そうだったらよかったのに」

「カウンセリングを受けること、考えてみた？」

「愛する人を失ったときのカウンセリング？　それとも誰かを殺したときのカウンセリング？」

ジェンが一瞬、目を大きく見開く。「両方でもいいんじゃない？」

「まあ、そのうちね。まだ他人に話す気にはなれないから」

それにカウンセリングを受けるにしても、詳細は絶対に話せない。ニュースでは、結婚式が襲撃され、地元の花婿が撃たれて死亡したと言っていた。無差別の攻撃として扱われているのだ。そして今日が葬儀の日だ。

「トムを好きにならないように努力したのよ」私はもう一口、ウイスキーを含んだ。

「賢いことだとは思えなかったから。でもどうしようもなかった」

ジェンのまなざしは陰鬱な表情をたたえている。「本当に悲しいわ」

「そうね。私も」私はグラスを持ちあげた。「トム・ラングに。一生をかけて愛した、私の最高の男性に」

「トムに」

二人で献杯した。

ドアの外にいる人が誰であれ、明らかにあきらめる気はない。チャイムを聞いても私がソファから起きあがる気配がないとわかると、今度はドアを叩きはじめた。ガンガン殴りつけているというのが正しい言い方だ。私にとって幸いなのは、このところ物でも人でも、なんでも完全に無視できるようになったことだ。ベアとクロウはしょっちゅう顔を見せていた。一緒に映画を見ようとか、ただおしゃべりしようとか言って。でも私はまったく乗り気になれなかった。彼らがそんなことをするのも、死んでしまった同僚のために、私を見守ったり安全確認をしたりしているだけだとわかっていた。ベアとクロウが知らないのは、彼らがいるせいで、かえってトムやばらばらになった私の心について思いだしてしまうことだ。ドアや窓をチェックしたり、私の拳銃を掃除しようとしたり、私を射撃練習場に連れだそうとしたり、そういった行動すべてによって。ありがたいけれど、うんざりだ。トムは死んだのだ。敵だってそれを知っているのだから、もう私のことなど気にも留めないはずだろう。

玄関のドアへの暴行はもう何分も続いている。これ以上続いたら、近所から文句が出るに違いない。私はどうでもいいけれど。

「鉄でできてるんだってば、うるさいなあ」私はつぶやく。「帰ってよ」

ついに音が止まった。やっと静かになった。これでいい。ただし、玄関のドアが勢いよく開いて、フォックスが入ってきた。まるで自宅に帰ってきたかのように自然に。

私は思わず体を起こした。「いったいどうやって入ってきたのよ？」

「ピッキングだよ」

「なんですって？」

「本気であたしを締めだしたいなら、かんぬき(デッドボルト)でも使わなきゃ」

「次はそうするわ」

「さてと、これはまたくそったれ(ブラディ)な惨状ね」彼女のイギリス訛りは人をこきおろすのにぴったりだ。「元気じゃないとは聞いてたけど、これほどとは……風呂ぐらい入ってる?」

「帰ってよ」

「できない。残念ながら」フォックスが言う。「ベアとクロウはちょっと手が離せなくて、今日はこのあたししか、かわいそうなあんたの様子を見に来られなかったからね」

「様子を見に来てもらう必要なんかないわ」

「はいはい、わかったわよ」

「そもそもあなたなんか好きじゃないんだから」

「あんたもあたしの好みからはかけ離れてる。でも来てやったんだよ」フォックスは私の周辺のにおいを嗅いでまわると、鼻にしわを寄せ、反対側のソファに座った。「もう一カ月だよ、ベティ。ウルフは死んだ。いいかげん自分を憐れむのはやめて、しっかりしな。自分の人生を生きなきゃ」

「貴重なご意見をありがとう」ジェン、両親、そしてまわりの知り合いはみんな、もうちょっと思いやりを持って、私に悲しむための時間を与えてくれている。おそらくフォックスやベアのようなスパイや殺し屋は、こんな出来事でもさっさと乗り越えられるのだろう。でも私は一人にしておいてほしかった。だけどこの人は、不幸な悲しみの真っ最中にいる私がそれを望むのはわがままだと思うらしい。

「あんたに護身術を教えたらってクロウが言うんだけど」フォックスが提案した。

「興味ないわ。どうも。どっちにしろ、今はまだ無理」

「拳銃くらいは手元に置いてる？」

私は空中で手をひらひらさせる。「どこかにあるはずよ」

ソファの向こう側にいる、寸分の隙もないフォックスが、痛々しいと言わんばかりのため息をもらす。「空のピザの箱をどこまで高く積みあげられるかっていう、くだらない世界記録に残りの人生をすべて捧げるっていうのは、あんまり感心できないね」

「わかってるわよ。だから空になったピクルスの瓶のピラミッドも作っているんじゃないの。ピクルスは最高よ。誰かが強盗に入って私を殺そうとしたら、この瓶がちょうどいい飛び道具になるじゃない」

「掃除機はないわけ？」

「私が玄関のチャイムにも反応しないのを知っていながら、どうして私が今は誰にも会いたくないんだって察することができないの？」

フォックスがさらに大きなため息をもらす。「ウルフは死んだ。それを受け入れて、前に進まないと」

私はソファから飛びおりると、その場を行きつ戻りつした。こんな会話を座ったままできるわけがない。ただ私が臭いというのは正しい。一週間、着たきりすずめのパジャマからも一目瞭然だ。

「まだ受け入れる気持ちになれないのよ。トムが死んだとは信じられないの」私は言った。「あまりにも突然で」

「否定。死を受け入れるための第一段階」

「でも――」

「ベティ、しっかりして。トムの遺灰はキッチンテーブルの上の骨壺に入ってる。あんたも遺体を見た。あたしたち全員が見た」

こんなことを言うフォックスなんか大嫌いだ。私に思いださせるなんて。ベアはひどいショックを受けるからと言って、私にトムの顔をいっさい見せなかった。ベアの言うこともっともだ。同じ亡くなった人でも、死に化粧を施されて棺に横たわっていれば、ちょっと眠っているだけであるかに見える。だが遺体安置室にいたトムは、ただの冷たい抜け殻だ。私は衝撃で声をあげた。最後にはベアが、まるで新妻を抱きあげて家に入る夫のようにして私を運びださなければならなかった。

あの日がどんなふうに始まったかを考えると、本当に皮肉だ。

「私、ここは危険な場所じゃないってトムに言ったのよ」一言発するごとに声が大きくなっていくのが自分でもわかった。部屋を行ったり来たりしながら、ますます勢いづいてくる。大声のせいで胸が痛いくらいだ。トムがいなくて胸が痛いのと同じように。「トムの心配を無視しなければ、こんなことにはならなかったのに」

フォックスはただ冷静に自分のネイルを見つめている。「怒り。第二段階。この過程を見守るのは悲しいね」

私はぴたりと足を止める。唇をきつく引き結んだまま。「トムは私に莫大な財産を残してくれた。どうすればいいかわからないくらいの金額よ。でももし彼を取り戻せるんだったら、一ドル残らず投げだすわ」

「取引。第三段階」フォックスが言う。「こんな状態のあんたを見るのは心が痛いよ。

本当に。でも、少なくとも前には進んでいる」

ああ、もう放っておいてほしい。少しでも彼女を殴れる可能性があったなら、殴っていただろう。しかたがなく、私はソファに乱暴に腰をおろした。戦いたい気分は消えた。「こんなふうに捨てるんだから、結局トムは私を愛していなかったんじゃないの？」

「抑鬱。第四段階。お願いだから急いで次の受容の段階に進んでよ。ふさぎこんでるあんたと一日じゅうつきあってる暇はこっちにはないんだから。ベアとクロウはいつまでもあんたのその繊細な心を慰めてくれるのかもしれないけど、あたしはほかのことで忙しいの」

「もう帰って」私はうなるように言った。「家の中を掃除するし、シャワーも浴びるから。約束する。銃だって、一つか二つ探しておくわ。とにかく一人にして」

「約束する？」

「そう言ったでしょ」私はぼんやりとクッションをフォックスに投げつけた。

フォックスが空中でしっかりキャッチする。「そんなに邪魔者扱いしなくてもいいじゃない」

「家に押し入ったくせに！」

フォックスは立ちあがると、深く息をした。「そう。いい？　次はこんなことをさせないでよ。あたしは忙しいんだから。ガールズトークもそんなに得意じゃないし」

「どうぞご勝手に。さよなら」

「行くわ。約束を忘れないで。それから外に出て散歩でもしなさいよ。太陽の光を浴びなきゃ」フォックスが玄関に向かう。「私が家から出たら、セキュリティシステムを作動させるんだよ。こんなのはもう、これっきりだからね」

「少なくともそれには賛成するわ」

乱暴にドアを閉めるバタンという音が彼女の返事だった。

本当はこの状態からどうやって立ちあがればいいのかなんてわからない。でもシャワーを浴びて外の空気を吸うことは、何よりもいいスタートになるかもしれない。そのおかげでフォックスに押し入られずにすむのなら、それはそれでいいことだ。ほかにも入れ替わり立ち替わりやってきて、私を心配そうに見ていく人たちがいるけれど、少なくともその人たちに私が何かしらしているのだと示すことができる。そうすれば、そのうち彼らの監視から少しのあいだ解放されるかもしれない。トムのいない人生を築いていくのは気に入らないが、それについては私に誰もなんの選択肢も与えてくれない。

「いいわ」私は誰もいない空間に向かって話す。「散歩に出てやろうじゃないの」

カリフォルニアの典型的な美しい春の日だった。青い空の下、太陽が輝き、鳥たちがにぎやかにさえずっている。恐怖の体験だった私の結婚式から四カ月が過ぎた。私は約束どおり、しっかりと人生を歩んでいた。きちんと身支度し、家の中も掃除している。外出して日の光も浴びている。簡単ではなかったが、忙しくすることでなんとかやってこられた。それに少なくともクロウ、ベア、フォックスの三人が、私がセキュリティシステムをちゃんと使っているか、外出時に注意を払っているかといったことを、四六時中見張るのをやめてくれた。それにはたいがい辟易(へきえき)していた。

ジェンが手伝いに来てくれていた。車を降りて、食料品を家に運びこむところだ。近頃私は体調に気をつけているので、オーガニックの果物や野菜をたくさん買ってきた。家のセキュリティシステムを解除して、ガレージのドアを閉めるスイッチを押し、キッチンにつながるドアを開ける。そのときだった。

目出し帽をかぶって黒い服に身を包んだ男が、ゆっくりと閉まるガレージのドアの下をくぐり抜けて入ってきた。手に銃を持っている。

ジェンが驚いて金切り声をあげ、食料品の入ったバスケットを取り落とす。リンゴやオレンジが床に転がった。男の銃は長くて光沢のない黒で、先端にサイレンサーがついている。男が狙いを定めて発砲した。

あっという間の出来事だった。ジェンが後ろ向きによろめき、キッチンの床にくずおれる。気がつくと、彼女の胸に赤いしみがにじんでいた。

「いや!」私は叫んだ。「ジェン!」

ガレージのドアが閉まる。その瞬間、男が私に飛びかかり、腕をつかんだ。私は何もできなかった。拳銃の入ったハンドバッグはまだ車の中だ。それにトムの武器はすべて処分してしまった。銃も、閃光手榴弾も、緊急避難室とガレージの床下保管庫の中身も全部。何カ月か前、森の中のヘンリーの家を訪ねて、この家にある武器を好きなだけ持っていってくれと頼んだのだ。したたかな老サバイバリストは、私が知らなかったさらに二つの保管庫にも武器が入っているのを見つけ、一生恩に着ると誓った。いちそれらのほとんどは、私が使い方も知らなければ、使いようもないものだった。

おう、拳銃だけはいくつか残してある。でも残念なことに、全部二階だ。手が届かないのに変わりはない。

今ここに銃がありさえすれば。

その男は私を家の中に押しこんだ。倒れているジェンのことなどおかまいなしに部屋の奥まで進む。彼女のシャツの前面はもうすっかり赤く染まっている。

私は呼吸が荒くなり、嗚咽（おえつ）がこみあげた。「何が欲しいの？　あなたは誰？　なぜジェンを殺さなければならなかったの？」

「さっさとしろ」低くかすれた声が命令する。キッチンテーブルに行くと、その男は椅子を引いた。「座れ」

私は命令に従った。「痛いことはしないで」

またたく間に手を背後で縛りあげられる。木の椅子にくくりつけられているので、ほとんど動けない。

「宝石なら二階にあるわ。現金は財布の中よ」

だが、その男は吠えるような声で言った。「金や宝石が欲しいわけじゃない」

「じゃあ、要求は何？　なんなの？」

「情報だ。言え。おまえの死んだ旦那の友達がな、こっちに迷惑をかけてんだ。誰のことかわかるだろ。一人捕まえたが、その女は口を割らない。それで、おまえのことを見つけたってわけだ」私が事態をよくのみこめるように、男は手袋をはめた手の甲を使って、私の顔を平手打ちした。「おまえはあの女と違って弱いからな」

はっきり言って、これは痛かった。頬がジンジンする。

「早く言え」

「お願い、何も知らないの」声が震える。あの地下室で、フォックスが見ている中、スパイダーに脅された恐ろしい経験を思いだした。

「さあ、どうかな」

「どうせしゃべったら殺すつもりでしょ」

「そうとは限らない。俺は顔を見られちゃいないし、声も変えてるからな。俺の役に立ってくれるんなら、何もせずに解放してやらないこともない」

「そんなのは信じられないわ」

「よく考えるんだ。おまえが生きてるほうが俺にとっては都合がいい。民間人は実に守りづらい。だが組織はどうもおまえに気を遣ってる。つまりおまえには価値があるってことだ。俺にとってのな」男が一息つく。「さあ、痛い目に遭いたいか、それとも楽なほうがいいか、おまえ次第だ。話す気になったか?」

「わかったわ」ひとりでに声に出していた。死ぬのはいやだ。「話すわよ」

「じゃあ、最初からだ。ウルフに会ったのはいつだ?」

「トム。それが彼の名前。彼が使っていた名前よ」

「じゃあ、そのトムだ」男が前かがみになる。肩を丸め、顔を私の目の前まで近づける。腕は私の首をしっかりと押さえている。「続けろ」

「あれは——」

突然、至近距離で銃声がした。黒い服の男が一度ならず二度も背中を撃たれ、後ろによろめく。手から銃を落とすと、さらによろめき、床に倒れた。苦しそうな息をしている。

トムが猫のような優雅さで部屋に入ってきた。口は怒りで固く引き結ばれている。

私は目をみはることしかできなかった。彼だ。本当に彼。

トムが私の肩をつかむ。「怪我はないか?」

私はまだ彼を見つめている。

トムが室内を見まわす。まず倒れた男を確認し、次に私の親友を見に行った。「ベティ、ジェンは心臓を二発撃たれたのに、なぜまだ息をしているんだ？」

床に倒れている男が咳きこみながらうなり声を出す。

トムがその男に大股で近寄る。

「彼を撃たないで！」私は叫んだ。「頭は撃っちゃだめ！」

トムが振り返り、険しい目で私をにらむ。男に向き直ると、手を伸ばしてその頭から目出し帽をはぎ取った。「ヘンリー」

「おう」ヘンリーがうなり声をあげ、顔をしかめる。「まいったな。撃たれるとどれほど痛いか忘れてた」

ジェンがキッチンの戸棚に頭をもたせかけて、まぶたを開ける。「まさか」信じられないと言わんばかりの目でトムを見つめる。「ベティの言うとおりだった。本当に自分の死を偽装したのね。あなた、頭がどうかしてるわ」

トムが両手を腰にあて、がっくりとうなだれる。

初めのうち、私はただほほえんでいた。ほほえみすぎて顔が痛くなるほど。実際、ヘンリーに殴られた頬も痛い。でも、それはどうでもいい。迫真の演技をしなければならなかったのだ。私たちはうまくできたらしい。このチーム、バンザイ。ただ、私のこの幸せな顔の下には、大きな怒りといらだちが隠されていた。

「芝居だったのか？」トムがむっとした顔を私に向ける。「全部、俺をはめるために？」

「そうよ、大成功だわ。このろくでなし」

「俺は……くそっ」トムの完璧な顎のラインの筋肉がピクピクしている。「もし俺がヘンリーの頭を撃ったらどうするつもりだったんだ？」

「おまえが入ってきたとき、俺がベティに覆いかぶさるようにしていたのはどうしてだかわかるか？　おまえが間違いなく俺の背中を狙えるようにするためだ」ヘンリーが笑う。「それにおまえは防弾チョッキを突き破るような弾は使わない。通り抜けた弾がはじけて、愛する人を傷つけるかもしれないからな。それにもし俺が生きていれば、問いつめることだってできる。俺が誰に送りこまれたか、ベティを追っているやつはまだほかにもいるのかってな。少なくとも俺が銃に手を伸ばそうとしない限り、もう一度撃つのはためらうだろうと踏んでいた。俺が訓練したとおりだ。あきらめろ、トム。俺たちのほうがうわ手だ」

「駆けつけるのが早かったわね。近くにいたってことでしょ」私はトムのほうに顔を向け、冷たい声で言う。「本当は、どこにいたの？　ああ、待って……言わないで。そこの道を行ったところに停まっているシルバーのセダンね。この数カ月のあいだに、家の近所で二回見たわ。一箇所に長くとどまっていることはなかったけど。あとは白のSUVも同じ。それから青のハッチバックも」

「まだある」

「ああそう。でも私が何も気づかないだろうと思ってたでしょ。どうなの？」

「ああ」トムが顔を引きつらせる。「気づかれていないと思っていた」

「ほどいてくれる？」私は命令した。「苦しくなってきたわ。ヘンリーの縛り方、本物っぽくやりすぎよ」

トムが一瞬、動きを止める。私が動けなくなっている隙に、一目散に逃げだそうとしているのかもしれない。はっきりとはわからないけれど。だがトムはついにあきらめた様子でため息をつくと、ヘンリーの作品を切り裂きはじめた。狂信的なサバイバリストという人たちについて一つ言えるのは、彼らは人の縛りあげ方をよく知っているということだ。

「ありがとう。もしあなたが何もしなかったら殴っていたところよ」私は手を曲げたり伸ばしたりして血流を促した。「本当に笑っちゃうわよ。外に出て太陽の光にあたって、自分の人生を生きろってフォックスが言いだしたの。だから近所に散歩に出るようにした。そうしたらベアとクロウが、家のまわりに変わったことがないかどうかよく見ておくようにと言ってきた。パターンや変化を覚えておいて、心配ごとがあったら必ず連絡しろってね」

「でも君は黙っていた」

「実は初めのうちは、ベアとクロウが心配のあまり見張っているんだと思ってたのよ。野球帽やサングラスで変装していたから、しばらくのあいだはあなただとわからなかったわ。でもそのうちおかしいと思いはじめた。あなたの肩幅はベアほど広くない。それにクロウと違って、短い髪をしているし」

トムは思ったとおり無表情で、口を固く引き結んでいる。「会いたかった。君の近くに行きたかった。たとえ通りから見ているのがせいぜいだとしても。距離を保っていられると思っていたんだ。でも、そうできなかった」

ジェンとヘンリーはトムが話しているあいだ、近くに立って、一言ももらさずに聞いていた。なかなかドラマチックな光景だったと思う。それに二人はそれぞれの役を見事に演じてくれた。最後まで見届けることを望んだとしても当然だ。

「あなたが距離を保っていられなかったことは、私にとってラッキーだったわ」脚を組みながら言った。「おかげで考えることができたもの。結婚式のとき、あなたが言った最後の言葉について。あなたは私を危険にさらしたと自分を責めていた。そのことをずっと頭の中で考えていたの。そして死んだあなたを見ようとした私を、ベアが押しとどめていたことも。あれ、ずっと変だと思ってたのよね。あなたに少しも触れさせないなんて。でもあの少しあとに、インターネットで知ったの。ほとんど感知されなくなるまで呼吸や脈拍をさげる薬があるということをね」

トムがうなずく。「だが、あれは危ない賭けだった。だから君を近づけるわけにいかなかった。足首に脈拍計がついていたし、隣の部屋には麻酔医がいたからな。スコーピオンがあんなふうに俺たちを追いつめて、君を殺そうとするのを目のあたりにしたら……俺を恨んでいるやつらのせいで君を危険にさらすわけにはいかない。君を守らなければならなかったんだ」

そんな言い訳は無視だ。いかにも男が考えそうなことだ。もちろん、トムは自分が正しいことをしたと思っている。だけど私はトムが間違っているとわかっている。それに今、重要なのは私の意見だ。おあいにくさま。

「でも、あなたが本当に生きているかどうかはわからなかった。ヘンリーが家に来て、あなたの武器を探してくれるまでは。ヘンリーには、監視カメラのようなものを見つけたとしても、絶対知らないふりをしてくれって頼んだの。特に最近取りつけられたらしいものだったらね。だけど見つけたものはすべて教えてくれるよう言ったの」

「俺が取りつけたカメラに気づいたのか？」

「トム、あなたがそうしないわけないでしょ」私はぴしゃりと言った。「当然、監視カメラを仕掛けるはずよ。人のプライバシーなんか、おかまいなしだものね」

「君が元気にしているかどうか確認したかっただけだ」

「俺ももう少しで見落とすところだったが」ヘンリーが言う。「だが、取りつけたやつが誰だったにせよ、完璧すぎた。光ファイバーのカメラを取りつけるのに最もよく監視できて最も気づかれにくい場所はどこか、自分だったらどこを選ぶかを考えたら、まさにそこにあったんだ。一ミリたがわず」

「そうだったのか。あれを仕掛けたフォックスに注意しておいてやらないと」

「さてと。じゃあ、俺はそろそろ失礼する」ヘンリーがゆっくりと黒の厚手のセーターを脱いだ。その下から防弾チョッキが出てくる。「貸し借りなしということでいいな、ベティ？」

「ええ、もちろんよ、ヘンリー。見事だったわ」

「武器を返してもらおうか」トムが言う。

ヘンリーが笑う。「おまえには返さない」

「ヘンリーがこれを全部ただでやってくれたとでも思ってるの？」私はあきれてトムに訊く。ヘンリーはうめいたり罵ったりしながら体を伸ばしている。背中には間違いなく痣ができているだろう。「秘密の武器庫を二つ見つけたからな」

「二つだけか？　それは安心した」

「なんだと？」ヘンリーが急に動きを止める。「三つ目があるのか？　どこだ？」

「またな、ヘンリー」

ヘンリーは顔をしかめると、足音も荒く歩きはじめた。私にちょっと手を振り、まだ開いている玄関のドアから出ていった。

「本当にありがとう、ヘンリー」

「つまり私もそろそろ帰れってこと?」ジェンがそう言って立ちあがる。カウンターの上から布巾を取ると、偽物の血を拭いた。大変な汚れようだ。「非難するつもりはないけど、あなたたち二人でカウンセリングか何か受けたほうがいいかもしれないわよ。普通の人はここまでのばか騒ぎをすることはないものね。わかってるかもしれないけど」

「ありがとう、そうする。それから今度、新しいTシャツを買って返すわ」

「お気に入りじゃなかったからいいのよ」

「ありがとう」私は言った。「心からお礼を言うわ。十四歳のときの演劇のワークショップ、参加したかいがあったわね」

「そうでしょ?」ジェンがにっこりする。「演劇の道へ進めばよかったわ。私、才能はあるのよ。それに引き換え、あなたの下手さったら。〝なぜジェンを殺さなければならなかったの?〟なんて。ほんとにベティ、あの演技はないわよ」

「そんなに悪くなかったと思うけど」

「実際、最悪だったわ。じゃあ、また今度ね」布巾でまがいものの血を拭きつづけながら、ジェンも家から出ていった。

「じゃあね」ジェンの姿が見えなくなると、私の顔から笑みが消えた。

トムが玄関のドアを閉めて鍵をかけ、セキュリティシステムを作動させて私のほうへ近づいてくる。彼の表情はお得意の〝無表情スペシャル〟に戻り、何も読み取れなくなった。トムが無言のまま、床に落ちた果物を拾いはじめる。

好きにすればいい。トムのしっぽをつかんだ私の勝ちだ。彼は私のものだ。だけど、その前にもちろんガツンと言ってやる。

「俺をだましたんだな」トムが口火を切った。

「あなたが先に私をだましたんでしょ」

トムが頭を振った。「こんな危険な真似をするなんて」

「私があなたのことをどれほど怒っているか、少しはわかってるの？」

「何かしくじって、本当に誰かが怪我をしたらどうするつもりだったんだ？」トムがテーブルの上のボウルに果物を積みあげる。「君の頰も赤くなっているじゃないか」

「私からヘンリーに頼んだことよ」

トムの顎はぴくりとも動かない。「もしあの男がこれから一度でもそんなことをしたら、ただじゃおかないからな」

「もうヘンリーがこんなことをする必要はないでしょ。それに問題はそこじゃないわ」私は少々いらだった。「私は無事だし、ヘンリーもジェンも無事よ。みんな大丈夫。そしてあなたは生きていた……驚きよね。そのことについて、ちょっと話してみるのはどう？　どれだけ私が怒っているかも教えてあげるから」

トムがため息をつく。「君自身を守るためだ」

「私たち二人に大きく影響するこんな重要なことを一人で決めないでよ。こんなのは愛でもなければ、協力でもない。救いようのないほど愚かなことよ！」

トムは何も言わずに私を見つめている。

「本気で言ってるのよ、トム。あなたは私の心を引き裂いたんだわ」

「わかっている。本当にすまない。だが俺を狙ってるのはスコーピオンだけじゃないかもしれないんだぞ」

「それならまた一緒に乗り越えればいい」

「君はわかっていない」トムが言う。「俺はまた仕事をしている。今の段階ではコンサルティング業務だけだ。さほど脅威はなく、家の近くにいられるが、それでも危険は伴う」

「道を渡るのだって危険よ。車に乗ることも危険。私はあなたに仕事を辞めてもらいたいなんて思ったことは一度もないわ。この前だって、私がそう思ってるって勝手に決めつけたのはあなたよ」

それでもトムはまだ納得できない顔をしている。どうしようもない愚か者だ。

「どうやってヘンリーに連絡を取ったんだ？　俺は君を見張っていたのに、それでも気づかなかった」

「ジェンの家でガールズナイトをした週末があったでしょ。携帯電話をジェンの家に置いて、彼女の隣人に車を借りて、ヘンリーを探しに北へ向かったのよ。ヘンリーの住み処に続く正しい山道を思いだすのにちょっと手間取ったけどね。うまく隠されてたから」

「なんてずる賢いんだ」

「ありがとう」

トムはただ私を見ている。彼のまなざしにはすべてがこめられていた。私がこの人に求める愛のすべてが。「やっぱり賛成できない。理由はたくさんある」

「一つ聞かせて、トム。一つだけ」私は言った。「私のことを愛している？」

トムはためらわずに答えた。「愛しているよ。知ってるだろう」

「じゃあ、いいじゃない」私はうなずく。「私たちには赤ちゃんが生まれるの。これから私たちはずっと一緒よ。もう決めたの。あなたがもしまた消えようとしたら、今度は私が何をするかわからないわよ。私がどんな悪ふざけをするか心配で、あなたは夜もゆっくり眠れなくなるんだから」

「赤ちゃんだって？」トムの顔は凍りついている。

「ええ」

長い時間、彼は一言も発しなかった。「俺の子供」

「結婚式と婚約者の死という出来事があって、めちゃくちゃになったせいでピルをのみ忘れたの」

「式の前のセックスで？」トムが私の目の前に立つ。「なんてことだ」

「そうなのよ。今からだいたい六カ月後よ」

「君は妊娠しているのか」

「少なくともその半分の期間は、あなたに対して髪を振り乱して怒っているでしょうね。でも、そのあとは許してあげる。あなたがラッキーだったらね」

「俺たち、親になるんだな」

「今から警告しておくわ、トム。今日からは、どんな喧嘩でも自動的に私の勝ちよ。私が悪くてもいっさい関係なし。いい？」

トムが手を伸ばし、不思議なものに触れるように私のお腹に触れる。お腹はまだほとんど出ていないけれど。

「大丈夫？　吐いたり、気絶したりしない？」私は尋ねた。

「ああ」トムが首を振る。「ただ、ちょっと時間が必要なだけだ」

「わかった」

しばらくしてからトムは顔をあげ、私の目を見つめた。「愛しているよ、エリザベス」

「わかってるわ。私も、あなたを愛している。でも、もしまたこんな愚かな真似をしたら、この手であなたを殺してやるからね」

「君が俺を？」

私は肩をすくめる。

「まあ……正確には殺さないわ、たぶん。でも少なくとも銃で撃ってやる。致命傷にはならないけど、死ぬほど痛いところをね。わかった、ウルフ？　私の思いと脅しはちゃんと伝わった？」

トムがほほえむ。完璧な笑顔だ。「了解」

エピローグ

「うわあって、何？」私は食器洗浄機に汚れたグラスを入れ終わるところだった。今日の夕食はタコスにした。だってタコスがあると、なんでも素晴らしくなるから。そうでなくても、私たちは充分に素晴らしい日々を送っていた。

トムは赤ちゃんを抱っこしたまま私の後ろに立っている。見ると、赤ちゃんはお尻が丸出しだ。

「うわあ」

「また脱げちゃったの？」疑うような声で私は尋ねた。

トムの額には何本ものしわが寄っている。結婚生活と父親業を通して、トムも自分の感情を前よりあるがままに表に出せるようになっていた。「何が間違っていたのかわからない」

「あなたみたいに能力のある人が、おむつのつけ方がわからない？　嘘でしょ？」

「今回はうまくいったと思ったんだ。きつくもなく、緩くもなく」

「まあ。信じられない。爆弾処理はできるのに、おむつの仕組みについて理解できないなんて、そんなことある？　心底驚くわ」

「俺にだって言い分はある。どう留めあわせればいいか、誰も設計図をくれないじゃないか」

生後六カ月のヘンリーは口に入れていた手を出して、声をたてて笑っている。私を見てにっこりした次の瞬間、パパのシャツにおしっこをした。私はなんとか笑わないようにした。必死で。

「そうなっちゃうわよね」私は言った。「お尻拭きとタオルを持ってくるわ」

「ほら、君が抱っこしろよ」夫が息子を差しだした。

「だめ、大きいほうをしたらどうする気？」私はすっかりびしょ濡れでおしっこ臭くなった二人をよけた。「あなたが抱っこしていて」

「わかったよ」

トムが生きているという事実を取り戻すためには、いくつかやらなければならないことがあった。大騒ぎにならないように死亡を取り消すのはなかなか骨が折れた。とりあえず、ジェンと私の両親（この二人はいまだに〝政府の秘密任務だから何も尋ねないで〟という話を聞かされていた）だけが、トムが生きていたことを知っている。ほかのみんなには、私は再出発のために引っ越したと伝え、転居先で新しい人に出会ったことにした。私たちはコロラド州のボールダーの外れにある、八千平方メートルほどの土地の、広くてモダンなログハウスに引っ越した。今までの隠れ家の中で、この家が私の一番のお気に入りだ。地下には安全なワークステーションと緊急避難室、それと……念のための武器庫もある。

それから私たちはひそかに結婚し、姓もファーガソンに変えた。トムは自宅で、主にオンラインで仕事をしている。動物園の日々の管理や興味深いさまざまな調査などの業務だ。ときには短い出張に行くこともある。一方、私は近くのフラワーショップにパートタイムで勤めている。ただ、私は家に帰ると自分の一日についてすべて話すのに対し、彼の仕事は秘密のままだ。それは私も受け入れることにした。その代わりトムも私に一定のプライバシーが必要だということを認め、監視を緩めてくれた。しかも私はときどき親切にしたい気分のときには、トムを喧嘩に勝たせることすらしてあげている。どんな夫婦でも、ある程度の妥協は必要だと思うからだ。

それから私はときどき飛行機に乗って、ロサンゼルスの友達に会いにも行っている。でもジェンのほうがもっと頻繁に自分の名付け子に会いに来てくれていた。フォックス、ベア、クロウも、折に触れて訪ねてきて、名付け親としての立場を主張している。初代のヘンリーは自分の地下シェルターから、月に一度スカイプで話すのを好んでいる。私たちがこの名前に決めたとき、ヘンリーは大喜びし、息子にロケットランチャーを贈ってくれた。私の許可が出ない限り、息子は受け取らないことになっているけれど。

私はかわいいわが子には、会計士とか弁護士とか皮膚科医になってもらいたいと思っている。安全で、爆発物とは縁のない仕事。しかし、どうなるかはわからない。人は誰も自分らしくいることしかできないものだからだ。いろいろな経験をして今思うのは、私はトムといると一番自分らしくいられて、トムは私といると一番自分らしくいられるということだ。私はこの人生をなかなか気に入っている。

訳者あとがき

主人公のベティはここ数カ月、婚約者のトムとの生活に疑問を抱いています。人柄もよく、見た目も悪くないトム。でも秘密主義で何ごとに対しても感情をあらわにしない彼に、不安と不満を募らせているからです。自分はトムのことを好きだと思っているけれど、本当に全身全霊で愛しあっているという実感がないのです。ぬるま湯の生活では満足できない、もっと本当のトムを知りたいと思い、彼と話しあおうとするのですが、保険会社の仕事が忙しいことを理由に避けられてばかり。そして今回もまたトムは長い出張で、メールにもほとんど返信がない状態です。ついに彼女は中途半端な幸せに別れを告げ、強い自分を取り戻すため、同棲中のコンドミニアムを出ていくことにしました。

ですが引っ越しの準備を終え、荷物を運びだそうと外に出たとたんにコンドミニアムが爆発し、その衝撃で彼女は気を失ってしまいます。

気がつくとベティは体を拘束されていました。そして得体の知れない人物にトムのことをどこまで知っているのかと問いつめられ、何も知らないなんて嘘だと疑われる始末。そこへ彼女を救いにやってきたのは、ほかならぬトムでした。でもそのトムは今までの彼とはまるで別人です。やけに精悍でたくましく、そしてとても強いのです。実はトムはある組織の優秀な工作員でした。コンドミニアムに爆弾を仕掛けた正体不明の敵から身を守るために、トムは別れようとしていたことは秘密にし、彼と行動をともにするようにと言います。

二人は命からがら次から次へと隠れ場所を移動していきます。その道中、図らずも、望んでいたトムとの会話ができたベティ。女心がまったくわからないトムは、何か言うたびに失敗してベティを怒らせます。一方、ベティは困難を乗り越えるため、どうしてもトムの本心に触れたいと望みます。短い期間に生きるか死ぬかの場面を何度もくぐり抜けるという濃密な時間の中で、それまでまったく知らなかった互いの能力や考え方を理解し、急速に歩み寄る二人。心の中を知ることで、やっとわかった相手の真の魅力。

負けん気の強いベティと、無敵でセクシーなトム。サスペンスとアクションをスパイスに二人のロマンスがどう変化していくのか、最後まで目が離せません。

本作は『ニューヨーク・タイムズ』と『USAトゥデイ』のベストセラー作家カイリー・スコットの初の邦訳作品です。オーストラリア在住の彼女は二〇一三年以降三回にわたり、オーストラリアン・ロマンス・ライター・オブ・ザ・イヤーに選出されています。少女の頃からノートを持ち歩いて頭に浮かんだことを書き留めていたというスコットは、数えきれないほどのアメリカの映画やドラマを見て育ち、ポップミュージックにも精通しています。作家になる前は、本作の主人公ベティと同じくフラワーショップの店員だったという彼女の出世作は、ロックバンドのメンバーが主人公の作品でした。

いつもは鼻っ柱の強いことを言っているベティですが、恋人の本心がわからず、自分にも自信をなくしてしまいそうになります。そんなとき、六〇年代風の自分を主張するメイクをしたり、七〇年代のロックに慰められたりします。平凡な生活をしていた主人公が急に闇の組織の争いに巻きこまれてしまうという奇想天外なストーリーの中、彼女の等身大の人間らしさが感じられる部分です。恋人との関係で悩んでいるときでも、自分を見失わないで強く生きようとするベティに共感できる読者も多いのではないでしょうか。

音楽好きの作者が選んだ「プレイリスト」も冒頭に添えられています。スピード感あふれるストーリーにぴったりの曲ばかりですので、ぜひBGMにどうぞ！

ヒロインとヒーロー以外の登場人物も一癖も二癖もあり、好感の持てる人たちばかりです。本作の読了後は、ほかの工作員を主人公にした続編があれば読んでみたいと思われるかもしれません。登場人物の軽妙な機知に富んだ会話は、ともすれば重くなりがちなサスペンス作品を楽しく読めるものにしてくれています。古きよき時代のアクション映画を思わせる本作品をぜひお楽しみください。

二〇二〇年二月

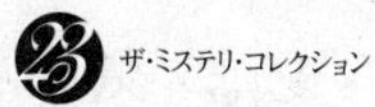

いつわりの夜をあなたと

著者　カイリー・スコット

訳者　門呉茉莉（もんごまり）

発行所　株式会社 二見書房
東京都千代田区神田三崎町2-18-11
電話 03(3515)2311［営業］
03(3515)2313［編集］
振替 00170-4-2639

印刷　株式会社 堀内印刷所
製本　株式会社 村上製本所

ISBN978-4-576-20023-1
https://www.futami.co.jp/

*の作品は電子書籍もあります。

二見文庫 ロマンス・コレクション

悲しみにさよならを
シャロン・サラ
氷川由子［訳］

10年前に兄を殺した犯人を探そうと決心したとたんローガンは命を狙われる。彼女に恋するウェイドと捜索を進めると、驚く事実が明らかになり…。本格サスペンス！

気絶するほどキスをして
リンゼイ・サンズ
水野涼子［訳］

国際秘密機関で変わった武器ばかり製作するジェーン。そんな彼女がスパイに変身して人捜しをすることに。素人スパイのジェーンが恋と仕事に奮闘するラブコメ！

愛は闇のかなたに
L・J・シェン
水野涼子［訳］

父の恩人の遺言で政略結婚をしたスパロウ。十も年上で裏社会にさえ顔がきくという男との結婚など青天の霹靂だったが、いつしか夫を愛してしまい…。全米ベストセラー！

愛という名の罪
ジョージア・ケイツ
風早柊佐［訳］

母の復讐を誓ったブルー。敵とのベッドインは予期していたが、想像もしなかったのは彼に夢中になってしまうこと……愛と憎しみの交錯するエロティック・ロマンス

かつて愛した人
ロビン・ペリーニ
水野涼子［訳］

故郷へ戻ったセインの姉が何者かに誘拐された。彼はかつての恋人でFBIのプロファイラー、ライリーに捜査を依頼する。捜査を進めるなか、二人の恋は再燃し……

過去からの口づけ
トリシャ・ウルフ
林亜弥［訳］

殺人未遂事件の被害者で作家のレイキンは、事件前後の記憶も失っていた。しかし新たな事件をFBI捜査官のリースと調べるうち、自分の事件との類似に気づき…

夜の果ての恋人
アリー・マルティネス
氷川由子［訳］

テレビ電話で会話中、電話の向こうで妻を殺害されたペン。コーラと出会い、心も癒えていくが、再び事件に巻き込まれ…。真実の愛を問う、全米騒然の衝撃作！

恋の予感に身を焦がして ＊
クリスティン・アシュリー
高里ひろ［訳］
〔ドリームマン シリーズ〕

グエンが出会った〝運命の男〟は謎に満ちていて…。読み出したら止まらないジェットコースターロマンス！超人気作家による〈ドリームマン〉シリーズ第1弾

愛の夜明けを二人で ＊
クリスティン・アシュリー
高里ひろ［訳］
〔ドリームマン シリーズ〕

マーラは隣人のローソン刑事に片思いしている。でもマーラの自己評価が2.5なのに対して、彼は10点満点で…。〝アルファメールの女王〟によるシリーズ第2弾

ふたりの愛をたしかめて
クリスティン・アシュリー
高里ひろ［訳］
〔ドリームマン シリーズ〕

心に傷を持つテスを優しく包む「元・麻取り官」のブロック。ストーカー、銃撃事件……二人の周りにはあまりにも問題が山積みで…。超人気〈ドリームマン〉第3弾

許されざる情事
ロレス・アン・ホワイト
向宝丸緒［訳］

連続性犯罪を追う刑事のアンジー。男性との情事中、呼ばれて現場に駆けつけると、新任担当刑事はその情事の相手だったが……。ベストセラー作家の官能サスペンス！

危険な愛に煽られて
テッサ・ベイリー
高里ひろ［訳］

兄の仇をとるためマフィアの首領のクラブに潜入したNY市警のセラ。彼女を守る役目を押しつけられたのは最凶のアルファ・メール＝マフィアの二代目だった！

なにかが起こる夜に
テッサ・ベイリー
高里ひろ［訳］

『危険な愛に煽られて』に登場した市警警部補デレクと一見奔放で実は奥手のジンジャーの熱いロマンス！ダーティトーカー・ヒーローの女王の新シリーズ第一弾！

秘めた情事が終わるとき
コリーン・フーヴァー
相山夏奏［訳］

無名作家ローウェンのもとに、ベストセラー作家ヴェリティの共著者として執筆してほしいとの依頼が舞い込むが…。愛と憎しみが交錯するジェットコースター・ロマンス！

二見文庫 ロマンス・コレクション

*の作品は電子書籍もあります。

ミッシング・ガール
ミーガン・ミランダ
出雲さち［訳］

10年前、親友の失踪をきっかけに故郷を離れたニック。久々に家に戻るとまた失踪事件が起き……。〃時間が巻き戻る〃斬新なミステリー、全米ベストセラー！

夜明けを待ちながら
シャノン・マッケナ
石原未奈子［訳］

叔父の謎の死の真相を探るため、十七年ぶりに帰郷したサイモン。初恋の相手エレンと再会を果たすが…。忌まわしい過去と現在が交錯するエロティック・ミステリ！

この恋が運命なら
ジェイン・アン・クレンツ
寺尾まち子［訳］

大好きだったおばが亡くなり、家を遺されたルーシーは少女時代の夏を過ごした町を十三年ぶりに訪れ、初恋の人メイソンと再会する。だが、それは、ある事件の始まりで…

眠れない夜の秘密
ジェイン・アン・クレンツ
喜須海理子［訳］

グレースは上司が殺害されているのを発見し、失職したうえとある殺人事件にかかわってしまった過去の悪夢にうなされ始める。その後身の周りで不思議なことが起こりはじめ…

カリブより愛をこめて
キャサリン・コールター
林　啓恵［訳］

灼熱のカリブ海に浮かぶ特権階級のリゾート。美しき事件記者ラファエラは、ある復讐を胸に秘め、甘く危険な世界へと潜入する…！ラブサスペンスの最高峰！

真夜中にふるえる心 *
リンダ・ハワード／リンダ・ジョーンズ
加藤洋子［訳］

ストーカーから逃れ、ワイオミングのとある町に流れ着いたカーリンは家政婦として働くことに。牧場主のジークの不器用な優しさに、彼女の心は癒されるが…

夜風のベールに包まれて
リンダ・ハワード
加藤洋子［訳］

美人ウェディング・プランナーのジャクリンはひょんなことからクライアント殺害の容疑者にされてしまう。しかも現われた担当刑事は〃一夜かぎりの恋人〃で…!?